Chris von Rohr

Sternenstaub

Chris von Rohr

Sternenstaub

Die besten Kolumnen

Giger Verlag

2. Auflage 2011

Tel. 0041 55 442 68 48
www.gigerverlag.ch
Lektorat: Monika Rohde, Leipzig
Umschlaggestaltung: Hauptmann & Kompanie, Zürich, unter Verwendung eines Motives von © Chris von Rohr/Mark Fox
Layout und Satz: Roland Poferl Print-Design, Köln
Druck und Bindung: GGP Media GmbH, Pößneck
Printed in Germany

ISBN 978-3-905958-10-2

VERMÄCHTNIS

Willst du, dass deine Kinder gewinnen,
lehre sie, zu verlieren.
Willst du, dass sie glücklich sind,
lehre sie, traurig zu sein.
Willst du, dass sie gesund sind,
lehre sie, krank zu sein.
Willst du, dass sie viel haben,
lehre sie, mit Wenigem auszukommen.
Eltern, die Misserfolge vertuschen, Verluste leugnen
und sich ob ihrer eigenen Schwächen verachten,
können ihren Kindern nichts beibringen.
Eltern jedoch, die sich
in ihrer ganzen Menschlichkeit zeigen,
werden zu Helden.
Denn Kinder schauen auf diese Eltern
und lernen, sich selbst zu lieben.
WILLIAM MARTIN

Für alle Kinder
und Jene, die jeden Tag aufstehen,
um ihr Bestes zu geben.

INHALT

Sternenstaub

DER GÖTTERFUNKEN

Der bekannteste Tänzer der Filmgeschichte, Fred Astaire, bekam nach seinem ersten Probeauftritt eine Notiz des Aufnahmeleiters: »Spielt schlecht, ist etwas kahlköpfig und kann ein bisschen tanzen!« Astaire bewahrte diesen Zettel zeit seines Lebens über dem Kamin in seinem Haus in Beverly Hills auf. Walt Disney wurde mangels guter Ideen von einem Zeitungsherausgeber gefeuert und ging mehrere Male bankrott, bevor er die Welt mit seinen Zeichentrickfilmen, Comicfiguren- und Vergnügungsparks verzauberte. Der Überphysiker Albert Einstein wollte nicht sprechen, bevor er vier Jahre alt war, und konnte erst als Siebenjähriger lesen. Seine Lehrer beschrieben ihn als geistig langsam, ungesellig und dauernd in seine törichten Träume abschweifend. Er wurde von der Schule gewiesen und es wurde ihm der Zugang zur Technischen Hochschule Zürich verweigert. Gleichwohl entwickelte er später die bahnbrechende Relativitätstheorie und bekam 1921 den Nobelpreis. Thomas Alva Edisons Lehrer sagten, er wäre zu dumm, um etwas zu lernen und trotzdem wurde Edison einer der grössten Erfinder der Welt. Auch der Schriftsteller Leo Tolstoj, der mit »Krieg und Frieden« und »Anna Karenina« Literaturgeschichte schrieb, fiel an der Hochschule durch, wurde als lernunfähig und -unwillig beschrieben. Winston Churchill blieb in der sechsten Klasse sitzen. Nach einem Leben voller Niederlagen und Rückschläge wurde er mit zweiundsechzig Jahren Premierminister von England und er führte sein Land glorreich durch den zweiten Weltkrieg.

Kennen wir nicht ähnliche Zurückweisungen aus unserem eigenen Leben? Wie oft musste ich von meinen Vorgesetzten oder Lehrern Sätze wie diesen hören: »Das geht nicht, führt zu nichts, das kannst du nicht machen, vergiss es, Sohn, was soll nur aus dir werden? Musik ist wie Zirkus, davon kannst du mehr schlecht als recht leben, und besonders talentiert bist du auch nicht!« Die Autoritätspersonen in meinem Umfeld wollten mich und meine Träume brechen. Trotzdem bin ich meinen eigenen Weg gegangen. Nicht, dass ich mich etwa mit den oben genannten Persönlichkeiten in eine Reihe stellen möchte, aber immerhin gelang es mir nach einer langen Durststrecke, meine Träume zu verwirklichen: Ich konnte auf den grossen Rockbühnen der Welt spielen, traf meine Idole, erreichte Gold und Platin in Amerika und Kanada, schrieb ein paar Hitsongs und drei Bücher, coachte erfolgreich verschiedene Bands, war als Süsswasserpirat beim Fernsehen, hatte eine eigene Radioshow, rocke seit Jahren wieder mit *Krokus* und kann von der Musik gut leben.

Man sieht nur mit dem Herzen gut. Das Wesentliche ist für die Augen unsichtbar, schrieb einst Antoine de Saint-Exupéry in seinem Klassiker »Der kleine Prinz« so treffend. Egal, wie klein sie dich machen, ich glaube, dass es sich lohnt, der inneren Stimme, dem eigenen Plan mehr zu trauen, als dem, der uns gerne von Wiederkäuern und Besserwissern hineingedrückt wird. Häufig steckt da eigennützige Berechnung, Minderwertigkeit oder Neid dahinter. Ausser bei der Elternschaft. Verständlicherweise sorgt sie sich darum, ob ihre Nachkommen dereinst eigenständig im Leben bestehen können. Da kann man schon mal etwas nervös werden oder überreagieren. Dennoch – um im Leben Zufriedenheit und so etwas wie Erfüllung zu erlangen, muss jeder von uns selber spüren, wohin er gehört, seine eigene Disziplin und Gewichtsklasse finden, ergründen, wer er ist und den gewählten Pfad dann mit tollkühner und unerschrockener Konsequenz verfolgen. Dranbleiben ist alles. Das ist oft hart, denn es gilt immer wieder Rückschläge zu überwinden. Aber gerade in schwierigen, scheinbar aussichtslosen Situationen finden wir ihn wieder, diesen Götterfunken in uns. Die alte Weisheit stimmt: Das einzig wirkliche Risiko im Leben ist die Gesundheit – alles andere ergibt sich.

In einem Bangkoker Tempel gibt es einen drei Meter hohen, massivgoldenen Buddha. Er wiegt zweieinhalb Tonnen, wird auf 170 Millionen Franken geschätzt und von allen Besuchern bestaunt. Daneben liegen Tonstücke in einem Glaskasten und auf einem handgeschriebenen Dokument steht die Geschichte dieses landesweit bekannten Wahrzeichens: Im Jahr 1957 musste eine Gruppe von Mönchen einen grossen Tonbuddha in ein anderes Kloster umsiedeln. Während des Transports fiel Licht auf einen kleinen Riss der Statue und ein Mönch bemerkte, dass ein ungewöhnlicher Schimmer aufblitzte. Er fand das seltsam, liess den Transport stoppen, holte Hammer und Meissel und begann, den Ton abzutragen. Nach vielen Stunden Arbeit stand er einem massivgoldenen Buddha gegenüber. Historiker glauben, dass Priester vor vielen Hundert Jahren aus Angst vor feindlichen Angriffen den goldenen Buddha einfach mit einer Tonschicht bedeckt hatten, um ihn vor Raub und Schändung der Burmesen zu schützen. Dadurch blieb er im Besitz des damaligen Siam und überlebte sämtliche Kriege und Plünderungen.

Diese kleine Geschichte lässt sich leicht auf uns übertragen. Sind wir nicht alle wie der Tonbuddha – bedeckt mit einer Hülle aus Härte, einer Panzerung, einem Schutzwall, der aus Angst vor Verletzungen entstand? Irgendwo auf dem Weg, zwischen Geburt und Pubertät, je nach Bewusstseinsstufe der Eltern und Lehrerschaft, wird dieser Götterfunken überdeckt und unser natürliches Selbst zugeschüttet. Darunter ist aber jeder ein goldener Buddha oder ein goldener Christus und in ihm steckt ein goldener, unzerstörbarer Wesenskern. Ähnlich wie der Mönch mit dem Meissel, können wir unseren wahren Kern wieder neu entdecken – wenn wir uns wirklich danach sehnen oder vielleicht schicksalsmässig dazu gezwungen werden. Es lohnt sich, denn wenn das innere Feuer glüht, nehmen wir vermeintliche Hindernisse mit links, entwickeln eine erstaunliche Triebkraft und bleiben auf der persönlichen Spur unseres einmaligen Lebens.

SIE LIEBT MICH, SIE LIEBT MICH NICHT!

Die Japaner feiern das Kirschblütenfest. Ich hätte auch gern so ein Fest. Denn ich möchte auf keinen Fall riskieren, dass sich die hiesigen Blüten vernachlässigt fühlen und unter dem Eindruck zu leiden haben, dass sie weniger wert seien als diejenigen anderer Länder. Es muss zwar nicht unbedingt die Kirsche sein. Lassen wir die den Japanern – ebenso, wie die Tulpen den Holländern. Aber ein Fliederfest könnten wir doch feiern oder wenigstens ein Löwenzahnfest. Die Krokusse werden ja in anderem Zusammenhang gewürdigt.

Dürfte ich auswählen, würde ich mich allerdings für ein Margritli-Gänseblümchen-Massliebchen-Tausendschön-Fest entscheiden. Ein kleines bisschen wegen der allerliebsten Kränzchen, die mir mein erster Schatz in Kindertagen daraus geflochten und aufs lockige Haar gesetzt hat, aber hauptsächlich wegen der Sache mit dem Orakel. Für scheue und deswegen blutende Frühlingsherzen ist es ein sinnlicher Akt: Der heimliche Verehrer setzt sich unter dem Druck seines kaum mehr auszuhaltenden, überschäumenden Begehrens im Schneidersitz mitten auf eine Wiese und pflückt ein Margritli. Dann zupft er behutsam und gemächlich von diesen weissen Blütenblättchen eines nach dem anderen aus der goldgelben Blütenmitte heraus und murmelt dazu: »Sie liebt mich, sie liebt mich nicht …« Dabei betet er innerlich, dass Amor über ihm kreisen und das letzte Blütenblatt den positiven Bescheid bringen möge. In den meisten Fällen ist das Resultat erfreulich sicher nach dem dritten Mal. Das stärkt den verunsicherten Romeo derart, dass er seine Ablehnungsängste überwindet und sich auf den Weg macht, um seiner Angebeteten endlich die im Geiste längst ausformulierte Liebeserklärung auszusprechen. Im Erfolgsfall wird er damit von der grausamen Unterdrückung seines inneren Feuers erlöst.

Wenn man bedenkt, auf wie viele liebestrunkene Stunden die Menschheit ohne die Ermutigungen dieses kleinen, einfachen Pflänzchens verzichten müsste, dann kommt man zum Schluss, dass ein Margritlifest mehr als nur seine Berechtigung hätte. Im Grunde wäre sogar ein Friedensnobelpreis gerechtfertigt. Denn wer die Liebe lebt, hat kaum Bedürfnisse boshafter Natur. Ein Mensch, der sich und die Welt ins Herz geschlossen hat und von Hause aus gestärkt ist, hat die Gelassenheit, das zu akzeptieren, was er nicht ändern kann, und die Kraft und den Mut, das zu verändern, was er verändern kann – egal, was die anderen sagen. Wenn die Seele gesund ist, sind auch der Körper und der Geist robuster. Folglich ist das Gänseblümchen nicht nur gegen konkrete Gebrechen wie Akne, Asthma oder Frauenleiden, sondern in globalem Sinne medizinisch wirksam. Und dazu auf dem Teller ebenso schmackhaft wie dekorativ.

Seit ewigen Zeiten besteht eine mystische Vorstellung eines Paradieses, eines unerreichbaren, entrückten Garten Edens. Ein Garten, der alle Bedürfnisse deckt und den Menschen mit allem versorgt, was ihn glücklich und zufrieden macht. In fast allen Religionen kommen solche Gärten vor. Seit Anfang der Gartenkunst haben Menschen versucht, solche Gärten im Diesseits anzulegen und die Paradiesbeschreibungen auf Erden umzusetzen. Mein Gott, man könnte sein ganzes Leben nach der vollkommenen Blüte suchen, es wäre kein verschwendetes Leben! Buddha sagte einst: *Wenn wir das Wunder einer einzigen Blume wirklich sehen, dann kann dies unser ganzes Leben verändern!* Wie wahr! Die Unschuld der Natur, das Schwingen von Farben, auch inmitten eines schweren, problematischen Lebens, kann zu jeder Stunde wieder Glauben und Freiheit in uns schaffen.

Es ist für mich jedes Mal ein Highlight, wenn unser Tochterkind jede Veränderung im Garten, sei sie noch so klein, feiert und mir den wöchentlichen selbst komponierten Blumenstrauss bringt. Schon meine geliebte Mutter selig hatte dieses Feeling für herrliche Blumenarrangements. Ich betrachte dann diese bunten Wunderwerke ihrer Enkelin und sehe meine Mutter wieder vor mir – sie strahlt. Es waren die seltenen Momente, wo ich sie wirklich selbstvergessen und glücklich sah. Noch heute verbinde ich gewisse Blumen und ihre Strahlkraft mit ihr. Ich sehe sie in den Blumen, was mich an das Zitat des italienischen Dichters und Philosophen Dante Alighieri erinnert: »Drei Dinge sind uns aus dem Paradies geblieben – Sterne, Blumen und die Kinder.«

Menschen sind eben auch Blumen. Manche wurzeln tief und andere breit, wieder andere haben nur schwache, kleine Wurzeln. Manche Sorten benötigen das Bad in der Menge, sodass sich der Einzelne unserer Aufmerksamkeit entzieht. Andere setzen sich derart gekonnt in Szene, dass man kaum vorbeigehen kann, ohne sich nach ihnen zu bücken. Gewisse Raritäten aber wissen ihre Schönheit in weiser Vorsicht vor dem oberflächlichen Betrachter zu verbergen und lassen sich nur mit Musse entdecken. Es gibt Schluckspechte und solche, an denen die grösste Dürre und der härteste Winter scheinbar schadlos vorüberziehen.

Den schamlosesten Territorialkämpfen zum Trotz findet sich für fast jeden ein Plätzchen in der endlosen Weite unseres Planeten. Und alle diese Dinge geschehen nur aus einem Grund: Ein Samenkörnchen, unscheinbar klein, kann Ursprung einer grossen Geschichte sein!

VON DER UNANSTÄNDIGKEIT DER SPRACHE

Die TV-Casting-Sendungen haben mir nebst den üblichen Nebengeräuschen viel Freude, Zuspruch und anständigen Sold gebracht. Unzählige positive, ermunternde Briefe und Mails voller Begeisterung und Herzoffenheit. Vor allem von Kids und Älteren. Aber es gab auch ein paar fragende und kritische Stimmen. Der Brief vom Lehrer Markus M. steht für einen dieser Art: »Lieber Chris, deine Arbeit als Juror bei MusicStar und als Musikproduzent schätze ich sehr – deine direkte Art, deine Offenheit und deinen Charme auch. Aber deine Sprache finde ich einfach sexistisch, frauenfeindlich und vulgär. Das hast du doch gar nicht nötig. Würdest du mir empfehlen, einfach zu akzeptieren, dass in unserer Sprache, die die Jungen von heute sprechen, immer mehr ›gefuckt‹ und ›getittet‹ wird und alles immer ›megageil‹ sein muss?«

Meine Sprache ist unanständig? Kommt darauf an, wie man's sieht. Ich kreiere diese Wortkombinationen meist aus einer bestimmten Energie heraus, nämlich aus einer spielerischen, positiven, freudigen. Gerade die Kinderseele spürt sehr wohl, ob wir aus einem hassvollen Fluch oder eben aus einem Jubelanlass Wörter und Aussagen raushauen. Dazu kommt: Ich bin Musiker und bei mir muss es einfach grooven. Keith Richards von den Rolling Stones hat einmal gesagt »Baby« und »Fuck« sind Wörter, die im täglichen Gebrauch neben vielen anderen akustischen Stolpersteinen einfach so schön swingen. Ich weiss genau, was er meint. C'est le ton qui fait la musique. Man darf das auch nicht immer zu wörtlich, zum Nennwert, nehmen. Also »Baby« ist nicht gleich Kleinkind. Und mit »Fuck« ist nicht gleich Geschlechtsverkehr gemeint, sondern eher eine Verstärkung von etwas, was einen überaus freut oder nervt, wie zum Beispiel in Mundart das mittlerweile abgelaufene »schampar«.

Ich habe festgestellt, dass etwa Frauen, die mit dem Wort »Baby« Mühe haben, entweder einen leicht verkrampften Minderwertigkeitskomplex (sie wollen ja nicht verniedlicht werden) oder oft einen übersteigerten Emanzipationsdruck haben. (Baby suggeriert für sie schon die erniedrigende spielzeugmässige Sexopferrolle). Kurz, sie deuten dieses Wort im Grunde komplett falsch. Eigentlich ist es nämlich wie vieles aus meiner Sprachapotheke als buntes, manchmal vielleicht keckes, aber sicher herzliches Kompliment gedacht. Auch der viel zitierte Klassiker »affenhodentittengeil« ist von mir eigentlich als Kose- und Schwärmwort gedacht. Ganz einfach, weil es so schön rollt. Ist meine Sprache deswegen unanständig? Sie ist es nicht, weil mein Ton es nicht ist. Die Sprache selber ist sowieso nie für sich allein genommen gewalttätig, böse oder unanständig. Sie ist nur ein Transportmittel, ein Abbild eines Zeitgeistes, insofern vielleicht die Überbringerin der guten oder schlechten Nachricht, aber nicht die Nachricht selbst. Wie vieles im Leben kommt es auf das WIE und die gesunde Balance an.

Ich würde auf keinen Fall erniedrigendes Vokabular menschenverachtend verwenden, da ich die Menschen verstehe und achte. Die paar gröberen Ausdrücke, die ich verwende, sind durch ihren häufigen Gebrauch bereits

»eingesoftet« und harmlos, gemessen an dem, was man jeden Tag auf der Strasse hört. Und überhaupt: Haben wir damals als Kinder nicht genauso grob und nervig geredet? Haben wir uns nicht erst recht »Schafseckel«, »Pfiffä«, »Pigger«, »Arschkantäfilet«, und »Blöffsack« ausgeteilt, weil man es uns verbot und wir damit so schön die Älteren ärgern konnten? Hatten wir's nicht auch schon vom »Vögle« vom »Wichse« und vom »Bürschte«? Ist deswegen die Welt untergegangen? Nein. Das kam und ging wie das Fieber. Der einzige Unterschied mag sein, dass die Gassensprache heute mehr auch in den Medien, in der offiziellen Sprache durchschlägt. Ob das eine Verrohung oder einfach ein Akt der Ehrlichkeit ist, darüber kann man sich streiten. Klar ist: Die Welt und die Sprache sind in ständiger Bewegung und nichts ist mehr so, wie es einmal auch nicht war. Also, meine lieben Sound- und Wortpolizisten, macht euch lieber einmal ernsthaft Gedanken über das Blut, die Gewalt und die Vergrobung in dieser Welt, draussen wie drinnen, am Fernsehen und in den Familien. Bekanntlich schocken solche Bilder und Töne die Kinder dann wirklich in ihren Grundfesten.

Den Sprachzerfall, wie es das Bildungsbürgertum beklagt, gibt es nicht, das reine Schweizerdeutsch erst recht nicht mehr. Das ist nur eine Jugendsprache, die viele Erwachsene nicht mehr verstehen und auch nicht verstehen müssen. Heute mag der Jugo- oder Balkanslang »voll krass monn wotsch Schlägerei is Gsicht du Doppelnull?«, in sein, morgen etwas anderes. Who cares? Meiner Meinung nach brauchen Sprachen weder künstlichen Schutz noch ethnische Säuberung. Alles ist im Fluss und vergänglich, das ist das Leben. Die Menschen sollen so reden wie ihnen der Schnabel gewachsen ist – no rules! Then again, es ist weniger der Inhalt als der Sound, den ich verehre. Ich liebe es, englische Wörter in einen Satz einzuflechten, wenn dieser dadurch schöner, bunter und origineller wird. Thats all folks! Got it?

Und eines ist auch klar: Die wirklich hässlichen Ausdrücke sind nicht die vordergründig platt-groben wie »sackstark«, »fucking« oder »geili Rockgörä, Bitches, Huerescheiss«, nein, sondern diejenigen, die sich so ganz fein und geschmeidig geben, so hübsch unverfänglich tönen und damit clever die Bösartigkeit ihrer Botschaft übertünchen: »Downsizing«, »Gewinn-Optimierung«, »Human-Resource-Restrukturierung« heisst es da im Wirtschaftsjargon. Das tönt nett, meint aber, dass Menschen entlassen werden, dass Familien leiden, dass soziales Elend ausgelöst wird. So betrachtet, wird ein völlig neutraler Ausdruck wie »verdienen« plötzlich zynisch. Oder haben unsere Top-Manager, die zwanzig Millionen Franken Jahressalär haben, sie wirklich auch verdient?? Diese unglaubliche, ungerechte Falschverteilung von grossen Geldern weltweit gibt uns allen zu denken.

Ich für mich wähle weiterhin lieber Klartext als Verschleierung und falsche Schönrederei. Lieber ein harmloser »dräckiger«, aber herzvoller Ausdruck, als einer, der hochanständig klingt, doch Hochunanständiges meint. Lieber fadengerade offen, als hintenrum verlogen – auch wenn meine liebste Grossmutter, Gott hab sie selig, das verständlicherweise nicht immer witzig und anständig finden würde.

WUNSCHZETTEL MEINER NASE

Der Ausflug zum Weihnachtsmarkt ist eines meiner jährlichen Highlights. Die Lichter und der putzige Krimskram erfreuen mich, obwohl es jedes Jahr dasselbe ist: Die immergleichen Chrömli-, Tassen- und Christbaumkugelstände. Es ist Teil des ganzen Weihnachtsrituales, mir das anzusehen. Ich brauche auch nichts zu kaufen, um glücklich wieder heimzukehren. Es geht mir wie den Kindern, die eine Gutenachtgeschichte zwanzigmal hören wollen, obwohl sie sie längst auswendig kennen. Ich fahre also dorthin, ohne die feste Absicht, etwas erstehen zu wollen und ohne die Erwartung, Neues zu sehen. Ich bin sogar froh, alles immer wieder so anzutreffen, wie ich es in Erinnerung habe. Einen Tag nichts Neues gebären, verarbeiten oder bekämpfen zu müssen, das ist sicher ein Teil des Geheimnisses. Das ultimative Glückserlebnis findet aber über die Nase statt: Auf meinem Rundgang komme ich am Stand vorbei, wo's feine Crêpes gibt, dann Feuerzangenbowle, frische Riesenbrezeln und die süssen Zimtsterne, die meine Tochter so liebt. Es riecht da und dort nach Lebkuchen, Zimt und Vanille und in den herzig kitschigen und urchigen Bretterbeizen nach verschiedenen Suppen, Kaffee und Glühwein. Das Schlaraffenland der Düfte! Dieses Erlebnis braucht Zeit. Man kann nicht alles inhalieren, wenn man kurz vor Feierabend durch den Markt hetzt. Schlendern ist angesagt. Luege, lose u schmöcke.

Aber oh weh! Welche Dreistigkeit, wenn plötzlich, mitten in diesem Wintermärchen, ein Wesen an einem vorbeidrängt, das eine Rexona-, Old Spice-, Moschus-, oder noch viel schlimmer, eine Haarlackfahne mit sich herumschleppt! Unzumutbar! Wo bleibt da die Eingangskontrolle? Störenfriede werden doch sonst auch von der Securitas hinausbefördert. Macht niemand Duftmessungen? Überhaupt: Warum haften die Moleküle dieser Chemiedüfte so lange an? Hätten die nicht schon bei der Anreise abgestreift werden sollen? Was machen die eigentlich mit unserer Haut? Wie lange dauert die Halbwertzeit dieser Amokdeos? Bei anderen chemischen Substanzen gibt's doch auch Dosierungsvorschriften? Fragen über Fragen.

Die Werbung will uns verunsichern und weismachen, dass man durch Parfüm erotisch auf andere wirkt. Warum wird mir dann übel, wenn so ein mit Kunstgeruch mumifizierter Mensch an mir vorbei geht? Mich erinnert das Deoproblem an ein Tonband. Warum? Wer sich das erste Mal hört, findet seine Stimme horrormässig, weil er sich vorher nie von aussen gehört hat. Und er kommt sich so fremd, ohne Eigenresonanz vor! Beim Körpergeruch ist es genauso. Normalerweise riecht man sich selber kaum. Aber irgendwann in der Pubertät hat man plötzlich realisiert, dass da manchmal etwas schweisselt und böckelt. Es riecht nach Mensch. Igitt! Ich will doch wie Gott riechen, wie eine Paradiesblume!

In diesen Frust steigt die Parfümbranche ein und sprayt uns mit Präparaten von Rosen, Lilien und semigiftiger Chemie zu. Ich liebe feine Düfte und es gibt ein paar wirklich gute, aber bitte nicht diese aggressiv designten Killerparfüms! Früher hat man derartig riechende Hygieneartikel leicht verschämt in die WC-Schüssel reingehängt. Heute schmiert sich der geneigte Broker, der nicht stinken darf, wenn's ihm stinkt, ganz Ähnliches unter seine Achsel des Bösen.

Als Skorpion und Rocker gehöre ich nicht unbedingt zu den Chefdiplomaten dieses Landes. So kann es passieren, dass ich einer Frau fürs zweite Treffen vorschlage, sie solle bitte ganz ohne, möglichst nature erscheinen. Den Sensiblen brauche ich das gar nicht erst zu sagen. Sie haben begriffen, wie man fremde Düfte einsetzt – sicher nicht als Spraywaffe! Solche braucht man gegen Mücken und zur Abwehr von aufdringlichen Männern. Nein, die Frau, die ich mag, geht mit einen genialen Duft so um, dass man ihn erst auf den dritten Atemzug sanft wahrnimmt, wenn man ihr nahe kommt. Meine eigene Haut riecht, wenn ich dem zarten Geschlecht glauben kann, nach Karamell. Das soll und darf so bleiben. Denn ich bin sicher, dass ich mit meiner diskreten Körperaura niemandem die vorweihnachtliche Stimmung zu versauen vermag.

Also, liebes Christkind, meine Nase wünscht sich einen achten Bundesratssitz und ein weiteres Departement: das BUSCHOLS – das Bundesamt zum Schutz des olfaktorischen Sinnes. Die ausschliessliche CO_2-Ausstossbekämpfung reicht mir nicht. Dann könnte ich wieder in Ruhe essen gehen, befreit zu Weihnachtsbazaren pilgern und den Riechzellen die wohlverdiente Ekstase gönnen, ohne den Frust eines Coitus Interschnupfus bewältigen zu müssen.

Ihnen, meine lieben Leser, wünsche ich friedvolle und dufte Festtage und empfehle Ihnen das Beste aller Parfüms: leicht angebrannte Tannennadeln …, aber Vorsicht!

WENIGER IST MEHR

Ich habe es wieder einmal geschafft. Nach einer siebenstündigen Reise nehme ich die letzte Kurve über den letzten Hügel von Süd-Kreta und stosse ein freudiges »Yesss« aus. Da ist sie: Meine heissgeliebte Bucht in der Wiege Europas, umsäumt von wilden Felsen, rotbrauner Erde und ein paar unförmigen weissen Häusern. Nur wenige wissen davon und die, die hierher kommen, sind einfache Menschen, Individualisten, schräge Vögel. Der vom Alltag geplagte Standardtourist bevorzugt eher die rausgeputzten Hotelkäfige, die in den Katalogen günstig als Familien-all-you-can-eat-and-drink-and-erleb-Wohlfühlresorts angepriesen werden. Meistens braucht man danach Ferien von den Ferien und hat gar kein echtes Gefühl der Erholung oder gar des Zusichfindens erlebt. Schade.

Nicht so in Agios Platos. Da wird gar nichts angepriesen oder beworben. Man bewegt sich locker auf der Null-Stern-Ebene und die Menschen finden nur durch Mundpropaganda hierher. Wenn du dich auf die Einfachheit und Kargheit dieser Umgebung einlässt, fehlt dir bald gar nichts mehr. Der Trick heisst: Back to the roots – zurück zu den Wurzeln. Wir konsumverwöhnten Dauerzapper und Hochstromakrobaten können hier erfahren, was es heisst, mit weniger zufrieden zu sein. Alles, was es braucht, ist ein offenes Herz, etwas Flexibilität und ein paar Euro. Nach kleiner Angewöhnzeit (Wasser muss abgekocht werden, Toilettenpapier darf nicht ins WC geworfen werden, kein Internetempfang, relativ salzloses Brot und Duschen nur zwischen 19 und 20 Uhr), zieht es dich rein. Du wirst auch ein Stück Kreta pur. Jeden Tag etwas mehr. Die gastfreundlichen, offenen Griechen machen es einem auch leicht. Sogar als nichtkretisch sprechender Rockdruide geniesse ich das »Ené-méné-mono-Spiegelei« und die wild fuchtelnden Gestiken zu »entax-dio-mio-gut?«. Am Schluss verstehen wir uns immer, auch wenn mal Fisch anstelle der Spagetti auf dem Tisch liegt oder ich mal selbst in der Küche Hand anlegen muss. In der Pension Nicoletta bekommt jeder, was er braucht.

Warum kehre ich immer wieder an diesen Ort zurück? Was mich dort am meisten beeindruckt, sagte der grosse griechische Dichter Nikos Kazantzakis so: »Kretas Geheimnis ist tief; wer seinen Fuss auf die Insel setzt, spürt eine seltsame Kraft in die Adern dringen, die dir die Seele weitet.« Das stimmt wirklich. Wir sprechen hier von einer besonderen Lebensqualität. Wenn dir die ganz in Schwarz gehüllte Frau auf ihrem Esel zuwinkt, spürst du, dass sie dir sagen will: Nein, Fremder, ich kenne dich zwar nicht, aber ist das ein Grund, dass zwei Menschen achtlos aneinander vorbeigehen? Und wenn ich meinen griechischen Freund Dimitros, in dessen Herberge ich immer logiere, frage, warum das Wasser immer noch mit langen Schläuchen den Strassen entlang über die Berge in die Dörfer transportiert wird, sagt er nur: Good water, Christos, good water. Drink!

Auch meine Tochter Jewel tauchte voll in den einfachen, puren Reichtum dieser Umgebung ein. Dadurch, dass scheinbar gar nix passiert, werden die kleinen Dinge plötzlich gross: Wie die schönen, vielfarbigen Steine, die verschiedenen Farbtöne des Meeres, das Treibgut am Strand, die feine Form der Eukalyptusblätter, die berauschenden Rottöne der Bugalien, die mageren, flinken, zerzausten Schafe, das Seemannsgarn oder der Absturz eines Lämmergeiers ins Wasser werden zur Sensation. Ja, Jewel war hier in ihrem Element. Sie wollte ein Steinmannli oder eine Sandgitarre bauen, woran sie dann möglicherweise scheiterte und Kurs auf etwas Realistischeres nahm. Das finde ich bei Kindern immer so toll. Erst wollen sie Nemos Aquarium aus Tannzapfen bauen, dann aha, geit nid … auso, de machemer haut e Schiffshafe u versänke Schiffli … hüufsch? Hier brauchte es keine zusätzliche Unterhaltung, kein TV, keine kurzlebigen Wegwerfnews, kein Disneyland. Man wird automatisch ruhig und seelenfroh. Langeweile und Abstumpfung gibt's ja eh nur, wenn's zu viel von allem und nichts wirklich Nahrhaftes gibt.

Eigentlich wollte ich das kleine Büchlein vom Ozeanpianisten, das mir Kuno Lauener geschenkt hat, lesen. Und trotz des grossartigen ersten Satzes: »Es passierte immer wieder, dass auf einmal einer den Kopf hob … und es sah«, oder vielleicht gerade wegen diesem Satz, hob ich dann meinen Kopf und las nicht weiter und sah es: Das Unermessliche, das Grenzenlose. Das, was sich mir hier und jetzt anpries.

Ich durfte diese einmaligen Tage, diese perfekte, einfache Schönheit, mit meiner Tochter und Lebenspartnerin teilen, und als die zwölf Feigen, die wir für die ebenso vielen Inseltage gesetzt hatten, gegessen waren, stellte ich fest: Näher war ich selten an der Wahrheit dran. Daran konnten auch die paar Stürme, die über uns hinwegfegten, nichts ändern. Kreta hatte uns verzaubert … und wieder mal die Lektüre keines einzigen Buches zugelassen. Wozu auch? Wenn du mit den richtigen Menschen am richtigen Ort, mit dem Meer, den wilden Katzen, der Sonne, den Sternen, dem Wind, kurz, mit der Natur vereint bist, braucht es keine Bücher mehr. Du bist angekommen, dort, wo du herkommst und irgendwann einmal wieder zurückkehrst: Zur Mutter Erde. Ich gönne dies jedem gehetzten, erschöpften Menschen. Calispera, Freunde, calispera, das Schönste im Leben ist einfach und kostet nicht viel. Wer am wenigsten will, ist den Göttern am nächsten, meinte Sokrates. Wer will ihm da widersprechen?

HEIDILAND SUCHT THE NEXT SUPERCHRIS

Wenn ich wieder mal einen Schwächeanfall habe oder der kollektive Weltschmerz an mir zerrt, denke ich, ich sollte mich möglicherweise langsam damit befassen, meinen Nachlass zu regeln und einen Nachfolger zu suchen. Ich weiss auch schon wie. Castingshow – what else? Jeder, der bei Heidi Klum nicht in die Kränze kam, darf sich bei mir vorstellen. Heidi bekommt die Schaufensterpuppen und ich die wahren Schönheiten.

Bis vor Kurzem hatte ich ein gutes Gefühl beim Namen Heidi. Ich dachte an diese herrliche Geschichte von Johanna Spyri, an die Berge, an Zöpfchen, an feines weisses Brot und an ein kleines, freches, lebendiges Mädchen. Blöderweise steht heute derselbe Vorname für diese blonde, kalte, teutonische Knallcharge. Ich gebe es zu, das gestrenge, unschöne TV-Model »mit dem laubgesägten Gouvernantenprofil, die kleine Mädchen zum Weinen bringt« (Roger Willemsen), hat mich schon immer befremdet. Ich sehe nur Dollarzeichen in ihren Augen und Heidis Umgang mit den Möchtegernmodels, denen sie einen Traum verkaufen will, den es so gar nicht gibt, ist mehr als fragwürdig. Das wäre ja weiter nicht so wichtig, wenn nicht Tausende von ganz jungen Menschen diesen von ihr verbreiteten antiseptischen, desinfizierten Schönheitsidealen, die sie eh nie erreichen können, mehr krampfhaft als freudig nacheifern würden, und dann im Ernst noch glauben, dies sei der wahre, neue Beauty-Gospel. Ich kann dazu nur sagen: Bleibt euch selbst treu, schöne Schweizer- und Germaninnen!

Ja, die Sache mit der Schönheit ist eine Religion für sich. Jeder Mensch legt sich dafür mehr oder weniger ins Zeug. Für uns Männer hält sich der Aufwand meist in Grenzen: Das Kinn entstoppeln, ein bisschen zu den Hand- und Fussnägeln schauen, damit sie keine Trauerränder tragen, die Beisserchen und das Zahnfleisch schön putzen, etwas Handcreme und ein feines Schmöcki, dann vielleicht noch die eine oder andere Liane aus Augenbrauen, Nase oder Ohren zupfen. Geschätzter Wochenaufwand: zirka eine Stunde.

Die Frauen hingegen sind einem beachtlichen Entscheidungsprozess ausgeliefert, was sie alles an sich bearbeiten (lassen) wollen. Enthaarungsprozeduren querbeet, Haare tönen, Augenbrauen und Wimpern färben, Nägel feilen, lackieren, aufkleben und wieder ablösen, mit oder ohne Bildli drauf, Gesichtsmasken, Lippenstift, Lidschatten, straffende Gymnastik, um den drohenden Zellulitis-Blues hinauszuzögern, das gelegentliche Botoxli, eventuell sogar noch das eine oder andere Silikonhämpfeli …

Bei Frauen, die sich gezwungen sehen, das volle Programm inklusive wöchentliches Kleidershopping mitzumachen, kann das annähernd zur Lebensaufgabe werden. Abgesehen vom finanziellen Unterhalt der bemühten Schönheit, beschäftigt mich der Gedanke an die zeitlichen Aufwendungen. Für so einen Rundum-Service mit allem Drum und Dran gehen doch etliche Wochenstunden drauf. Irgendwo geht diese Zeit ab. Wem wird sie gestohlen? Sich selber? Dem Freund, den Kindern, dem Job oder dem Haushalt? Der Gartenarbeit oder der Lektüre? Oder gar dem Gemeinschaftswohl?

Während man es sich – was die fleischliche Fassade betrifft – vorbehaltlos wert ist, scheint eine andere Schönheit beschämend wenig Pflege verdient zu haben: Zwei, drei laue Frühsommerabende genügen, um unsere Paradiese in Müllhalden zu verwandeln. All die lauschigen Stellen am Aareufer, die mit viel Bagage noch einigermassen bequem zu erreichen sind, werden innert Stunden mit Getränkeflaschen und Foodbehältnissen bestückt. Man bringt zwar die Kraft auf, die vollen Taschen hinzutragen, aber für den Abtransport des Leergutes ist man zu schwach. Die Vorher-Nachher-Eindrücke sind schockierend. Und man sieht Menschen an den Stränden sitzen und liegen, die ihre in mehrstündiger Akribie polierten Karrosserien präsentieren. Gepflegte Frauen und Männer hinterlassen ein Bild der Verwahrlosung. Sie nehmen in Kauf, dass sich planschende und sändelnde Kinder möglicherweise ihre Füsschen an geöffneten Konservendosen zerschneiden oder sich in eine Glasscherbe legen. Und vor allem scheinen sie blind für die Schönheit der Natur zu sein. Vermutlich wurden sie nur vom kühlen Nass angelockt und nicht vom Zauber des Ortes. Sonst wären sie bemüht, ihn mit Respekt zu behandeln.

Ein guter Wanderer hinterlässt bekanntlich keine Spuren. Um die Schönheiten anderer zu sehen, sei es Mensch, Tier oder Natur, braucht es eben kein geschminktes Auge, sondern ein gepflegtes Herz. Vielleicht sollte man dort ein bisschen sälbeln. Wenn es dann noch heisst, dass jährlich 6,4 Millionen (!) Tonnen Abfall in die Weltmeere gekippt und auf jedem Quadratkilometer mittlerweile 46 000 Stück Plastikmüll verteilt werden, reichen wohl Salben nicht mehr.

Wer soll bloss all die Säuniggel zur Einsicht bewegen? Für mich ist diese Herausforderung leider eine Nuance zu gross. Ich gebe zwar mein Bestes, hier »meh Dräck« in »weniger Dräck« umzuwandeln, aber mein Nachfolger, der kann's dann vielleicht richten. Bewerber, die eine möglichst telegene Methode zur Vernunfteinflössung im Köcher haben, sollen sich bitte umgehend vertrauensvoll an mich wenden! Auf Heidi und ihre Grazien ist da vermutlich kein Verlass. Wahre Schönheit ist eben nicht ihr Business.

DIE GESTÜRZTEN LEHRER

Es war einmal ein Lehrer, der pflegte stundenlang begeistert von den Bauernhäusern im Emmental, Entlebuch und Engadin zu erzählen. Er beschrieb strohgedeckte Holzhäuser am Jurasüdfuss, Walliser Schieferdachhütten und vieles andere mit solcher Inbrunst, dass die Schüler nach ihrem Empfinden den offiziellen Schulstoff bloss nebenbei aufnahmen. Heute wäre ein solcher Unterricht wohl ein Kündigungsgrund. Die Schweiz wird von einer Professionalisierung der Schule erschüttert. Nicht die Lehrer, sondern Gremien von Bildungsexperten und Ausseninstanzen entscheiden über Bildungsinhalte und Lehrmethoden. Persönliche Vorlieben des Lehrpersonals gehören nicht mehr ins Klassenzimmer. Um höhere Pisawerte zu erreichen, wird die Schule anonymisiert. Unterrichten soll kein persönlicher Akt mehr sein, sondern eine vom Staat regulierte Tätigkeit. Chancengleichheit ist das oft gehörte Zauberwort. Die Frage, ob Sprösslinge einer ländlichen Gegend mit einer Handvoll Bauern- und Einfamilienhäuser der gleichen Art Förderung bedürfen wie jene der Ballungszentren, bleibt aussen vor. Bildungspolitik wird in städtischen Büros gemacht. Wer melken kann, aber ohne Handyempfang lebt, wird in einen Topf geworfen mit dem kleinen Internetjunkie, der nur linke Hände hat. Item.

Alle Jahre wieder geht die Mehrheit der Kinder in kuhblickiger Erwartung auf das »Programm« in die

Schule. Nicht nur die kindliche Neugier ist für eine produktive Lernatmosphäre erforderlich, sondern auch diejenige der Lehrkraft. Denn häufig sind die Sternstunden nicht die sorgsam vorbereiteten und durchdachten, sondern das, was sich spontan ergibt. Die Planung sollte über den Haufen geworfen werden, falls ein magischer Moment die schulischen Hallen betritt. Wenn zum Beispiel ein Lehrer die Gabe hat, anhand der Pizzeria nebenan locker die Weltwirtschaft zu erklären, wird der Schüler kaum unter dem Pult simsen. Man kann noch so originelle, vierfarbig gedruckte und in anbiedernd moderne Sprache verfasste Lehrmittel nach neuzeitlichen pädagogischen Methoden lancieren – der Effekt ist vergleichsweise gering.

Der Jugendpsychologe Allan Guggenbühl erkennt: »Schule geben bedeutet Arbeit mit Menschen – die reagieren je nach Situation, persönlichem Lebenshintergrund und Motivation anders. Eine in ein Schema gepresste Vereinheitlichung kommt nicht gut. Die einzigen Profiteure der Gleichmachung des Schulsystems sind die Bildungsexperten und Bürokraten, weil sie nach herbeigeredeter Bildungskatastrophe dann als Retter und selbst deklarierte Elite die Schullandschaft beeinflussen können.« Hierzulande macht der kollektive Irrtum, dass es ohne höhere Bildung kein Leben gäbe, die ganze Sache noch schwieriger.

Meine Tochter kommt bald in die fünfte Klasse der hiesigen Steinerschule. Letzthin wurde sie mit dem völlig überraschenden Tod ihrer noch jungen Lehrerin, einem Engel von Mensch, konfrontiert. Für die Kinder war das ein grober Einschnitt und ein Riesenverlust, doch sie wurden aufgefangen. Hilfsbereitschaft und Feeling der ganzen Lehrerschaft waren extrem beeindruckend. Es gab eine Aareinsel-Abdankung und den Schülern wurde sorgsam nähergebracht, dass der Tod auch zum Leben gehört, kein Schreckgespenst sein muss, und dass es ihrer Lehrerin jetzt nicht schlecht geht. Vor allem WIR mussten mit diesem harten Umstand fertig werden. Man spürte, dass alles im Leben zusammenhängt und es nicht egal ist, wie man mit sich, mit anderen oder der Umwelt umgeht. Nichts ist gleichgültig auf dieser Welt und ich finde es grossartig und berührend, wenn solche Werte vermittelt werden an den Schulen. Wo denn sonst? Die Kinder verbringen oft mehr Zeit mit den Lehrkräften als mit ihren Eltern. Gerade wenn es um Wertevermittlung geht, sind charismatische, gut geerdete Personen vonnöten. Diese Tatsache bewirkt meiner Meinung nach aber auch den Overkill. Leidenschaft ist schwer vereinbar mit gleichgeschaltetem Lohnempfängertum, Obrigkeitshörigkeit und Gehorsam. Wer artig seine Schäfchen zurückstellt, um tagelang um triviale Formulierungen für Schulleitbilder zu ringen, der schafft wahrlich Bilder des Leids.

Müsste ich noch einmal zur Schule, dann würde ich mir einen Lehrer wünschen, der sich ins Zeug redet, sich mal vergisst, der selber eine Saufreude hat an der Werkarbeit und wie sie gelungen ist. Einer, der auf den Tisch haut, wenn ihm etwas unverschämt dünkt, aber auch nicht geizt mit Entzücken, wenn klein Anna ihre Angst vor dem Reck überwunden hat und um die Stange flitzt oder der linkische Kevinski einen Eigenlauf im Brennball schafft. Kurz und bündig: Ich möchte einen lebendigen

Menschen vor mir haben, dem wir nicht am Allerwertesten vorbeigehen. Ich weiss, es gibt sie, genau diese LehrerInnen, und die Kids werden nicht wegen, sondern trotz der modernen Lehr- und Lernformen gute Schüler und Menschen.

DIE KUSCHELKRISE

»I just wanna feel real love«, singt Robbie Williams und ich glaube es ihm. Ich würde es jedem glauben und misstraue denen, die das Gegenteil behaupten. Fühlen findet nicht im Kopf statt – oder doch? Die menschliche Haut als Sinnesorgan wird jedenfalls permanent kaltgestellt. Jetzt im Winter erst recht. Meine Füsse spüren nur Socken. Mit Schal und Kragen hindere ich den Wind daran, über meinen Nacken zu streichen, und auch der Rest des Körpers muss sich mit dem Wäschegefühl begnügen. Auf meinen Spaziergängen streiche ich nicht, wie im Sommer, da und dort mit der Hand über einen Baumstamm und ich hebe keinen Stein vom Boden auf, um ihn eine Weile zwischen den Fingern zu drehen. Mein Körpergefühl befindet sich im zwangsverordneten Winterschlaf und leidet unter der Sinnesdiät. Vermutlich nicht nur meiner …

Das Körperelend beginnt leider oft sehr früh – bei der Ankunft im grossen Theater, das wir Leben nennen. Wer die göttliche Mutterbrust und reichlich zärtliche Zuneigung spürt, geht nicht nur immunsystemtechnisch gestärkt ins Rennen, sondern er bekommt ein natürliches Feeling von körperlicher Nähe, Wärme und Geborgenheit. Ich halte dies für einen komplett unterschätzten Faktor in der Liebes- und Bindungsfähigkeit des Menschen. Es ist eine grosse Ungerechtigkeit im Leben, dass gewisse Mütter durch eigene Leidenserfahrungen unfähig sind, ihrem Kind natürliche körperliche Zuneigung, Geborgenheit und Wärme zu geben. Da können später auch Seelenklempner, Kuschelseminare und Familienaufstelldruiden nicht mehr viel dran ändern. Die Distanz zum eigenen und zum anderen Körper bleibt meist erhalten. Es ist auch interessant zu erleben, welche Menschen, egal ob Mann oder Frau, man ganz natürlich umarmen kann und welche nicht.

Mehr als sein Mund erzählt mir oft der Händedruck eines Menschen. Mein Gott, gibt es komische Berührungen! Kennen Sie den »Pudding Handshake«? Man ergreift eine Hand, die lascher und willenloser ist als eine Qualle im Strudel des ewigen Auf und Ab der Gezeiten! Wie muss sich dieser Mensch fühlen und in der Welt stehen? Was hat er durchgemacht? Was wagt er? Was lässt er sich gefallen? Es gibt auch den überharten, besitzergreifenden Händedrücker, jenen, der glaubt, er müsse einem jeden Finger einzeln zermalmen oder wie eine Zitrone auspressen. Ich hasse diese Grobspäne, die ihre Finger-PS nicht im Griff haben. Am schlimmsten aber empfinde ich jene, die dir zuerst freundlich oder pflichtbewusst die Hand entgegenstrecken, aber dann ist da so eine harte, knochige, abgewinkelte, verkrampfte Ecke drin. Ein kalter Schauer fährt mir den Rücken hinunter. So ein Abturner! Ich stelle mir vor, wie das beim Küssen oder im Bett daherkommt … Dabei wäre es etwas Grosses und Schönes, einander die Hände zu reichen! Sei gegrüsst! Yes! Yo! Einverstanden! Ehrenwort! Abgemacht! Tschüss!

Das Thema hat mich so beschäftigt, dass ich mit *Krokus* einen Song, der »Rock 'n' Roll Handshake« heisst, machen musste. Aber wie befreit man Körper und Geist von Altlasten und Vereisungen? Wie viele Umarmungen braucht es, um einen Eisberg zu schmelzen?

Das Internet ist eine riesige niederschwellige Kontaktbörse. Ich könnte jetzt vielleicht eine halbe Filmlänge mit ein paar unkomplizierten Frauen chatten und hätte dann bestimmt eine Bettflasche für heute Nacht aufgestöbert. Aber das wäre bloss irgendein Hautkontakt, keine Gefühlstiefe und nicht die wahrhaftige Liebe und das Zuhause, nach dem es den Menschen von der Wiege bis zur Bahre dürstet. Denn das gibt es leider nicht in jeder virtuellen Wühlkiste zu pflücken wie die Beeren vom Strauch. Zu viel Blabla und unverbindliche Worte. Heute gesagt, morgen vergessen! Zu selten folgen Taten und Berührungen, die aus der Tiefe der Herzen kommen, stärken, nähren und tragen. So steigt das Misstrauen und die Kälte gewinnt Land.

Es soll Menschen geben, die täglich und nächtlich vor dem Bildschirm an ihrem Facebook-Persönlichkeitsprofil herumschrauben, um damit virtuelle Freunde zu sammeln, als wären es Briefmarken oder Cumuluspunkte, für die man eine Prämie bekommt. So sitzen sie einsam vor dem elektronischen Familienersatz. Das hat bestimmt Vorteile, da der Bildschirm einem nichts abverlangt. Er hinterfragt und reklamiert nicht und will keine Erklärungen. Echte Freunde tun das aber. Sie fördern und fordern einen und sind anstrengend. Aber ein tiefer Blick in die Augen, eine innige Umarmung oder ein Kuss sind andere Werte – ewige Werte. Und die mühsamen Auseinandersetzungen sind mitunter genau das, was den lethargischen Menschen aus dem Primatenstatus erhebt.

Ich bin fast sicher, dass der virtuelle Vernetzungshype bald den Höchststand erreicht hat und eine neue Back-to-the-roots-Generation in den Startlöchern steht, die null Bock hat, nur ein Sklave der technischen Leibgarde zu werden. Denn solange es Menschen gibt, wird es in ihnen singen: »Come on, hold my hand, I wanna contact the living …«

I PHONE, ALSO BIN ICH!

Ich gebe zu, dass für mich das iPhone von Apple die genialste Erfindung seit der elektrischen Gitarre und Coke ist! Es ist ein tragbarer Minicomputer vom Feinsten und extrem benutzerfreundlich. Das Zauberteil hilft mir wirklich, mein Leben zu vereinfachen und ein eigenes Meh-Dräck-App hab ich auch schon. Trotzdem ist der, der etwas erreicht hat, nicht ständig erreichbar. Umso öfter ich das Wunderding weglege, umso mehr freue ich mich, es wieder zu benutzen.

Kürzlich las ich in einer Zeitschrift einen Bericht über einen Mann namens Jack, kinderlos, in einer Beziehung lebend, mit einer überbordenden Liebe zur Technik. Er nutzte alle Funktionen, die sein Handy bot. Das Teil verwaltete sozusagen sein ganzes Leben und Jack hatte die Welt in der Tasche. Seine Beziehung verformte sich schleichend zu einem Dreieck: Jack, seine Freundin und das iPhone. Das reinste Horrorszenario!

Wer heute ein Telefon kauft, erhält in Taschenformat ein Gerät, das ausser einem Reservefallschirm beinahe alles beinhaltet. Der Umgang damit wird zum Eiertanz. Die Ausgeburten dieser Möglichkeiten und der permanenten Erreichbarkeit machen Freude, aber auch viel Druck. Man verabredet sich spontan und hat die Möglichkeit, ebenso spontan nicht zu erscheinen. Eine simple short message befreit einen, wenn sich die Lust auf ein Date urplötzlich verflüchtigt hat. Gewisse charakterlose Erdenbewohner beenden sogar Beziehungen via SMS. Das Leben mancher Menschen droht im wahrsten Sinne des Wortes drahtlos zu werden.

Ich mag Spontaneität. Wenn es darum geht, mit meinen Liebsten im Affekt eine Nachtwanderung zu unternehmen, ein Lagerfeuerchen zu entfachen, spontan nochmals unter die Decke zu kriechen oder einen Film reinzuziehen. Wenn ich einmal nicht mehr Spass habe an diesen Dingen, dann ist für mich klar, dass ich alt geworden bin, und ich gehe mir einen dieser reizenden Gehstöcke aussuchen, die sie in der Apotheke anbieten. Es gibt ganz herzige mit eingeritzten Müsterlis. Anyway: Nach dem Motto »jetzt oder nie« greife ich gern spontan zum Telefon, wenn ich an jemanden denke, den ich länger nicht gesprochen habe, obwohl er mir gefühlsmässig nahesteht. Umgekehrt freue ich mich über einen unerwarteten Anruf oder eine SMS, die eigentlich nur eines sagt: Ich denke gerade an dich, habe dich nicht vergessen. Du magst weit weg sein, aber meine Gedanken sind mit dir. Salem Aleikum!

Es ist noch gar nicht so lange her, da waren die Telefone fest in der Wand verankert und ihre Nutzung ein sehr bewusster Prozess. Man musste sich zum Gerät hinbegeben und konnte nicht gleichzeitig baden, tippen, rüsten oder Kaffee machen. Jede Nummer wurde einzeln per Drehscheibe gewählt, verheddern bedeutete, von vorn anzufangen. Es gab keine Korrekturfunktion und keine programmierten Nummern. Die mussten in einem Büchlein herausgesucht werden. So wartete man als Anrufer einen geeigneten Zeitpunkt für das Telefonat ab und war sich meistens auch der Situation des Angerufenen bewusst. Es gehörte sich nicht, um die Mittagszeit in einem Privathaushalt anzuläuten, denn dann wurde gegessen oder gekocht und das war heikel. Die von allen ersehnte Speise sollte ja nicht am Pfannenboden hocken bleiben, weil man wegen des Klingelns abgelenkt wurde und den Herd verlassen musste. Auch spätabends galt es als unanständig, es schrillen zu lassen, denn das weckte unter Umständen die ganze Familie auf. Ein Ausschalten oder gar lautlos stellen des Apparats gab es nicht. Weil der Akt des Telefonierens ein so heikler war, bemühte man sich, ihn zu vermeiden. Termine wurden längerfristig abgemacht, damit man nicht extra anläuten musste. ABMACHEN – versuchen Sie das einmal ihren Kindern beizubringen! Bei vielen Jugendlichen ist es wirklich oft zum Kopfschütteln. Sie sehen sich in der Schule und auf dem Heimweg, aber sie machen nicht ab. Kaum zuhause angekommen, wird telefoniert und gesmselt. Und wenn sie dann einmal »längerfristig« abgemacht haben, wird nachgefragt, ob es denn jetzt tatsächlich stattfinde. Sie scheinen dem Display des Gerätes mehr Glauben zu schenken als dem Mund des Mitmenschen. Ich halte es übrigens nicht nur bei jungen Menschen für eine Saumode, einander hinzuhalten und abzuwarten, ob man zum entsprechenden Zeitpunkt nicht unter Umständen ein heisseres Eisen im Feuer hat.

Mein erstes Handy hatte die Form eines Kleinkoffers. Der Hörer hing an einem Kabel und die Tastatur leuchtete knallgrün – wenigstens für eine halbe Stunde. Es war der neue Thrill schlechthin, irgendjemanden von irgendwoher aus anzurufen, auch wenn man nicht viel Wichtiges mitzuteilen hatte. So konnte ich aber jemanden frühzeitig davon in Kenntnis setzen, wenn ich aufgrund irgendeiner

Panne oder eines Staus zu spät zum vereinbarten Treffen kam. Der Wartende vermochte abzuwägen, ob er in aller Ruhe einen Kaffee trinken gehen möchte oder ob man das Treffen verschieben will.

Heute hat der Homo sapiens, wo er auch wandelt, mindestens ein mobiles Phone im Sack. Er verfügt über die Möglichkeit, sich jederzeit bemerkbar zu machen und mitzuteilen. Aber er zweckentfremdet sein Gerät gerne dazu, völlig sinnfreie und nutzlose Sauglattismen durch den Äther zu spedieren. Eigentlich fehlt bloss eine Sache an diesen Allerweltsgeräten: Der Zapfhahn – damit man rasch per Internet ein Bier bestellen und es auch gleich rauslassen kann. Das ist den Elektronikdruiden offenbar noch nicht gelungen. So schütteln wir die virtuellen Haribo Gummibärchen in unseren Rachen und freuen uns, dass die Bauchblähungen ausbleiben. Der Appetit bleibt. Der Appetit auf das richtige, fassbare Leben.

KAUF JETZT – BEZAHLE NIE!

Politiker und Zentralbanken spülen gerne weich, erzählen Märchen – damit die Bürger besser schlafen können. Sie sagen: Wir können mit künstlich erzeugtem Geld Wohlstand schaffen und nebenbei den Euro und den Dollar retten. Das klingt so, als müssten wir einfach nur einem als Kröte getarnten Prinzen ein teures Küsschen aufdrücken und alles wird gut. Zu schön, um wahr zu sein! In Wirklichkeit mästen wir eine hässliche Kröte namens Staatsverschuldung und fast niemand weltweit tut ernsthaft etwas dagegen. Diese Kröte müssen spätestens unsere Kinder schlucken und sie wird sich sicher nicht in einen Prinzen verwandeln.

Wenn man das Theater an den Finanzmärkten betrachtet, kann einem schon mal trümmlig werden. Die normal arbeitenden Menschen merken überhaupt nicht mehr, was da abgeht. Wer verliert? Wer gewinnt? Was jetzt? Sind unsere Ersparnisse und Jobs noch sicher? Um dieses böse Spiel etwas besser zu verstehen, müssen wir zuerst einmal die Geschichte des Geldes kennen.

Bevor es Geld gab, tauschten die Menschen Sachen, die sie brauchten, oder sie machten sich nützlich für andere, um dafür etwas zu bekommen. Man musste jedoch zuerst jemanden finden, der genau das hatte, was man wollte und dafür etwas möchte, was man selbst anbieten konnte. Bald erfanden die Menschen das Zwischentauschmittel. Alle Dinge, die für wertvoll befunden wurden, konnten als

Geld verwendet werden. Das waren etwa Gold, Edelsteine, Muscheln, Tierzähne und auch Korn, Salz und Pfeffer und man nannte es Natural- oder Warengeld. Jemand kam dann auf die Idee, aus Gold und Silber Scheibchen zu machen, die ein gewisses Gewicht und Wert hatten: Münzgeld!

Die ersten Münzen wurden um 700 vor Christus von den Lydern geschlagen – Münzen mit dem Abbild von König Krösus. Sie hatten den Vorteil, die immer gleiche Grösse, das gleiche Gewicht und das gleiche Aussehen zu besitzen und statt zu wiegen, konnte man sie abzählen. Bald schon kamen dann aber die Scheidemünzen auf den Markt, deren Wert als Zahlungsmittel höher war als ihr eigentlicher Kapitalwert. Das war der Anfang des Kreditgeldes, das man auch schlechtes Geld nannte.

Etwa im 11. Jahrhundert in China und 1483 in Spanien tauchte das erste Papiergeld auf, eine Art Gutschein, den man gegen Münzgeld eintauschen konnte. Wenn man also etwas ganz Teures kaufen wollte, musste man nun keinen Lastkarren voller Münzen mehr durch die von Räubern verunsicherten Gebiete schleppen. Die Banken gaben Wertscheine, Noten mit ihrem Siegel, die den Wert einer grossen Summe bestätigten. Das erleichterte vieles, der Gegenwert lag auf der Bank und es gab nur eine beschränkte Menge Geld. Die Geldinstitute achteten gut darauf, nicht zu viel Geld zu drucken, damit jederzeit die Möglichkeit bestand, das Papier wieder gegen Münzgeld einzutauschen.

Bald jedoch begannen die Banken mit der Unart, Gelder in Umlauf zu bringen, die gar nicht gedeckt und physisch existent waren. Mit der Aufhebung der Golddeckung löste sich auch der Geist des Geldes endgültig von seinem materiellen Körper und offenbarte seine abstrakte Grösse. Anfangs versuchten die Ökonomen noch, den Wert des Geldes am Bruttosozialprodukt eines Landes zu messen. Doch bald war ihnen auch diese Sichtweise zu eng. Geld war nur noch durch Geld gedeckt. Das Papiergeld ist heute auch eher ein Relikt der Vergangenheit. Mittlerweile sind nur noch etwa fünf Prozent des gesamten Geldes Scheine und Münzen. Das eigentliche Geld ist zu einer digitalen Zahl geworden, die in den Rechnern der Banken wohnt, und wenn da über diese Zahlen leise gesprochen wird, so hat es die Anmut einer christlichen Beichte. Der erhoffte Anstieg des Bankkontos gleicht einem Glaubensbekenntnis. So leitet sich das Wort Kredit von dem lateinischen *credo* ab: Ich glaube.

Eine Kamikazebuchhaltung führte in Amerika und Europa zu einer fatalen, staatlich organisierten Ausgaben-Verantwortungslosigkeit, deren Wirkung wir jetzt zu spüren bekommen: Das Währungsproblem ist ein Schuldenproblem. Längst schon wütet der Slogan: buy now – pay never! Kauf jetzt – bezahle nie! Das ist eine Haltung, die es so noch nie gab. Ganze Länder können ihre Schulden nie mehr bezahlen. Und es hilft natürlich auch nicht, dass einige wenige dieser Welt fast alles Geld unter ihrer Kontrolle haben. Die weltweite Balance ist völlig aus den Fugen geraten. Manche schwimmen im Geld, kaufen alles auf, wie im Monopolyspiel, anderen fehlt es am Allernötigsten. Randale wie in England sind vorprogrammiert, denn ein Grossteil der Jugend folgt nicht mehr der Erkenntnis: »Ich denke, also bin ich«, sondern, »ich bin nur, wenn ich kaufe«. Die Grundregeln der Economy an der

Grundschule einzuführen, wäre sicher keine schlechte Idee, dafür kann man ein paar nutzlose andere Fächer streichen.

Im Originalmärchen der Grimmbrüder wird der Frosch übrigens nicht geküsst, sondern an die Wand geworfen. So etwas ist politisch kaum durchsetzbar, aber mehr Kostenvernunft und eine gesunde Marktwirtschaft ist absolutes Muss. Wir sollten beim Schuldenmachen und Gelddrucken immer an die Kröte denken – und an unseren Nachwuchs.

GEIST IST GEIL!

Zuweilen sind wir alle dumm. Aber glücklicherweise nicht zu sehr, um nicht zu merken, dass wir dumm sind. Ich jedenfalls bemerke es dann und wann, dass ich wieder irgendeinem Hornochsenspiel zum Opfer gefallen bin. Irgendwem bin ich auf den Leim gegangen, habe auf eine Provokation reagiert, deren einziger Zweck darin bestand, mich zur Reaktion zu bewegen. Oder ich habe da oder dort etwas zu teuer bezahlt. Manchmal habe ich es geschafft, sofort aus meinen Fehlern zu lernen, aber ab und zu brauchte es ein zweites Reinrasseln. Es bewegt mich trotzdem immer wieder, wenn ich sehe, wie wenig Hang zur Logik manchen Mitmenschen eigen ist.

Kürzlich »gewann« eine liebe Freundin von mir durch die Verkettung unglücklicher Umstände eine Matratzenreinigung. Nach zwanzig Minuten war die Schlafunterlage bearbeitet. Trotzdem brauchte sie anderthalb Stunden, um diesen Reinigungsdruiden wieder aus dem Haus zu bugsieren. Natürlich hatte er diese Aktion nicht aus unverdünnter Nächstenliebe gegeben, sondern aus wirtschaftlichem Kalkül. So appellierte er an ihre Liebe zur Sauberkeit, versuchte in ihr Ekel zu wecken gegen die urkleinsten Mitbewohner, die sich an ihrem Haushalt gütlich tun und er schraubte sich dermassen hoch, dass die Gute meinen musste, das Lebensglück eines jeden Erdenbürgers sei unmittelbar vom Besitz einer derartigen Putzmaschine abhängig. Sie bot ihm wohlweislich keinen

Kaffee an und stellte keine Fragen, um den Kerl nicht noch mehr in Fahrt zu bringen. Aber er drängte ihr dann trotzdem den Preis dieser Maschine und – ohne Luft zu holen – gleich noch ein Angebot zur Finanzierung auf. Fast dreieinhalbtausend Stutz sollte das Teil kosten! Sie fragte ihn aus purer Neugier, wie viele Menschen denn so ein Ding auf Abzahlung kaufen würden. Die Antwort schockierte sie. Der Anteil der Barzahler liege lediglich bei vierzehn Prozent, beschied ihr der Jubelperser. Da lassen sich also fast neun von zehn Menschen derart bequasseln, dass sie sich zu monatlichen Festausgaben von dreihundertfünfzig Franken verpflichten?! Sie könnten genau so gut jeden Monat einen neuen Staubsauger kaufen – geputzt werden muss so oder so.

Ich empfinde für Menschen dieser manipulativen Sorte keine rühmlichen Gefühle. Wer andere am Portemonnaie oder an der Psyche nötigt und drangsaliert, erntet von mir Verachtung. In so einem Handel wäre ich von vornherein unbrauchbar. Ich kann zwar gut reden und auch leidenschaftlich überzeugen, müsste ich jedoch Waschmaschinen verkaufen, dann würde ich die Kunden fragen, ob sie wirklich so genau Bescheid wissen müssen, wie schwer die Wäsche ist, wie lange der Waschgang voraussichtlich noch dauern wird und ob sie tatsächlich fünfzehn verschiedene Waschprogramme benötigen. »Tun Sie sich das nicht an«, höre ich mich sagen, »die Billigere – ich habe die Billigste für vierhundertvierzig Franken – tut's längstens. Gehen Sie lieber zwölf Mal mit Ihrem Liebsten essen!«

Ich wünsche mir generell mehr Herz und Geist. Was manche Menschen für einen Umgang untereinander pflegen, erschreckt mich. Sei es auf der Strasse, in Beziehungen, beim Einkaufen, in der Werbung oder auf fast allen TV-Kanälen. Das Fernsehen macht's vor und der Bürger nach: Ich verabscheue diese Dumm- und Grobheiten, vor allem gegen Kinder. »Mach's mit Stil oder lass es si – Manhattan oder nöd«, singt Bligg. »Man hat ihn oder nicht.« Es ist eine Ode an den Stil und die Art, wie etwas daherkommt. Man kann nicht lange vortäuschen, was nicht in Seele und Gemüt gewachsen ist. Stil zeigt sich in der Art, wie man spricht und wie man mit dem Leben im Allgemeinen umgeht. So tut's mir schaurig wohl, wenn nach zig Dumpfgummi-Ablöscher-Belanglos-Popsongs wieder mal edles Textmaterial an mein Ohr dringt.

Ich bin heute in einem Alter, wo man mich mit oberflächlicher Coolness, Zynismus und Übermut nicht mehr zu faszinieren vermag. Langjährige Weggefährten sind da anders. Sie beeindrucken mich dadurch, dass sie eben langjährig loyal, aufrichtig, geistreich und herzvoll sind – auch in belastenden Situationen. Sie haben es sich nie herausgenommen, andere zu treten, weil sie gerade einen schlechten Tag, die Mens, ungünstige Mondphasen oder eine kolossale Steuerrechung haben. Sie waren einfach da – verlässlich, unaufgeregt und echt. Sie verblüfften mich, liessen mich lachen, nachdenken und brachten meinen Geist zum Schwingen und Jubilieren.

Es ist eine Schreckensvision, morgens aufzuwachen und festzustellen, dass man die Person, die neben einem liegt, geistlos und banal findet. Ich wünsche es niemandem! Hingegen ist es ein wundervolles Gefühl, wenn man in das Gesicht eines Menschen blicken kann, der einem schon etliche Wow's entlockt hat. Geist ist eben schon geil!

LASST SIE SCHREIEN!

Ich staune stets, welche neuen sinn- und herzentleerten Trends in Sachen Kinderbetreuung aufkommen. Einst war es das künstliche Stillen, das von der Pharmalobby gepusht wurde. Man wollte den Müttern weismachen, dass der Pulvermix aus dem Shoppen gesünder sei als die natürliche Muttermilch. Das Resultat waren bleiche Kinder mit schwachem Immunsystem und viele Kinderkrankheiten. Dann kam das blindgläubige Durchimpfen aller Kleinkinder. Die Folgen davon kann heute ein Heer von angeschlagenen Erwachsenen ausbaden. Das Thema Impfschäden wird gerne verschwiegen oder verharmlost und die Nadelapostel wünschen sich insgeheim schon die Fledermausgrippe – die nächste Pseudopandemie! Und nun der letzte Schrei: Frischgebackene Eltern werden mit der völlig absurden Ferbermethode verwirrt und verunsichert. Dieses System, erstmals in den Kinderschlaflabors vom amerikanischen Doc Ferber entwickelt und von seinen europäischen Adepten Dr. Kast-Zahn (nomen est omen) und Dr. Morgenroth in die Welt hinausgetragen, propagiert leider kein schönes, erbauendes Morgenrot, sondern eher tiefste Nacht im Erziehungsdschungel.

Ein Schlaftraining ist eine verhaltenstherapeutische Massnahme zur Konditionierung und entstammt der Tierdressur. Das Ziel ist es, dass ein Baby oder Kleinkind »lernt«, ohne fremde Hilfe ein- und durchzuschlafen. Es wird abends allein in sein Bettchen gelegt. Die Eltern dürfens, wenn es schreit, für jeweils zwei Minuten zu ihrem Kind gehen, sollen es aber nicht mehr aus seinem Bett herausnehmen. Diese Behandlung wird so lange durchgeführt, bis das Kind schläft. Der Begründer selbst verkündete, dass seine Methode der letzte Ausweg sein soll, bevor: »Eltern ihr Kind aus dem Fenster werfen.« Meine Herznerven!

Ich halte es für völlig unmöglich, dass ein Säugling, der eben aus dem wohlig warmen Mutterbauchparadies katapultiert wurde, seine Eltern mit Absicht schikaniert. Der ist einfach neu auf der Welt und vermisst die Geborgenheit seiner vertrauten Umgebung und die Geräusche des Mutterleibes. Plötzlich klingt alles anders, es ist gleissend hell, man hat so komisches Stoffzeug am Leib, spürt sich selber kaum mehr und die Liegeposition ist auch ungewohnt. Also, wenn ich mir das so überlege – das ist doch zum Schreien! Dass Mama ihr Baby an sich nimmt, hat wohl weniger mit Verwöhnen zu tun als mit einem gesunden mütterlichen Instinkt.

Verwöhnt werden Kinder mit Schokolade und Zivilisationsgütern, aber doch nicht mit Zuneigung! Jede Affenmutter trägt ihr Kleines herum – wer käme auf den Gedanken, ihr das Kindlein zu entreissen? Der Tierschutz würde intervenieren. Vor den Menschen jedoch macht kein Irrwitz halt …

So kommt es wohl, dass der Schlafratgeber »Jedes Kind kann schlafen lernen« es in die Top Ten der Ratgeberliteratur geschafft hat und das »Training« von unzähligen Eltern auf eigene Faust durchgeführt wird. Viele dieser Eltern schaffen es zum Glück dann doch nicht, ihr Kind mehrere Nächte lang schreiend sich selbst zu überlassen.

Denn stur ferberisierte Kinder reagieren oft mit Entwicklungsstörungen und Panik auf die Vernachlässigung seitens ihrer Bezugspersonen, welche danach häufig erneut Fachpersonen um Rat und Unterstützung ersuchen. Versuchswillige Eltern berichten kurzfristig ab und zu von »Erfolgen«. Längerfristig ist die Tendenz zu Rückfällen jedoch auffallend gross. Die Folgen des Schlafdrills sind unter anderem Trennungsangst, verstärkte Schlafprobleme, Essstörungen, ungewolltes Abstillen, übertriebene Anhänglichkeit, Apathie oder aggressives Verhalten. Die Eltern leiden zudem oft lange unter Schuld- und Versagensgefühlen.

Wie gesagt, ich finde es einleuchtend, dass ein Säugling permanent Kontakt zu seiner Bezugsperson braucht. Sein Bedürfnis nach Nähe, Wärme, Sicher- und Geborgenheit ist auch nicht nur tagsüber vorhanden. Gerade nachts wird durch die bedrohliche Stille und Dunkelheit dieses Bedürfnis noch stärker. Ein Säugling muss seine Mutter anfänglich spüren oder wenigstens hören können; es reicht nicht, wenn sie sich im Nebenraum befindet. Er versteht noch nicht, dass etwas auch existiert, wenn es nicht sicht- oder spürbar ist. Wer jemals einen kleinen Welpen bei sich aufgenommen hat, weiss, dass auch er in den ersten Tagen und Wochen anfängt zu winseln, sobald sein Mensch nur in der Dusche verschwindet. Was wollen wir also von unserem Baby verlangen?

Es braucht eine Zeit des intensiven Gebens, bis das Kindlein die Fähigkeit entwickelt hat, angstfrei auf das Alleingelassenwerden zu reagieren. Für den Aufbau der Bindungsfähigkeit und die komplette psychosoziale Entwicklung des Kindes ist es von grosser Wichtigkeit, dass seine

Nächsten feinfühlig und zuverlässig auf seine Kommunikationsversuche reagieren und auf seine Bedürfnisse eingehen. Dafür aber wird es umso mehr zurückgeben, sobald es in der Lage ist, einen anzulächeln – und wenn es seine winzigen Händchen im bedingungslosen Vertrauen nach uns ausstreckt und dazu vergnügt quietscht und gluckst, ist aller Schlafverzicht vergessen!

Tragischerweise lernt das Kind jedoch mit dem Schlaftraining etwas ganz anderes: Ich bin allein, unwichtig und werde im Stich gelassen! Seine Kommunikationsversuche werden ignoriert, seine Bedürfnisse nicht ernst genommen und erfüllt. Frustriert und erschöpft schläft es ein. Das Vertrauen in seine Bezugspersonen kann nicht wachsen. Ein grosser Teil der erwachsenen westlichen Bevölkerung (in der Schweiz ein Drittel!) leidet unter psychischen Erkrankungen – vor allem Angststörungen und Depressionen. Viele der Betroffenen haben wenig Zugang zu ihren Gefühlen und sind daher unfähig, Bedürfnisse zu äussern. Unterdessen sehen Experten eindeutige Zusammenhänge zwischen frühkindlichen Erziehungsmethoden und späteren psychosozialen und physiologischen Störungen.

Das müsste nicht sein. Man muss es wissen und respektieren: Die ersten Jahre mit Kindern sind des Nachts oft erschöpfend und grenzwertig. Der grosse und wertvolle Einsatz, vor allem derjenige der Mütter, ist letztlich ein nachhaltiger Dienst an der Gesellschaft und gar nicht hoch genug einzuschätzen. Oder mit Christian Morgensterns Worten: *Die beste Erziehungsmethode für ein Kind ist immer noch, ihm eine gute Mutter zu verschaffen.*

DAS SPIEL

Spätestens als ich realisierte, dass es die freien wilden Indianer nicht mehr gab, wollte ich Fussballer werden. Das war mein grosser Wunsch als kleiner Bub und dafür lebte ich. Ein paar Jahre später suchte mich die Erkenntnis heim, dass dies einer meiner unerfüllten Träume bleiben würde. Weder hatte ich genug Kondition und Härte, um bei den Profis des FC Solothurn zu bestehen, noch gefiel mir das rohe, oft nur leistungsbezogene grobe Schimpf-und-Fluch-Klima. Dieses Erfolgsgehabe wurde mir zuwider. Die Freude am Spiel war dahin. Damals wurde das zwischenmenschliche soziale Element im Fussball nicht so gefördert wie heute. Meine Trainer verstanden nichts von Psychologie oder positiver Motivation. Ich wechselte mich also selbst aus und suchte mein Glück im Rock 'n' Roll. Trotzdem blieb der Fussball für mich bis heute die wichtigste Nebensache der Welt und die Sommer ohne EM oder WM werden zur Durststrecke.

Unlängst hatte ich Ivan Ergić, das frühere Ausnahmetalent von Juventus Turin und FC Basel in meiner Radiotalkshow. Es war ein Highlight. Er öffnete sich komplett und sprach auch über die dunklen, schwierigen Seiten des Spitzensportes und seine Depressionen. Das war beeindruckend und unüblich in einem Geschäft, wo einzig Stärke und Sieg Trumpf sind. Ivan war nach der Sendung völlig happy und fuhr mich, trotz Umweg, nach Hause. Am anderen Tag bekam ich einen Anruf, ob ich zum Spiel kommen wolle. Der FC Basel hatte eine Freundschaftspartie in Hometown Solothurn, wo ich einst mein Fussballabenteuer abbrechen musste. Ich staunte, da ich von unserem FCS noch nie eine Einladung bekam, ausser wenn es darum ging, einen Matchball zu finanzieren. So zögerte ich nicht lange, packte meine Tochter gleich mit ein und ging mit leicht erhöhtem Pulsschlag an die alte Stätte des Grauens, auf den Acker der broken dreams.

Ivan holte mich direkt in die Spielerkabine und die Jungs begrüssten den Rocker herzlich. Degen und Zubi outeten sich als Ur-*Krokus*fans und gaben Vollgas. Die Krönung bot dann Cheftrainer Christian Gross: »Herren, wir haben heute einen Ehrengast … Er wird auf der Spielerbank Platz nehmen, der Transfer steht fast zu hundert Prozent fest, also spielt gut!« Dann ging's ab. Es war göttlich, einmal aus dieser Nahperspektive einen Match erleben zu dürfen. Voll dabei, mitten in der Action, Schweiss und Rasen hautnah. Auch mein Tochterkind machte grosse Augen und rückte etwas näher an mich heran als sonst. Die schönsten neunzig Minuten des Jahres – das Wunder von Solothurn – nahmen ihren Lauf. Als mir der Chefmasseur noch sagte, dass diese Ehre noch niemandem in der Ära Gross widerfahren sei, war ich vollends von den Socken.

Trotzdem betrachtete ich dieses Spiel weder als Basel- noch als Solothurnfan. Mein liebster Grossvater selig hat mir schon als kleiner Junge auf die Frage »Wem hilfst du?«, die wichtige Botschaft vermittelt: »Die bessere Mannschaft soll gewinnen, am schönen Fussball wollen wir uns erfreuen.« An diesem Abend war das Basel. Obwohl sich Solothurn, wie wohl alle Gegner des FC Basel, kräftig ins Zeug legte. Als das ganze Happening vorbei war, bedankte ich mich, ging noch mal an die frische Luft und beantwortete die vielen Fragen meiner Tochter. Auf dem leeren Platz unter dem dunklen Abendhimmel sinnierte ich später: Eigentlich war es schon gut, wie es bei mir gekommen ist. Durch eine Niederlage, ein Scheitern, half mir das Leben auf den rechten Weg, hin zur Musik. Und all zu weit entfernt vom Spiel meines Herzens bin ich mit meinem Job als Coach und Musikspieler ja nicht.

Rock 'n' Roller lieben Fussball und die Fussballer, die ich kenne, lieben Rockmusik. Tatsächlich gibt es viele Parallelen zwischen diesen scheinbar komplett verschiedenen Welten. Kein Spiel, kein Konzert ist gleich. Jedes Mal werden die Karten neu gemischt und die Sterne stehen anders. Die Tagesform ist entscheidend. Beides sind Spielgärten, kleine Inseln des Glücks in unserer hektischen Zeit. Eine Befreiung von der reinen Vernunft. Rock 'n' Roll und Fussball trägt man im Herzen und im Bauch, nicht als Gesinnung. Regie führen Leidenschaft, Feuer und Drama. Beides sind Mannschaftsspiele, die dem Entertainment dienen, mit allen Höhen und Tiefen von Gruppenunternehmungen. Aus Individuen muss ein Kollektiv geformt werden. Das ist stets eine Herausforderung und Streitereien sind an der Tagesordnung. Fussballer wie Rock 'n' Roller inszenieren gelegentlich ein gewaltiges Theater und erleben oft den grossen Kater. Sie werden von Frauen angehimmelt, umschwärmt und überschätzt. Im Match wie auf der Bühne ist das Publikum der »12te Mann«. Die Protagonisten reisen viel in der Welt herum, geben alles, feiern wilde Feste, kennen die grosse Leere und wissen plötzlich nicht mehr, wo ihr Zuhause ist. Beide zielen auf den ultimativen Score, den absoluten Hit, den grossen Erfolg.

Die einen kriegen dann die grossen Pokale – die anderen glänzende Goldscheiben. Wieder andere geben sich mit der Freude am Spiel und ein paar blauen Flecken zufrieden. Und genau darum geht es in der Musik wie im Sport. Nicht nur um Drill, Transpiration und Sieg, sondern vor allem um die Freude, die Kunst und die Leichtigkeit des Spiels. Was gibt es Schöneres und Nährenderes als ein vertieftes Spiel? Sei es als Kind oder als Erwachsener. Geben wir uns diese Freiheit, leben wir sie, so oft und so lange wir können! Sie kostet wenig und tut saumässig gut.

VON ZEILEN GESCHLAGEN

»Baby, schlag mich noch einmal!«, bettelte sich Britney Spears einst durch die Hitparaden. Ich würde allerdings lieber um Gnade bitten, wenn ich die Zeitungen lese: Schlag um Schlag dreschen die Zeilen über Gewaltvorkommnisse auf mich ein.

So soll eine Frau ihr Kind gleich nach der Geburt acht Jahre lang in ein Zimmer eingeschlossen haben. Die Polizei befreite das schmutzige Zombiekind, das kaum sprechen konnte und noch nie in der freien Natur war. Die Eltern, ein Bauernpaar, laufen offenbar frei herum. Derweil wird in Schweden eine Mutter in zweiter Instanz zu lebenslanger Haft verurteilt, weil sie die zwei Kleinkinder ihrer Nebenbuhlerin mit dem Hammer erschlagen hat. Weiter lese ich, dass in Pakistan die Scharia wieder an Einfluss gewinnt und Frauen gesteinigt werden oder Gliedmassen abgehackt bekommen. Adel Abdessemed, ein Künstler aus New York, filmt, wie Tiere mit einem Hammer erschlagen werden und präsentiert diese Videosequenzen auf Ausstellungen in der ganzen Welt. Ferner will eine junge Schweizer Verkäuferin nicht bemerkt haben, dass sie schwanger war, und so gebar sie bei einem Bad in der Emme ihr Kind. Es wurde weggeschwemmt und Tage später in der Kompostieranlage tot aufgefunden.

Aus den gelesenen Zeilen erstellt mein Kopf Bildli, ob ich will oder nicht. Ich sehe Menschen hinter den Buchstaben. Leidende und Austeilende. Das ist je nach Tagesform beinharte Kost für mein Gemüt, die ich mir im Grunde gar nicht antun möchte. Allerdings leide ich unter einem untherapierbaren Heilewelt-Fluchtreflex, der mich immer wieder ins Schlachtfeld der Schauerrealitäten zurückführt. Ich will damit nicht sagen, dass mich das Böse und Dunkle anzieht, das nicht, aber es gehört eben auch zum Leben. Ich schwanke zwischen Wut, Trauer, Ohnmacht und Abscheu, während andere vielleicht gerade zufrieden golfen, jassen oder dem Schlager und den Jodelliedern der schönen heilen Welt lauschen.

Die Medien befinden sich mit der Berichterstattung in einem Zweispalt. Es wird erwartet, dass der Nachrichtenapparat schonungslos ans Tageslicht befördert, was krummläuft. Allerdings ist es für die Journalisten ein ewiger Eiertanz, sich tagtäglich unter Zeitdruck entscheiden zu müssen, was sich in den Dienst der Informationspflicht stellen lässt und was für die Leserschaft bei der täglichen Zeitungs- und Onlinelektüre bei Kaffee und Gipfeli verkraftbar ist, wo werden die Grenzen überschritten? Es braucht eine gewaltige Portion Feingefühl, damit eine Meldung beim Konsumenten nicht das Gefühl von Skandalgeilheit und Voyeurismus aufkommen lässt und trotzdem nicht beschönigt, wo es nichts zu beschönigen gibt. In gewissen Boulevard-Medien ist vieles längst zu einer Piepshow in Sachen Sex, Gewalt und Elend verkommen, das nur noch ein Gefühl von Resignation und Ekel hinterlässt.

Gibt es wirklich kein angeborenes kollektives Gerechtigkeitsempfinden? Wie stecken Menschen, deren Kinder ohne Betäubung mit Glasscherben oder rostigen Rasierklingen an ihren Genitalien verstümmelt werden, die

Schreie ihrer Kinder weg? Andere Menschen, andere Länder, härtere Sitten ... Aber in deren Brust befindet sich doch auch ein Herz?! Warum vermögen sie nicht die Notbremse zu ziehen, wenn es um ihr eigenes Kind geht? Sind ihnen Mitgefühl und Barmherzigkeit abhandengekommen? Gerne würde ich vermuten, dass der Mensch über ein natürliches Mass an Nächstenliebe verfügt. Aber es scheint eine zunehmende Gattung Menschen zu geben, die selber nie in den Genuss davon gekommen ist und sie scheinbar auch nicht kennt. Wie sonst sind solche Grausamkeiten zu erklären? Manchmal staune ich zwar, wie hart manche Menschen im Nehmen sind. Es gibt Beispiele von Frauen und Männern, denen unbeschreibliches Leid zugefügt wurde und die trotzdem in ihrem Seelenkern heil, friedfertig und sogar fröhlich geblieben sind. Dann wieder hört man von Jugendlichen, denen es, natürlich nur oberflächlich betrachtet, an nichts gemangelt hat in ihrem bisherigen Leben und die sich trotzdem zu wandelnden Bestien entwickelt haben. Es gibt Menschen, die können trotz der Absenz von Liebe und in widerlichem Umfeld die Kurve irgendwie kriegen – andere zerbrechen daran und schlagen zurück.

Das Böse ist unter uns und nicht kleinzukriegen. Meine Hoffnung auf eine gewisse Linderung liegt beim Nachwuchs. Die Zukunft liegt in ihrer Hand und damit in unserer. Wir leben es vor, wie man Böses tun oder Gutes unterlassen kann – und umgekehrt. Also sollten wir unternehmen, was in unserer Einflusskraft liegt, damit wir keine lieblose, abgebrühte und wegschauende Gesellschaft züchten. Toleranz hört da auf, wo Macht und Gefühlskälte gewaltsam ausgespielt werden. Jede Kultur, die mit der

Devise »Schlagen und schlagen lassen« lebt, ist entschieden abzulehnen.

Ich will jetzt nicht grübeln, an welcher Sorte von Schlägen die adrette Britney sich zu erquicken pflegt. Denn ich gehe davon aus, dass in ihren Kreisen das grosse Wort NEIN respektiert wird. Dieser Zustand scheint auf unserer Welt auch im dritten Jahrtausend noch ein riesiges Privileg zu sein. Leider.

KEBAB U KE MAM

Das ist doch crazy! Die eine Hälfte der Welt ist permanent am Hungern – die andere frisst Designermüll oder ist auf irgendeiner bescheuerten Diät! Trotz des grossen Biotamtams: Fastfood und Zucker sind unaufhaltsam auf dem Vormarsch und es ist beinahe ein Kunststück, im kulinarischen Dschungel den Fallgruben auszuweichen. Wie gefährlich Zucker und künstliche Süssstoffe sind, erleben wir bei den Kindern. Viel zu oft, viel zu früh! Babys haben von Natur aus noch kein Bedürfnis nach Süssem. Es fängt mit der Mitesserei an. Wie die Grossen, so die Kleinen. Erst einmal darauf abgerichtet, wollen sie nur noch Süsses, und plötzlich ist alles, was nicht nach Dessert schmeckt, verpönt. Man züchtet ihnen sozusagen eine süsse Zunge an und geht das Risiko ein, dass sie die Freude an den einfachen, frischen, ungekünstelten Geschmäcken verlieren. Überall wird mit künstlichen Aromen nachgeholfen. Nelken-, Rosen- und Grasgeruch, gemischt mit einem leichten Schuss Nagellackentfernerduft, und fertig ist das kräftige Bananenaroma. Bon Appetit! Dafür sperrt der von der Industrie und vom Steuerzahler gemästete Heilmittel-Rottweiler Swissmedic das gänzlich natürliche, altbewährte pflanzliche Süssmittel Stevia für den freien Markt. Das verstehen die Geier!

Man hat festgestellt, dass viele Menschen der Kebab-u-ke-mam-Generation natürliche Nahrungsmittel nicht mehr geniessen können, weil sie ihnen zu fad erscheinen.

Zucker und Fette sind Geschmacksverstärker. Täglich sehe ich dieses Bild: Die Kleinen hocken im Kindswagen und nuckeln den ganzen Tag am Eistee- oder Sirupgütterli. Oft haben sie schon vor dem Schuleintritt schwarze Stummel im Mund. Das müsste nicht sein, aber nicht nur Ausländer Mums and Dads verwechseln mütterliche Güte und Fürsorge häufig mit der süssen Verwöhnung. Mir fällt auf, dass viele Schweizer Eltern, selber der Fluortäfeligeneration entstammend, vergessen haben, dass die Zähne geschont werden müssen. Man ist wieder nachlässig geworden.

Schnellfutter ist nicht nur wegen des fragwürdigen Nährwertes auf Dauer ungesund, es ist auch ein mächtiger Ritenkiller. Klar ist es nicht immer möglich, miteinander zu essen, aber das Familienritual des gemeinsamen Zusammenkommens bei Tisch ist etwas sehr Wichtiges. Tischgespräche sind in einer Familie die Gelegenheit, Kommunikation und Gemeinschaftssinn zu üben. Essenszeit ist auch die Zeit, um aneinander teilzunehmen. Ich bedaure, dass es zunehmend viele Familien gibt, bei denen einfach jeder irgendetwas aus dem Kühlschrank fischt und sich damit vor den Flimmerkasten knallt. Oder wo die Mutter sich alle Mühe gibt, gut und abwechslungsreich zu kochen und dies nicht mal mit einem kurzen Boxenstop oder einem lieben Dankeschön gewürdigt wird. Dabei ist der gedeckte Tisch ein Geschenk.

Kindergärtnerinnen und Lehrkräfte wissen, wie unmittelbar sich die Ernährung auf Verfassung und Gesundheit von Kindern auswirkt. Kommt eines der Kleinen morgens durchsichtig und schlapp herein, dann kann man fast sicher sein, dass es kein Frühstück eingenommen hat. Viele

Erwachsene essen morgens selbst nichts und bevorzugen es, eine halbe Stunde länger im Nest zu liegen. Kinder aber haben keinen grossen Speicher. Sie brauchen häufiger etwas, dafür in kleineren Portionen. Die Kleinen sind auch nicht in der Lage, sich durch Kaffeegenuss und Zusammenreissen bis zur Pause durchzumogeln, ohne dass es auffällt, dass sie völlig aufnahmeunfähig sind. Wie schwierig es ist, den nachlässigen Eltern beizubringen, dass sie Vorbild sein sollten und dass ihr ungenügend ernährtes Kind es auch schwerer beim Lernen hat, und wie oft der Satz: »Gmües u Frücht het's nid gärn« neben dem »Was geht Sie das eigentlich an?«, fällt, kann ich mir lebhaft vorstellen. Der Trend, dass viele Kinder kaum mehr wissen, woher Milch, Eier und Käse kommen, verstärkt sich. Da lobe ich mir Jamie Oliver, der in den Schulen oder bei Eltern in England zu frittiertem Schrottfood und seinen Folgen Klartext redet. Auch wenn die weissen 13-Stern-à-la-minute-Kochgötter ihn in die Pfanne hauen – von mir bekommt er ein ganzes Sternenuniversum.

Kinder sollte man miteinbeziehen, schon die Kleinsten können auf einem Stuhl stehend mithelfen. Das Kochen dauert dann halt etwas länger und vielleicht gibt es eine Sauerei, macht aber die Ernährungsfrage interessanter. Wer eigenhändig gekocht hat, möchte auch, dass es geschätzt wird. Kinder lieben es, selber Früchte und Gemüse zu ziehen – und wenn's nur Cherrytomätli sind oder ein Kresseigeli auf dem Balkon. Natürlicherweise beobachten sie gerne, wie etwas wächst. »Food-miles-Nahrungsmittel«, also solche, die aus fremden Ländern angekarrt und eingeflogen werden, sollten wir hingegen nicht nur wegen der Fruchtfliegen sparsam verwenden. Das Gute liegt ja so nah!

Der Mensch beteuert ununterbrochen die Liebe zur Natur. Das gilt als chic – besonders beim Homo Urbanisationis, der vielleicht ab und zu mal bei schönem Wetter eine Runde durch den Stadtwald joggt. Dabei hat er oft herzlich wenig Ahnung davon, wie weit er von ihr entfernt ist. Obwohl sie es ist, die uns seit jeher den Tisch deckt. Und sie wird es auch bleiben.

BITTE EINMISCHEN!

Im weissen Bademantel trat ich in Aktion – leider nicht nach einem Konzert wie Udo Jürgens, sondern nach einer schockierenden Szene, die ich, frisch aus dem Bad kommend, an meinem Fenster verfolgte. Eine russische Nachbarin war auf dem Weg zur Krippe gerade im Begriff, ihr eigenes Kind mit Tritten in den Bauch spitalsreif zu schlagen. Ich zögerte keine Sekunde und sprang auf die nahe Strasse, um ihr Einhalt zu gebieten. Es war unglaublich: Das Kind schrie und sie schnauzte mich an, ich solle gefälligst verschwinden, dies sei nicht meine Sache! Ich entgegnete ihr, dass ich dies aber zu meiner Sache mache, hob das Kind vom Boden auf, verlangte Name und Adresse der Mutter bei der Krippe und meldete den Vorfall der Fürsorge. Dort war sie natürlich kein unbeschriebenes Blatt.

Kaum eine Woche vergeht, in der die Presse nicht über schockierende Übergriffe und Misshandlungen berichtet. Vor Kurzem lasen wir von diesem Sektenfreak und seiner Partnerin, die seine Kinder im Namen Gottes auf das Übelste misshandelten, bis eines zu Tode kam. Dann vom serbokroatischen Jungrowdie, der den dreijährigen Buben Cain wiederholt malträtierte und ihn schliesslich mit einem Besenstiel erschlug. Oder vom kaltblütigen Amokjüngling, der einem Schwinger und Familienvater die Kehle aufschnitt. Der Missbrauch von mindestens 122 Behinderten durch einen »gut ausgewiesenen, sympathischen« Sozialtherapeuten ist ein weiterer Skandal. Man reibt sich die Augen. Wie konnte so etwas fast drei Jahrzehnte lang unentdeckt bleiben? Ein komplettes Versagen, eine unentschuldbare Schlendrian-Wegschau-Posse der Beteiligten und Verantwortlichen. Es nimmt kein Ende und ein Gefühl der Ohnmacht macht sich in mir breit. Trotz allem Fortschritt, allem Wissen und aller Intelligenzia bricht das Kranke und Brutale im Menschen durch. Vor allem bei jenen, die in gewissen Ländern eine andere Auffassung von Gewalt anerzogen bekamen, weil Krieg, Korruption und Tod täglich voll präsent waren. Für mich ist es schlicht einleuchtend, dass ein Wesen – egal ob Mensch oder Tier –, das mit der nackten Gewalt vor Augen aufgewachsen ist, eine ungezwungene Einstellung zu ihr entwickelt. Besserung ist leider nicht in Sicht.

Es erstaunt uns aber, wie schnell ein Täter oft freikommen oder steuerfrei auf unsere Kosten in einer Viersterneanstalt logieren kann. Unser Strafgesetz ist mangelhaft und die Umsetzung zuweilen ein Joke! Die Gesetzesverdreher sind in ihrem Element und schaffen es, Opfer- und Täterrolle zu vertauschen. In den oben genannten Fällen gab es längst Mitwisser auf Amtsebene. Die Peiniger prahlten sogar in der Öffentlichkeit mit ihren jenseitigen Haltungs- und Erziehungsmethoden. Warum wurde nichts unternommen? Kann ein Klima der Angst so gross werden, dass man schicksalsergeben die Achseln zuckt und wegschaut?! Ich kann es mir nur so erklären: Unter den Tisch wischen ist einfacher – sich einem Grobian in den Weg zu stellen, braucht eine riesige Portion an Zivilcourage und Entschlossenheit. Einmischen ist unangenehm und lästig und man kann schnell selbst zum Opfer oder Buhmann werden. So erging es auch den beiden Angestellten des Zürcher Sozialamtes, die intern ständig überhört oder belächelt wurden, bis sie schliesslich die unglaublichen Missstände im Staatsbetrieb aufdeckten und publik machten. Daraufhin wurden sie von selbstgerechten Alibichefs, die zum Teil heute noch im Amt sind, mies- und schlechtgeredet und verloren ihren Job. Obendrauf wurden die beiden mutigen Frauen vom kantonalen Obergericht schuldig gesprochen – eine bodenlose Frechheit dieser Heuchlerinstanzen. Für mich unfassbar. Man darf ruhig mal das Buch »Störfall im Sozialamt« lesen, da bleibt einem schlicht die Spucke weg.

Auf Behörden und Funktionäre kann man sich blind verlassen, wenn es um fragwürdige Gesetze, Kosten und bürokratische Schikane geht. In den oben genannten Angelegenheiten aber werden viele allein gelassen und wir müssen selbst beherzt eingreifen. Es will mir nicht in den Kopf, weshalb die Schweiz nicht längst ein Missbrauchs- und Vergewaltigungsregister führt, wie es in anderen Ländern gang und gäbe ist. Damit würden nicht alle Probleme behoben sein, aber wir hätten deutlich mehr Transparenz und Gewissheit. Angesichts solcher Verbrechen den Datenschutzblues und das Menschenwürdelied zu trällern, scheint mir abartig! Von wessen Würde sprechen wir denn? Schauspieler Till Schweiger spricht erfrischend Klartext: »Wer sich in dieser Sache gegen eine Meldepflicht wehrt, ist schlicht dumm oder naiv. Viele denken, es passiert im Fernsehen, es passiert im Kino, es passiert den anderen, aber sicher nicht mir. Ein fataler Irrglaube. Und das hat auch rein gar nix mit Populismus zu tun. Ein Vergewaltiger, Mörder und Kinderschänder hat das Recht auf Geheimhaltung seiner Taten verwirkt. Ende der Diskussion!«

Jawohl. Wir müssen dringend lernen, Wahrheiten auszusprechen, auch wenn sie wehtun. Und die Zuständigen in Bern sollten die rosa Gutmenschenbrille ablegen und erkennen, dass nicht nur das edle, nette und liebe, sondern auch das böse und hinterhältige Element unter uns weilt. Natürlich ist jeder Täter auch ein Opfer, hat seine Leidensgeschichte, benötigt Therapien und vieles mehr. Blosses Verdammen und Richten ist zu einfach. Trotzdem müssen griffige niederschwellige Massnahmen her. Jeder von uns hat ein Recht auf unbedingten Schutz, dem müssen Papa und Mama Staat höchste Priorität einräumen! Nicht immer ist rechtzeitig ein Bademantelrocker oder Schutzengel zur Stelle …

SUMMER OF LOVE

1967! Lange ist es her – wie ein Flügelschlag kommt es mir heute vor. Ich stand damals in Neuenburg kurz vor der Matura und lebte in einer kleinen Dachkammer, wo die Pensionsmutter permanente Sittenpolizistin spielte. An meiner Wand hing der Spruch *Wir sind diejenigen, vor denen uns unsere Eltern gewarnt haben.* Ich fand's cool, dass sich dieser Spruch langsam aber sicher zu verwirklichen begann. Der Summer of love, der eine Art Amtsantritt als neuer Mensch für mich darstellte, begann mit dem blauen Brief an die Eltern. Die klare Message war: Am Ende des Semesters gibt der Pseudostudent von Rohr das Besteck ab. Ende, fertig, aus und Schluss mit dem programmierten Leerlauf, dem sich selbst nützlich machen und dem blinden Glauben an den seelenlosen, technokratischen Fortschritt. Ich wollte mich selbst verwirklichen und mich wenigstens teilweise wieder erkennen in dem, was ich tat. Der endgültige Sprung ins selbstbestimmte Leben und in die Gemeinschaft der Musiker war angesagt. Hörte ich mir an, was die neuen Bands aus ihren Instrumenten und ihren Stimmen herausholten, wusste ich kristallklar: Das war meine Welt und sonst gar nichts! Ich stand komplett unter Strom. Was sich heute vielleicht unspektakulär oder als Modelaune anhört, war damals eine Revolution.

Was war passiert? Viele junge Menschen hatten in jener grauen Zeit, wo die obersten Kragenknöpfe noch geschlossen getragen wurden, genug von der uniformierten, heuchlerischen und unauffälligen Schaffä-Schaffä-Häusle-Bauä-Mentalität und natürlich auch von der Kriegerei. Wir wollten unsere eigene Version der Lebenssoap durchwandeln. Angepasst sein und »du sollst dich so und so«-verhalten war out – »Come on baby light my fire« von den Doors in. Wir lebten zwar nicht im warmen California, aber wussten genau, was gemeint war. »Ja, wo kämen wir denn da hin, wenn alle so denken und leben würden?«, war der Nonstop-Rap der Angepassten. In meinem tiefen Inneren wusste ich, dass diese Aussage unwahr und grotesk war. Es würden nie alle so fühlen wie wir. Durch gesellschaftskritische Bücher, gewagte Beat-Texte und Undergroundinformationen wagten wir die Antithese und begannen, an der Glaubwürdigkeit der Eltern und den herkömmlichen Wertvorstellungen zu zweifeln. Denn unterdessen hatte der Fernseher die guten Stuben erobert, und obwohl die Farben darin noch fehlten, war doch deutlich zu erkennen, dass andernorts die Welt skrupellos in Schutt und Asche gelegt wurde oder der kalte Krieg tobte. Die Frauen wurden hierzulande vom Staat auf politischer Ebene immer noch ignoriert, und wer halblange Haare oder farbige Socken trug, wurde wie ein Mensch dritter Klasse behandelt.

Ich hab's selbst erlebt, wurde diverse Male bespuckt, beschimpft, von der Schule nach Hause geschickt und nicht nur von den Hunden angebellt. Es war keine Freude, aber ich wurde gezwungen, für das, was ich vertrat, einzustehen, ohne falsche Kompromisse. Ich musste Verantwortung für mich und meine Träume übernehmen. Gleichzeitig schlich sich ein neuer Sound, der das Befinden von uns jungen Rebellen widerspiegelte, via Umwege und Hintertüren in unser Gehör und von da ins Herz und Gehirn. Das gab Kraft. Als dann später die Antibabypille auf den Markt kam und Geschlechtskrankheiten noch kein lebensbedrohliches Thema waren, fürchtete man sich als junger Mensch höchstens noch davor, dass einem der Himmel auf den Kopf fallen könnte. Nie war der Generationenunterschied so gross, wie im Summer of Love! Die »Generation Liebe« der Hippies und Freigeister wusste, was ein bekannter Autohersteller erst Jahre später feststellte: Nichts ist unmöglich! Lasst uns und die Welt kreativ, lustvoll und farbig werden. Unsere Unbekümmertheit gab dem Ganzen noch einen Extraschub. Unser Credo war: »Liebe Eltern, tausend Dank, doch eure Welt, die macht mich krank. Wir fahren durch die leeren Strassen, weit raus auf die Autobahn, wo die zu Ende ist, fängt unser Horizont an. Und sie werden uns suchen, doch sie finden uns nie, und die Spiesser fluchen: das ist Anarchie! Born to be wild – born to be wild, yeah!«

Mein Wunsch als Suchergeist damals, die Welt zu verändern, sie gerechter, menschlicher und lebens- und liebenswerter zu machen, war ebenso flammend wie meine rot gefärbten Hennahaare: Set the world on fire! Glücklicherweise hat mich die Natur mit einem gesunden Instinkt ausgerüstet, der mir stets rechtzeitig signalisiert hat, wo für mich die Grenzen liegen. So blieb der grosse Kater oder der Totalabsturz des Jungfuchses aus. Trotzdem stellte sich nach der grossen Reform eine Art Desillusion ein. Denn viele Mitläufer, denen es gar nicht um das Gedankengut dieser Bewegung ging, sondern bloss darum, die Sau rauszulassen, verloren ihren Geist und ihren Biss, erlagen dem Drogenrausch oder eilten schnell wieder in ihr konservatives Leben zurück und wurden noch spiessiger als ihre Eltern.

War das Ganze eine Illusion? Für die damalige Zeit sicher nicht, denn unser Aufbegehren war absolut lebensnotwendig und für viele meines Alters der einzig richtige Schritt. Die Geschichte ist kein Variantenspiel, wo man schnell ein paar Felder zurücksetzen, neu würfeln und ausprobieren kann, wie es wäre, wenn es die Globuskrawalle, Woodstock und vieles andere nicht gegeben hätte. Der Lauf der Dinge ist ein hochdynamisches Gefüge. Die Kraft der Einflüsse einzelner Begebenheiten oder Individuen kann meist gar nicht objektiv eruiert werden. Ganz offensichtlich war die Zeit damals einfach reif für tiefschürfende Veränderungen und wir waren ein Mikroteilchen davon. Politik und die ganzen Kriegsschweinereien interessierten mich nicht – ich wollte erst einmal mich selbst richtig kennenlernen. Irgendwie sehe ich die Sixties – zwar in anderer Form – schon wieder kommen. Heute wie damals beklage ich den Raubtierkapitalismus, der uns bloss in die Spirale der Konsumsucht und des künstlichen Bedürfnisschaffens saugt. Trostpflastershopping, das Streben nach Besitztümern und die Pflege des Lifestyles rauben uns viel zu viel wertvolle Zeit, die wir besser unseren Kindern und uns selber schenken sollten. *Freedom is just another word for nothing left to lose*, gesungen von Janis Joplin, trifft's heute noch. Ich sage es gerne immer wieder: Materielle Dinge und Kohle werden schlussendlich nie die grosse Satisfaction bringen und das wird auch so bleiben. Es geht ums Sein, nicht ums Haben.

Die Welt krankt aus Mangel an Liebe und Menschentum!, schrieb Hermann Hesse und ich finde, er hat noch immer recht. Viele Parolen des Summer of love haben für mich nach wie vor Gültigkeit. Ich wünsche mir oft ein bisschen von unserem damaligen Bewusstsein in die Köpfe der Gegenwart: All you need is love! Jetzt können die neunmalklugen, ewigen Nörgler sagen: Nostalgie ist das Heroin der Alten … na und? Mag sein, aber die Vergangenheit ist längst nicht tot – nicht einmal vergangen. Die starken Erinnerungen und magic moments sind die Lichter, die den dunklen, ungewissen Pfad der Zukunft säumen. Herz und Seele kennen keine Zeit. Der Spruch, der heute über meinem Pult hängt, ist allerdings nicht mehr der gleiche wie damals. In dieser Hinsicht haben sich die Zeiten für mich auch ganz leicht geändert, denn viele Geburtstage, Tourneen, CD-Produktionen, Fernsehauftritte, drei Bücher und ein Kind später steht jetzt in grossen Lettern an meiner Wand: *Wenn ich die Kraft hätte, würde ich gar nichts tun!*

Eines ist klar: Vieles habe ich mitgenommen und mir bis heute bewahrt von diesem unglaublichen Sixties-Zauber. Man wird sich an die 1960er Jahre erinnern als an eine Zeit, in der wir jedes Buch öffneten, jeden Stein umdrehten, jede Frage stellten, die sich uns vor die Füsse schmiss, und die Historiker werden sie mit dem Zeitalter der Aufklärung oder der Revolutionskriege vergleichen. Und ich durfte sie live miterleben. Grossartig!

SCHÖNHEIT UND DEKOR

Schönheit liegt im Auge des Betrachters und hat viele Gesichter. Fast jeder findet unterschiedliche Dinge schön und ich bin froh darüber. Hauptsache, der Mensch weiss, was ihm gefällt, was er will und wovon er die Finger zu lassen hat. Damit hatte ich selten Mühe. Für mich ist das eine Instinktfrage. Mir war in jungen Jahren schnell klar, dass ich über keine Topmodelqualitäten verfüge und auf der mitteleuropäischen 0815-Schönheitsskala nicht zuoberst mitmische. C'est la vie, aber scheinbare Nachteile sind zuweilen Vorteile. Ich verliebte mich in die Musik und widmete mich der tonalen Schönheit. Der Musiker – das begriff ich erst später – ist eine Art neuzeitlicher Medizinmann, ein Zauberer, der attraktive und spezielle Lebewesen anzieht. Es ist eine angenehme Begleiterscheinung, dass Frauen oder Männer, die Musik und Kunst lieben, meist eine gute Verbindung zu sich selbst, ihrer Seele, ihrem Körper und oft auch zu ihrem Herzen haben.

Was mich fasziniert, ist die Frage, weshalb man eine bestimmte Person schön findet und sich zu ihr hingezogen fühlt, während andere wie magnetische Gegenpole wirken? Letzthin fragte mich ein Journalist, welchen Frauentyp ich bevorzuge. »Ich mag hippiemässige, leicht verwilderte, leidenschaftliche Landeier«, war meine Antwort. Weil mir nicht klar war, ob er mich verstanden hatte, schob ich nach: »Wissen Sie, es ist die natürliche, unverfälschte Schönheit, die es mir angetan hat.«

Von mir ist bekannt, dass ich mich locker, flockig und gerne erdfarben kleide. »Feelgood Dressing«, nenne ich das oder »Homelesslook mit Eigentouch«. Jeder Arbeit, auch der des Highclassdesigners, zolle ich Respekt, aber wenn ich in einen dieser sterilen Ober-Hyper-Edelläden an der Zürcher Bahnhofstrasse stolpere, fühle ich mich wie Falschgeld im Frigo. Ich begreife bis auf den heutigen Tag nicht, wie man für so komisch glänzende Handtaschen zwei- bis viertausend Franken hinblättern kann, um auch dazuzugehören – zu wem oder was eigentlich? Frauen und Männer, die sich vor allem über Parfum, Schminke und gehypte Modeartikel definieren, sind mir fremd. Ich stehe auf Phantasie, Schlichtheit und eigenen Stil, wenn es um die zweite Haut geht.

Seit jeher schmücken sich die Menschen, um sich darzustellen und zu imponieren. Das ist normal und schön. Ich behaupte sogar, dass die Worte der Menschen oft nicht annähernd so viel über sie aussagen wie Schuhe, Schmuck oder Haltung. Wie wir uns geben und anziehen ist ein Ausdruck unserer Gefühle, Vorlieben und Verspieltheit.

»Frauen sind Gemälde, Männer sind Probleme. Wer wissen will, was eine Frau wirklich meint, muss sie genau anschauen«, sagte Oscar Wilde. Ich bin absolut einverstanden mit ihm. Jeder Mensch hat seinen Stilmix und wer genau hinschaut, kann einiges ablesen. Das geht von grauer, einfallsloser Gleichgültigkeit, über »ich will so sein wie die und der im Heftchen«, bis zur grellfarbigen Übermütigkeit. So verschieden kleidet sich der Mensch und so unterschiedlich ist auch das Leben eines jeden Menschen. Das finde ich spannend. Der gleichgebürstete uniformierte Dresszwang

ist zwar in vielen Jobs immer noch vorhanden, aber er lockert sich langsam zugunsten einer gemässigten Natürlichkeit. Gut so.

Normalerweise meide ich jegliche Rotteppich-Anlässe, doch kürzlich war ich bei einer Preisvergabe, wo sich die ganze Show- und TV-Prominenz einfand. Zu solchen Anlässen kleiden sich die Schweizer, verglichen mit den Engländern und Deutschen, eher bünzlig und bieder, aber ein paar Wenigen standen diese special Outfits sogar gut. Sie frequentieren einen guten Schneider. Alle zeigten sich in edler Abendrobe oder einem Smoking. Fast alle … Ich erschien – und das nicht etwa aus Respektlosigkeit – einfach in Jeans und schwarzem Hemd mit indischem Mandala T-Shirt darunter und trug meinen Muschelschmuck. Viele schmunzelten und meinten, ihnen wäre auch wohler so. Mein persönliches Highlight war, als die Türsteher zu mir sagten: »Herr von Rohr, im Smoking hätten wir Sie gar nicht hereingelassen.« Es ist ein Privileg, sich geben zu können, wie man sich fühlt und ich danke allen, die mich annehmen und sein lassen, wie ich bin. Das bedeutet mir viel.

Im Laufe der Jahre ist mir aufgefallen, dass extrem schöne Menschen – ähnlich wie Restaurants vor traumhafter Kulisse – selten halten, was sie versprechen. Da spüre ich vielfach eine geistlose Leere, die auf Äusserlichkeiten fixiert ist. Es stecken zu wenig Phantasie und Leben darin. Vielleicht ging bei diesen Menschen da und dort von allein eine Türe auf, wo andere härter arbeiten und sich etwas einfallen lassen mussten, um ihre Träume und Ziele zu erreichen. Dem gut aussehenden Menschen traut man oft mehr zu, als er wirklich zu bieten und zu sagen hat. So beraubt man ihn auch der Chance, mit Leidenschaft und Herzblut um eine Sache zu kämpfen und über sich hinauszuwachsen. Immer wieder lassen wir uns blenden – auch in der Partnerschaft.

Aber dann gibt es noch diese andere, leuchtende Schönheit. Sie manifestiert sich vor allem im Gesicht und ist das Sahnehäubchen bei einem Menschen, egal ob er nach gängigen Standardnormen schön oder hässlich aussieht. Es ist eine entspannte, aus dem Inneren kommende, zufriedene Ausdruckskraft. Ein Art Glanz, Schimmer oder Aura, etwas Wunderschönes. Sie wissen, was ich meine? Dann und wann habe ich es gesehen, eher bei armen, sehr jungen oder alten Menschen. Ich habe es noch nicht, arbeite aber daran.

BALLADE ANS ALLEINSEIN

Es war ein trauriger Moment, als ich mit zwölf Jahren von zu Hause weg in ein Berginternat musste. Eine mir komplett fremde Umgebung mit anderen jungen Menschen, die auch nicht recht wussten, was sie hier sollten. Es war der frühe und grosse Abschied von meinen Eltern, den Grosseltern, meinem Bruder, von daheim und ein grosser Bruch in meinem Leben. Ich fühlte mich zum ersten Mal einsam. Das war hart und bitter. Aber eben, das Leben ist kein Wunschkonzert. Es musste irgendwie weitergehen. Später zog es mich zum Rock 'n' Roll und es kamen die monatelangen Band-Tourneen, wo man sich kaum aus dem Weg gehen konnte. Man ist gefangen mit fünfzehn anderen im Tourbus und in engen Hotelräumen. Ein nonstop Rummel. Man hat sehr wenig Raum für sich und sehnt sich nach Ruhe und Zeit.

Auch heute bringt es mein Job mit sich, dass ich oft unter Menschen bin. Das ist schön und auch bereichernd, aber ich habe längst gemerkt, dass ich viel Zeit für mich allein brauche, eine gewisse Reflektier- und Verdaudistanz zum hektischen Allerweltstrubel. Manche Menschen verstehen nicht, wenn jemand allein sein will. Sie denken, man kapsle sich von ihnen ab, habe ein Problem oder noch schlimmer, man halte sich für etwas Besseres. Wieder andere Menschen können gar nicht allein sein, weil sie sich nutzlos, verloren und ungeliebt fühlen. Im schlimmsten Fall folgen Depressionen.

Es ist nicht einfach, anfänglich tut es weh, aber wir sind gut beraten, das Alleinsein früh zu lernen, Frieden mit sich zu schliessen, ohne sich einsam zu fühlen. Das moderne vernetzte Leben mit seinen Irrlichtern macht uns das aber nicht einfach. »Don't need to be lonely tonight« – du musst nicht allein sein heute Nacht. Im Internet und auf zahlreichen TV-Kanälen erzählen sie dir, wie sinnlos und traurig es ist, allein zu sein. »Komm zu uns, mach das, mach jenes«, heisst es in aggressiver Werbung. Sie bietet einem Fastfoodsex, Bullshitberatung für den grossen Seelenfrieden oder Pseudo-Nestwärme an. Ein Big Business und viele fallen darauf herein. Diese Trostpflastertaktik verspricht Sofortheilung und Sicherheit. Das Wichtigste wird dabei völlig übersehen: Gerade die Welt des zufriedenen Alleinseins und die Ruhe sind Voraussetzungen für eine geistige und seelische Weiterentwicklung, für genährtes Wohlsein und für wirkliche Begegnungen mit anderen Menschen.

Warum tun wir uns so schwer damit? Die Gründe liegen für mich in der frühen Kindheit verborgen. Nur sehr wenige Kleinkinder erhalten von ihren Eltern in den ersten Jahren genug echte Zuneigung, Aufmerksamkeit und Geborgenheit. Diese Liebe aber bildet das Fundament des Urvertrauens in das Leben. Vertrauen nicht nur in andere Menschen, sondern vor allem Vertrauen in sich selbst. Erfährt ein Jungmensch dies, kann er sich dann auch natürlich und selbstbewusst lösen und auf seinen eigenen Weg begeben. Das ist das allergrösste Geschenk, das Eltern ihren Kindern geben können.

Wer es nicht erhält, hat von Anfang an schlechtere Karten. Verlustängste, Unruhe und der Lonesomeblues kommen auf. Der Geliebt- und Erwünschtsein-Akku wurde nicht genug aufgeladen und es folgt eine rastlose Suche nach Ersatz und Quantität statt Qualität. So kommt ständiges Klammern an Muttis Rockzipfel, was aber nicht wahre Nähe bedeutet. Kaum richtet die Mutter ihre Aufmerksamkeit woandershin, rebelliert das Kind und klammert. Es ist verunsichert und kann nicht bei sich selbst sein. Das Gegenteil wäre aber wünschenswert, nämlich, dass ein Kind vertrauensvoll seine Mutter oder seinen Vater gehen lässt, sich mit sich selbst beschäftigen kann, und das Vertrauen und die Sicherheit spürt, nicht im Stich gelassen zu werden.

Wer bekommt schon optimale Bedingungen, um in dieses wirre, oft unbegreiflich lieblose und hektische Leben zu starten? Leben findet statt – mit täglichen Überraschungen und Überforderungen für Eltern und Kinder. Und rasch verlieren wir die Balance zwischen Alleinsein und Gesellschaft, zwischen Lärm und Ruhe, zwischen Nähe und Distanz – und diejenige zwischen Himmel und Hölle. Einsamkeit beschreibt das Gefühl, nicht geliebt oder gebraucht zu werden, überflüssig zu sein. Ein Schauspieler zu viel in einem mehrfach besetzten Theater. Alleinsein kann sich aber auch gut anfühlen, wenn wir dunkle Schatten, Schrammen und Trauer über vergangene Abweisungen, Illusionen und Verletzungen annehmen, als Teil unserer selbst, sie aushalten, uns mit ihnen versöhnen, statt zu versuchen, mithilfe von Ablenkungsmedizin Herr und Meister über sie zu werden. Ich muss mich dieser Erfahrung zuweilen auch stellen und halte mich dann lieber vermehrt drinnen auf, in meinen Räumen und erforsche meine Gedanken und Gefühle. Abwehr und Trotz fallen weg und ich stehe wie ein Zittergras im Wind der Gefühle. Schmerzhaftes beginnt sich zusehends aufzulösen und neue Energie und Freude kommen automatisch wieder. Ich fühle mich nicht einsam und alleingelassen – nur allein. Das gibt mir das Gefühl, *eins zu sein mit dem All*, mit dem Universum, aus dem ich komme. Ich weiss, das tönt abgefahren, fühlt sich für mich jedoch viel behaglicher, gesünder und schöner an, als mich einsam unter vielen Menschen zu fühlen. Sind meine Worte zu viel Gspürschmi, touch me, heal me? Dann empfehle ich an einem solchen lonely evening einen Gang in die Natur, ein Bachkonzert oder Rilkes Worte:

> *Wenn das Wesen der Gleichgültigkeit und der Menge darin besteht, kein Alleinsein zuzulassen, so ist wahre Freundschaft und Liebe die grosse Chance, gerade dies zu tun.*

DER MENSCH DAHINTER

Ich war in einer Klinik, um eine längst fällige Schulter-OP hinter mich zu bringen. Es war interessant zu sehen, mit welcher Präzision die Dr. Feelgoods heute arbeiten. Auch die neuen Narkosemittel sind unglaublich. Wo früher eine Flasche Whisky und ein Beissholz herhalten mussten, gibt's heute die chemische Überkeule. Da bekommt man rein gar nix mehr mit und fühlt sich nach dem Eingriff wie nach einem Kurzurlaub. Das Pflegepersonal ist hierzulande meist ein Highlight. Ich nenne sie gerne Schwestern, auch wenn's ein paar gibt, die lieber Fachangestellte Gesundheit oder Pflegefachfrau genannt werden möchten ☺. Während der drei Schichten lernte ich etwa fünfzehn verschiedene kennen. Es ist sehr interessant, wie unterschiedlich sie dieselbe Arbeit erledigen. Am liebsten hätte ich gleich ein Schwestern-Casting gemacht, wobei bei mir wohl alle ins Finale gekommen wären!

Lange sprach ich mit einer Hebamme. Sie war ein Engel von einem Menschen, voll bei ihrer Sache. Ihre Ausstrahlung und ihre Ruhe beeindruckten mich. Was für ein Job! Man muss in einem der wichtigsten und grössten Momente des Lebens zu tausend Prozent für andere da sein und die werdenden Mütter souverän durch alle Schmerzebenen, Ängste und Situationen coachen. Dazu kommen unregelmässige Arbeitszeiten, Nachverarztung und die psychologische Betreuung aller Anwesenden. Ich habe es selbst erlebt bei der Geburt unserer Tochter. Diese Powerengel machen einen absolut gigantischen Job – einer, der völlig unterschätzt und unterbezahlt ist. Und jetzt dies: Hebammen müssen wegen eines fragwürdigen Beschlusses neuerdings einen Hochschulabschluss machen. Ohne diesen sind ihre Chancen sehr gering, weiterhin halbwegs anständig bezahlte Arbeit zu finden. Obwohl sie vielleicht menschlich sowie praktisch besser sind als die Studierten. Es zählen nicht Begabung und Hingabe für die Sache, was ich befremdend finde. Dasselbe gilt für Kindergärtnerinnen. Genau jene Jobs, bei denen viel Herzblut und Einfühlungsvermögen gefragt sind, fallen dem Regulationswucher zum Opfer.

Die krankhaft zunehmende Akademisierung und eine groteske Flut neuer Gesetze an fast allen Fronten werden immer mehr zum Eigentor und Stolperstein. Wenn Herz, Talent und Leidenschaft eines Menschen für seinen Job geringer geschätzt werden als der ganze technische, überkandidelte Kopfsalat, bewegen wir uns eindeutig in die falsche Richtung. Wichtige, wertvolle Arbeitskräfte gehen nutzlos verloren oder die enthusiastischen Anwärter kriegen den Verleider. Dazu werden das ganze System und die Ausbildung immer teurer und aufwändiger. Und dann hört man die Verantwortlichen über zu wenig Personal und zu hohe Kosten klagen. Grotesk!

Merke: Wenn etwas gut ist, muss es nicht verschlimmbessert werden – erst recht nicht von Beamten und Schreibtischtätern. Es gibt Berufe, die brauchen nicht per Hochschulabschluss erlernt zu werden; die hat man im Blut und im Herzen. Die wertvollsten Erfahrungen in gewissen Jobs sammelt man am Arbeitsplatz und nicht auf der Schulbank. Vergessen wir nicht: Das Wort Beruf kommt auch von Berufung. Das gilt nicht nur für die Musik. Das Wort Abschluss hingegen ist eher irreführend: Als gäbe es im Leben einen Abschluss?! Es geht immer weiter – man lebt und man lernt.

Typisch für den galoppierenden behördlichen Kontrollwahn ist auch folgendes Beispiel: Die 35-jährige Peruanerin Norma Ammann, die wohl als einzige Eingewanderte in Vordemwald die dritte Primarschulklasse besucht, scheint glücklich und motiviert in ihre Zukunft zu schauen. Sie will ihren Lebensort und die dazugehörige Sprache kennenlernen. Nun wird sie ausgerechnet in dem Kanton und von dem Bildungsdepartement, das in den letzten Jahren engagiert die Schlagwörter Heterogenität in den Klassenzimmern, Chancengleichheit und Integration propagiert hat, gegen den Willen aller Beteiligten, inklusive Schuldirektor, ausgebremst. Nach den Frühlingsferien darf sie die Schule nicht mehr besuchen. Schüler, Lehrer und Eltern hatten nichts dagegen, im Gegenteil. Da kratzt sich der stille Beobachter verwirrt am Kopf – der tote Buchstabe scheint wichtiger als der Mensch dahinter. Es ginge um's Prinzip!? Wenn ich das schon höre, krümmen sich bei mir die Zehennägel. Ich denke dann immer an Oscars Wildes treffenden Satz: *Mir sind Menschen lieber als Prinzipien und Menschen ohne Prinzipien das Liebste auf der Welt.*

Unsere Gesetzgeber und Politiker sollten aufpassen, dass sie vor lauter Hürden, Regulationen und Sinnlosverordnungen nicht Stärke, Qualität und Zuverlässigkeit, die unser Land und seine Bewohner seit jeher auszeichneten, kaputt machen und entmenschlichen. Staatsaufgaben dürfen nicht zur Zwangsneurose verkommen, um damit jene zu demotivieren, die wirklich arbeiten wollen und müssen. Wie wär's mit gesundem Menschenverstand und etwas Herz?

MEH GROSI!

Kürzlich erreichte mich ein Brief einer Frau mit folgendem Inhalt: »Gestern habe ich meine Grossmutter im Altersheim besucht. Es war kein gewöhnlicher Besuch. Jemand musste dieser Frau endlich einmal gründlich den Kopf waschen. Da hatte sich einiges aufgestaut. Ich habe also kein Blatt vor den Mund genommen und ihr deutlich die Meinung gesagt. Ja, schliesslich hat sie in ihrem Leben so ziemlich alles falsch gemacht. Sie war zu bequem, aufzustehen und sich einen Job zu suchen, um damit ihre finanziellen Beiträge an den Staat und die Sozialversicherung zu leisten. Sie war zu faul, um für die Rechte der Frau zu kämpfen. Sie war zu feige, sich gegen ihren Mann durchzusetzen und zu verlangen, dass er ihr bei der Haus- und Gartenarbeit sowie der Erziehung der sieben Kinder hilft. Wenn man es genau nimmt, trägt sie eine Mitschuld daran, dass wir heute wie Löwinnen um vom Staat finanzierte Kinderkrippen, um betreute Mittagstische und Hausaufgabenhilfe an den Schulen und vieles mehr kämpfen müssen. Weiter hat sie mitzuverantworten, dass wir Frauen immer noch weniger verdienen als Männer, die dasselbe leisten. Auch dass die heute noch von viel zu vielen Ehepaaren gelebte traditionelle Rollenverteilung nicht längst der Vergangenheit angehört, muss ich ihr anlasten. Schliesslich stand sie traurig vor mir und fragte mich: ›Habe ich wirklich alles falsch gemacht?‹ Da bin ich zum Glück aus diesem schlimmen Traum aufgewacht.

Heute habe ich meine Grossmutter im Altersheim besucht. Es war wieder kein gewöhnlicher Besuch, denn es ist immer etwas ganz Besonderes mit dieser feinen, liebenswerten Frau zusammenzukommen. Ich sagte ihr, wie dankbar und glücklich ich bin, ein solches Grosi zu haben. Ihr und meinem verstorbenen Grossvater verdanke ich so viele glückliche Kindheitserinnerungen. Je mehr ich sehe und höre, dass Kinder immer mehr zur ›Staatssache‹ verkommen und ständig früher abgeschoben werden, umso mehr wünsche ich mir für unsere Nachkommen eine Zeit zurück, als die Grosseltern zugegen waren und wir Kinder uns bei ihnen so wohlfühlten. Als ich mich zwei Stunden später verabschiedete, sagte sie: ›Schön, dass du trotz der vielen Arbeit mit den Kindern und dem Haus und trotz des weiten Weges immer wieder die Zeit findest, mich hier zu besuchen.‹ Und sie fügte mit einem Augenzwinkern hinzu: ›Ich hab wohl doch nicht alles falsch gemacht!?‹«

Ja, meine lieben Leser, ich wünschte mir, es wäre im realen Leben auch so, und wir könnten dann und wann aufwachen und feststellen: S' isch jo nur es chlises Träumli gsi … Ich gehöre zu den Glücklichen, die Grosseltern hatten. Sie waren für uns da, egal was passierte. Als Kind nahm mich mein Grossvater oft bei seinen ausgedehnten Spaziergängen durch die Wälder mit und erklärte mir Pilz und Kraut: »Bub, schau dir das an, das ist die wahre Kraft und Schönheit dieses Planeten.« Kinder lieben auch heute noch die Natur und ihre Wunder, wenn man sie ihnen näherbringt. Seine Begeisterung steckte mich an. Ta-Ta-Ta, wie ich ihn gern nannte, zeigte mir Dinge, wovon ich keine Ahnung hatte, und was meine Eltern aus Zeit- und Stressgründen längst nicht mehr sahen. Der Clou: Es machte Spass.

Wir machten gewaltige Feuer, formten riesige Schneekäse, erfanden Wurf, Baum- und Pflanzenratespiele, besuchten Fussballmatches in der Nacht und gingen auf endlose Bergwanderungen. Immer hatte er eine Geschichte, einen Witz oder eine Wette auf Lager. In seinem kleinen Kleidergeschäft kam die halbe Stadt zusammen, vor allem aber Bauern und Förster aus der näheren Umgebung, die sich wieder mal neu einkleiden wollten. Im Verlauf des Jahres besuchte Ta-Ta-Ta dann seine Kunden, egal, ob sie auf dem Berg oder im Tal wohnten. So wusste er meistens, wann und wo welche Kuh gerade kalbte, welches Huhn am meisten Eier legte und wer in finanziellen Nöten war. Die Jasskarten und ein Büchlein von Franz von Assisi hatte er immer mit dabei. Im kleinen Büroräumchen des Geschäfts gab's diesen Schrank mit der Rollladentür, in dem ein Riesensack Sugustäfeli auf die Kinder der Kunden wartete. Auf dem Schreibtisch lagen Buntstifte, eine Spitzmaschine, Sport-Toto-Zettel und eine Flasche Baldrian. Jene Tropfen kamen dann zum Einsatz, wenn Grossvater dreizehn Richtige tippte und Grosi Ida-so-was-war-noch-nie-da vergass, den Zettel abzugeben. Kurz, da war immer etwas los und ich konnte das eine und andere spielerisch lernen, das für mich noch heute seinen festen Wert hat.

Alter und Kindheit haben vieles gemeinsam: Die kindlich verspielte Freude am Leben. Die Gabe, den Moment voll auszukosten. Die Bereitschaft, intensiver zu leben und nicht ständig Zukunftssorgen zu haben. So kam mir heute während des Eierfärbens mit meiner Tochter der Gedanke: Berufliche Erfolge sind die eine Sache – ob ich als Mensch erfolgreich war, werde ich erst wissen, wenn ich dereinst im Alter ab und zu Besuch bekomme.

HUNDSTAGE

»*In bed with madonna.* Das kann ich täglich haben. Ihr möchtet ein paar intime Details? Sie schnarcht nicht, braucht erstaunlich wenig Platz, ist ein Kuschelfreak und steht pro Nacht im Durchschnitt einmal auf, um ihre Blase zu leeren. Ausserdem ist sie ein Morgenmuffel und versucht ebenso wie ich, das Geplärre des Radioweckers zu überhören. Sie hasst das Frühaufstehen! Wir passen also in allen Details fantastisch gut zusammen. Völlige Übereinstimmung. Okay, in einem Punkt gibt es eine winzig kleine Differenz: Bin ich eifersüchtig, dann lege ich mich nicht einfach jemandem aufs Gesicht. Allerdings bin ich auch kein zwei Kilo leichtes Chihuahuamädchen.«

Diese Zeilen las ich im Webtagebuch einer guten Freundin. Sie haben mich nicht nur zum Schmunzeln, sondern auch wieder auf den Hund gebracht. Ich fragte mich wieder einmal: Sind Hunde die besseren Menschen? Sie begleiten uns durch Hudelwetter und Hundstage und würden niemals tatenlos zusehen, wie wir vor die Hunde gehen. Auch wenn wir sie allein gelassen haben oder schlecht drauf sind, würden sie uns zu keiner Zeit falsche Hunde schimpfen. Nein, sie begrüssen uns überschwänglich mit wedelndem Schwanz und lecken freudig unsere Hand ab, egal ob wir grantig, übermütig oder traurig, ob wir bettelarm oder stinkreich sind – der Hund nimmt und liebt uns so wie wir sind. Das ist schon mehr als grandios. *Need a friend – get a dog*, sagt man in England. Wie wahr! Und wie schön!

Hier in der Schweiz leben gegen eine halbe Million Hunde, damit sind wir wohl eines der hundefreundlichsten Länder. Als einziges Volk der Welt verfügen wir in der Schweiz über ein öffentliches Toilettensystem für Fido und Bella. Wir bezahlen Steuern für unsere bellenden Lieblinge und sie tragen ihre Identitätskarte in Form eines Chips und einer Hundemarke. In Zürich gibt es sogar eine Hundepartei, deren Ziel es ist, das Zusammenleben von Mensch und Hund zu vereinfachen und zu fördern. Fast in jedem Bezirk findet man eine Hundeschule. Die meisten Welpen besuchen sie bereits mit wenigen Wochen und lernen dort manches, was auch einigen verzogenen Menschenkindern gut anstehen würde. Von Natur aus sind Hunde aber durchaus freundliche und soziale Wesen. In der Welpenspielstunde können gross- und kleinwüchsige Rassen problemlos miteinander spielen. Wird der eine zu grob, kreischt der andere und er wird sofort in Ruhe gelassen. Trotzdem sind in der Schweiz rund 3000 Hundebisse pro Jahr zu beklagen und man berät und streitet sich im Augenblick darüber, ob ein obligatorisches Hundehalterbrevet vonnöten sei. Wenn der alljährliche Traumpaar-Wettbewerb stattfindet und die Fotos dazu präsentiert werden, ist es offensichtlich: Der Hund gleicht seinem Meister und umgekehrt. Manche mögen dazu neigen, ihren Hund zu sehr zu vermenschlichen und ihm sogar ihre Aggressionen und im Extremfall ihre Blutrünstigkeit weiterzureichen, mit dem Effekt, dass der Hund seinem Meister in Sachen Bösartigkeit in keinerlei Hinsicht nachsteht. Ist ein Hund gefährlich, aggressiv oder bellwütig: Es liegt, analog zu den Kindern, fast immer an seinem Meister und wie das Tier früher behandelt wurde.

Bei mir ist es, glaube ich, eher umgekehrt. Ich gehöre zu denen, die sich von ihrem Gefährten verhunden lassen. Denn wenn ich ein Doggie an meiner Seite habe, überlege ich dauernd, ob er wohl genug auf seine Kosten kommt. Ich sorge mich darum, ob es nicht zu heiss ist für ihn, ob er genügend frisches Wasser zur Verfügung hat, kaue auch schon mal einen grossen Knochen und wälze mich dann mit ihm im Garten, damit er sich nicht so einsam fühlt – aber behalten Sie das bitte für sich! Habe ich einen Hund, dann überlege ich nicht, ob ich mir die Zeit nehmen soll, einen Waldspaziergang zu machen. Ich tue es einfach und entspanne mich wunderbar dabei. Dadurch erlebe ich Momente, die mir mindestens so viel Freude bereiten, wie wenn mir jemand einen Tausender in die Finger drücken würde – wobei der Tausender rasch verplant und vergessen und für mein Befinden kein wirklicher Gewinn wäre. Ich bin überzeugt, dass ein Hund einen auch am frühzeitigen Altern hindert, weil er Herz und Bewegungsapparat elastisch und am Laufen hält. Klar, so einfach ist die Haltung eines Hundes nicht und man sollte sich gut überlegen, ob man Zeit und Raum hat für so ein Tier. Eingesperrte, vernachlässigte, gebrochene Hunde sind schlimm und tragisch zugleich.

Im Moment habe ich einen grossen schwarzen Neufundländer. Er sitzt meistens vor meinem Hauseingang. Seine Haltung beeindruckt mich. Shamuk ist ein Prachtkerl, ein guter Wächter, eine treue Seele, aber leider nur aus Kunststoff. Gut, ich bezahle keine Hundesteuer, er frisst fast nichts und macht auch kein Haarghetto – aber eines weiss ich genau: Es ist nur eine Frage der Zeit, bis ich wieder einen echten, lebendigen Hund habe. Meine Seele und mein Herz brauchen es und können es kaum erwarten.

DAHER WEHT DER WIND!

Die Kirche steht traditionell mitten im Dorf oder an dessen Rand. Oft auf einem Hügel. Und oben auf dem Dach thront der Güggel. Meistens. Käme es Ihnen drauf an, wenn es anders wäre? Täte es Ihrer religiösen Überzeugung einen Abbruch, wenn sich der Standort Ihrer Kirche unscheinbar in der Talsohle befände, das Dach etwas weniger steil in den Himmel ragen würde und ohne das Federvieh auskommen müsste? Eben.

Der Hahn soll uns zwar zeigen, woher der Wind weht, und er wird in dieser Funktion möglicherweise dann und wann auch heute noch beachtet. Gemäss internetter Auskunft fand er den Weg aufs Kirchendach aufgrund dieses Bibelzitates: »Ehe der Hahn krähen wird, wirst du mich dreimal verleugnen.« Bekanntlich folgte auf diese Prophezeiung die Kreuzigung Jesu. Ich weiss nicht, ob es sich nun lohnt, darüber zu grübeln, ob uns der Hahn durch seine Präsenz hoch über unseren Köpfen seither daran hindern soll, die Kirche zu verraten. Mich beeinflusst er auf jeden Fall nicht.

Sie ahnen es bereits, liebe Leser, mir ist es im Grunde völlig egal, ob auf den Kirchen anderer Leute ein Türmlein draufsteht oder nicht. Aber das, was drunter schwelgt, das sollten wir fadengerade diskutieren. Während im Christentum Kirche und Staat längst zwei verschiedene Baustellen sind, wird mit dem Islam ganz ungeniert Politik gemacht. Die Glaubensbrüder sagen, woher der Wind weht und sie beherrschen ihre Schafe bis in ihre Schlafzimmer und noch tiefer hinein. Wer nicht pariert, wird sanktioniert. So ist das, und wer dies verharmlost und beschönigt, hat schlicht nicht begriffen, was weltweit abgeht.

Während wir seit Jahrzehnten darüber sinnieren, ob der berühmte Klapf zur rechten Zeit einen nachhaltigen Schaden in der Kinderseele hinterlässt, werden in einigen islamischen Völkern kleine Mädchen beschnitten, Kinder zwangsverheiratet und Frauen, die eventuell Ehebruch begangen haben könnten, gesteinigt. Ich bezweifle stark, dass nur diejenigen unter uns leben, welche die erwähnten barbarischen Gepflogenheiten entschlossen verurteilen und ausschliesslich zu ihrer persönlichen seelischen Einkehr die Moschee besuchen. Mein Rockerherz ist ein sperrangelweit offenes. Genau so, wie sie mich mit meinem Kopflumpen leben lassen, akzeptiere ich die islamischen Frauen mit ihren Kopftüchern – wenn ich nur abends mit der Gewissheit einschlafen könnte, dass keine dieser Frauen zu irgendetwas gezwungen wird. Religionen haben leider mit ihren absoluten Wahrheitsansprüchen oft nur Kriege, Unfrieden und menschliches Elend gebracht.

In der Minarettdiskussion hörte man die Wörter Toleranz und Respekt. Das klingt gut! Diese Haltungen funktionieren aber nur auf beidseitiger Basis. Andernfalls wird die verbindliche Rechtsordnung eines Landes gefährdet. Zur Erinnerung: Früher, vor vielen Hundert Jahren, hatte die Kirche das totale Sagen, bis sie ihre weltlichen Ansprüche nach langen Kriegen und Verwüstungen endgültig zurückstecken musste. Religiöser Fanatismus konnte keine stabile Ordnung in den Ländern herstellen. Die Kirche verlor ihre Allmachtsstellung und die Fürsten bestimmten fortan in ihren Territorien über Konfession und Recht. Dieser, unter viel Leid zustande gebrachte Wechsel war entscheidend für ganz Europa.

In vielen muslimischen Ländern ist das weder vorhanden noch vorgesehen. Da herrscht eine totalitäre Staatsauffassung, in der die Politik Zudiener der Religion ist. Reformationen und Erneuerungen sind indiskutabel. Die Grundlage eines friedfertigen Zusammenlebens ist jedoch die Freiheit in Meinungsäusserung und Glauben. Ich finde es vermessen, da ein verklärtes und romantisches Verständnis für andere Kulturen zu zeigen. Es muss aufhören, dass hierzulande einer, der sich ernsthaft und kritisch mit dem Ausland, den Migranten und unfriedlichen Religionen befasst, sofort als Spiesser oder Rassist eingestuft wird. Das ist eine fatale Falscheinschätzung, die offenbart, wie realitätsfern zum Teil in der Schweiz politisiert und debattiert wird. Solange auf muslimischen TV-Kanälen Enthauptungen gezeigt werden, gleicht es wohl einem schlechten Witz, islamkritische Schweizer an Menschenrechte und Freundlichkeit erinnern zu wollen. Wenn wir beim Stichwort »Terror« heute instinktiv an radikale Muslime denken, hat das nichts mit Islamfeindlichkeit zu tun, sondern mit Erfahrung und Fakten. Fünfundneunzig Prozent des Terrors gehen seit Jahrzehnten auf das Konto dieser Extremisten. Vor dieser Wahrheit dürfen die Moralprediger und selbsternannten Islam-Experten die Augen nicht verschliessen.

Umberto Eco hat recht: Die Welt ist eine streitsüchtige Ruine, nahe am Abgrund, aber irgendwie werden wir wohl davonkommen. Hoffen wir's … Als Musiker fand ich eine multikulturelle, offene Gesellschaft schon immer reizvoll und pauschale Vorverurteilungen abstossend. Allerdings muss die Schweiz mit ihrer harmoniesüchtigen, konfliktunfähigen und zeitweise naiv-träumerischen Haltung extrem aufpassen, um in den nächsten Jahren nicht völlig unter die Räder zu kommen. Es sind Kräfte im Spiel, die sich nicht ohne Weiteres, und schon gar nicht von der Schweizer Polizei, zähmen lassen. Da sind Weitsicht, neue Strafgesetze, eine gewisse Härte und konsequentes Handeln der Richter vonnöten. Die Freiheit, die wir leben und gewähren, und auch unsere Gesetze, müssen bis in die Gotteshäuser hineinreichen und für jedermann gelten, der sich hier aufhält. Ansonsten verkommt unser Rechtssystem zur blossen Alibiübung.

Die Güggel auf den Kirchendächern können von mir aus dort bleiben. Wir könnten sie aber auch herunternehmen und von jetzt an Herzen obendrauf setzen – in Anlehnung an das Bibelzitat: »Des Weisen Herz ist zu seiner Rechten; aber des Toren Herz ist zu seiner Linken.« Oder was glauben Sie?

DIE KRAFT DER FARBEN

Meine Tochter fragte mich, was ich wählen würde, wenn es nicht anders ginge: Papa, wärst du lieber blind oder taub? Meine reflexartige Antwort als Musiker war: Lieber blind, wenn's denn sein müsste. Aber als sie mir später eine frisch gepflückte Rhododendronblüte, kombiniert mit einer Fuchsie, in einem antiken Glas auf den Tisch stellte, fiel es mir wie Schuppen von den Augen.

Wie unendlich arm wäre mein Leben, könnte ich diese wunderbaren Farben nicht auf mich wirken lassen. Ich habe noch nie eine wirklich hässliche Farbe gesehen, die von der Natur geschaffen wurde, ganz im Gegensatz zu den Menschen, die am laufenden Band schreckliche Farben hervorbringen. Es scheint mir, dass manchereins immun ist gegen die Kraft der Farben. Für sie gibt es halt gelb, rot, grün, blau, schwarz und weiss – basta. Differenzierteres geht ihnen am Hintern vorbei. Und so sieht's dann auch aus, wenn wir durch unsere Dörfer und Städte gehen oder fahren. Ein unstimmiges Durcheinander von Farben, die nicht zusammenpassen – genau das Gegenteil der Natur.

Da staunte ich vor Kurzem bei einem guten Freund, der sein wunderschönes Haus renovierte. Trotz meines Herzbluteinsatzes konnte ich ihn nicht davon überzeugen, dass das Weiss, das er und seine Liebste ansprayen liessen, zu kalt und spitalsmässig aussah. Zu ihrer Entlastung muss ich jedoch erwähnen, dass er tatsächlich Doktor ist, und zwar ein guter!! Viele Malerbetriebe unterbreiten wohl kaum kreative, warme Vorschläge zur Auswahl. Man führt einfach aus. Riskiert wird nix. Es ist fast noch schlimmer als in der Popmusik. Radio und iPod kann man aber ausschalten – die Hausfarbe leider nicht. Die bleibt oft über Jahrzehnte kleben. Gestern sprach ich mit einem Maler. Er sagte, die meisten Kunden würden einfach die Direktive durchgeben: bitte gelb oder weiss anmalen. Wie beim Coiffeur: waschen-schneiden-legen … Zahlreiche Menschen scheinen genau gleich glücklich oder unglücklich zu sein mit schlimmen Farbkombinationen und abartigen Bauten. Ich weiss nicht, ob ich sie bewundern oder bemitleiden soll. Für mich sind Form und Farbe etwas sehr wichtiges für mein Wohlgefühl im Leben. Und das nicht nur auf der Bühne.

Braun ist die Erde. So kommt's wohl, dass ich geerdeter Feld-Wald-und-Wiesen-Hippie mich besonders gern in Erdtönen kleide. Auch die warmen Herbstfarben haben es mir als Oktoberkind sehr angetan. Die Farbe Blau verbinden wir Menschen offensichtlich kollektiv mit der Tiefe des Meeres, mit Seen, Flüssen und Bächen. Vermutlich habe ich deswegen schon unzählige Badezimmer gesehen, in denen blaue Tücher hängen und blaues Wasser durch die Schüssel fliesst. In gelb strahlen die Sonne, die Osterglocken und das erntereife Korn. Gold bedeutet Geld, Reichtum und Prestige. Es ist mehr als eine Farbe und fasziniert uns. Grün ist der Frühling mit seinen saftigen Wiesen und grün bedeutet für uns, es ist alles gut, freie Fahrt – alles im grünen Bereich. Grau sind die Nebelschwaden, die Wohnsilos und die alten Fotos. Grau war die Welt vor 1968. Kinder und Erwachsene trugen es gleichermassen am Leib. Liebe, Feuer und Blut sind rot und in rosa und himmelblau taumeln Barbie und Ken. Schwarz ist die

Nacht mit all ihren Katzen und ebenso der Tod. Silbern sind das Münz und das alte Konfirmationsbesteck mit den Killergabeln und weiss wird geheiratet und geschneit. Hautfarbe gefällt mir hervorragend an der Haut und weniger an Strümpfen und … aber lassen wir das.

Zweifelsohne sind Farben eine Sache von Sinn und Sinnlichkeit. Ich behaupte von mir, ein farb- und feinsinniger Mensch zu sein. Unbedarfterweise und aus nacktem Gwunder habe ich schon dann und wann ein Parfüm ausprobiert, das ich den ganzen Tag nicht mehr loswurde. So kam ich mir vor, als wäre ich einer der Protagonisten im Film »Der dritte Mann«, die sich bemantelt und behütet durch die Wiener Kanalisation verfolgen. Dieser Umstand hatte einen sehr ungünstigen Einfluss auf mein Gemüt. Mit Farbeinflüssen verhält es sich ähnlich. Sind es die falschen, sind sie zu zudringlich, zu hart, zu giftig oder zu nüchtern, dann fühle ich mich für gewisse Aktivitäten nicht entspannt, gelassen oder konzentriert genug.

Selbstverständlich bin ich nicht der Erste, der sich darüber Gedanken macht. Gewiefte Architekten, Farbgurus und Raumplaner überlassen da gar nichts dem Zufall. Der Regenbogen hingegen lässt sich nicht buchen und auch das Abendrot kommt, wann es will und das ist mir sympathisch. Obwohl ich manchmal gern eins hätte, wenn ich gerade launig und feierabendlich auf der Terrasse sitze, will ich nicht klagen. Ich bedanke mich für seine gelegentliche Erscheinung und den Genuss, den mir sein Anblick bietet. Und so bleibt mir allein der Versuch, mich bei jeder sich bietenden Gelegenheit sattzusehen oder sattzuhören, falls mich dereinst das Schicksal ereilen sollte, eines von beiden hergeben zu müssen.

HALLO VÄTER!

Es gibt Mütter, die leben ihr Muttersein voll aus, weil sie es spüren wollen und können. Andere wieder haben nicht so einen intensiven Draht zu ihren Kindern und möchten oder müssen einem Job nachgehen. Dann gibt's noch verschiedene Modelle dazwischen. Aber wo bleiben eigentlich die Männer? Es gibt ein paar »desperate housemen«, die den Job der Mütter übernehmen, entweder mit oder ohne Partnerin. Diese Männer sind die Ausnahme. Sie kommen genau gleich, wie umgekehrt die Mütter, bald an ihre Grenzen und könnten Ihnen viel von schlaflosen Nächten, lächelnden Nachbarn und spottenden Freunden erzählen. Sie haben meine allergrösste Hochachtung.

Ist in der Familie überhaupt ein Vater da, hat er nach neuesten Recherchen im Durchschnitt gerade mal zwanzig Minuten Zeit für sein Kind – pro Tag! Das ist wenig, sehr wenig. Ja, das Vatersein! Wie viele Gesichter hat es doch. Die meisten Väter sind so extrem mit sich selbst beschäftigt, dass sie gar keine Zeit für ihre Kinder haben. Nur, viele merken das nicht einmal oder erst zu spät. Nun ist aber Kinder haben nicht gleich Katzen und Hunde haben. So sagte mir doch letzthin ein Fruchtgrosshändler, er könne einfach nicht verstehen, dass seine dreijährige Tochter ihm immer alle Kabel des Computers und Druckers rauszieht, wenn er am Schreiben ist im Arbeitszimmer. Ich sagte ihm fadengerade: Vielleicht solltest du dich einfach mal etwas mit deiner Tochter befassen, wenn du schon zu Hause bist, anstatt Businessrapports zu schreiben. Er schaute mich mit grossen Augen an. *Ihre Mum ist doch da und mein Chef hätte auch keine Freude.* Der Typ tat mir leid und das Mädchen noch mehr.

Etwas anders ging ein Musikerkollege an die Sache ran. Er öffnete seine Dukatenschatulle und bezahlte fünfzigtausend Franken, um das Sorgerecht für sein Kind zu bekommen. So etwas ist eher die Ausnahme. Er übernahm damit die Verantwortung und seine Exfrau hatte wieder mehr Zeit für Discos oder sonst etwas. Dann gibt's Männer, die sind so mit ihrer Karriere verheiratet, dass allein der Gedanke, sich um Kinder kümmern zu müssen, eine mittlere Krise bei ihnen auslöst. So einer war ich auch mal. War das okay? Ja, es war. Dadurch habe ich wenigstens keine Frauen und Kinder mit meiner ständigen Abwesenheit und Unverbindlichkeit ins Elend gestürzt.

Es ist sehr schön und bereichernd, wenn ein Kind einen anwesenden Vater hat. Einer, der nicht nur alles der Mutter überlässt und unzugänglich und kalt ist – ein schroffer, pflichtenloser Nullvater. Oder ein Übermensch, an dem es zerbricht und immer nur aufschauen muss. Nein, einfach einer, der da ist und es aufmerksam und liebevoll in ein weiss Gott kompliziertes, schwieriges Leben begleitet. Gibt es das noch? Ich würde sagen ja, aber eher selten – leider.

Die Väter, seien sie gesegnet, bedürfen alle der Heilung! Wir vergessen oft das, was wichtig ist. Wir verlieren uns übermässig in unseren Aufgaben und unserem Beruf. Unser »Versorgerinstinkt« wird häufig fehlgeleitet, da wir durch Überarbeitung erschöpft sind, auch bedingt durch die ursprüngliche Absicht, für uns und unsere Familie ein sicheres Nest zu schaffen. Nach allem »Versorgen« fühlen wir uns zu ausgebrannt, um noch voll für andere da sein zu können. Viele von uns haben geschworen, nie so zu werden wie unsere Väter, an die wir uns als arbeitssüchtig erinnern. Dann stellen wir irgendwann zu unserer Überraschung fest, dass wir das Gleiche tun, wenn wir nicht enorm aufpassen. Die Gesellschaft und der Drang nach mehr Erfolg, Status und Geld drängen uns förmlich dazu. Das kann bitter und enttäuschend sein. Gleichzeitig vergessen wir die guten Seiten unserer Väter und die Art und Weise, in der sie sich aufrichtig bemühten. Sie werden von vielen als ungerecht, kalt, gleichgültig, herzlos, misshandelnd und workaholisch beschrieben.

Es ist nicht einfach, ja geradezu eine grosse Herausforderung, ein bewusster Vater zu sein. Dazu kommt: Bevor ein Mann sich vollkommen als Vater erkennt und diese Lebensaufgabe annimmt, sollte er seine Beziehung zu seiner zukünftigen Frau, aber ebenso die zu seinem eigenen Vater gut betrachten und klären, sonst wird auch seine Vaterschaft in Mitleidenschaft gezogen. Es gibt einen dieser unglaublichen Schlüsselsätze im Gladiatorfilm, wo der alte Vaterkaiser Marc Aurel, absolut brillant von Richard Harris gespielt, seinem schwachen, unzulänglichen Sohn, dem er seine Nachfolge verweigert, sagt: *Dein Scheitern als Sohn ist mein Versagen als Vater!!* Wie traurig und wahr! Viele denken negativ über ihre Väter, da sie durch sie Desillusionierung erlebten. Bei mir war das eine Zeit lang auch so. Wir vergessen, Desillusionierung ist auch die Befreiung von Illusion und deswegen auch segensreich. Das ist nicht einfach und schmerzhaft, da wir als Kinder fast so viel von unserem Vater erwarteten, als wäre er Gott-Vater. Wir kamen aus dem strahlenden Licht der Sonne hinter der Sonne und stellten dann fest, dass es hier auf der Erde phasenweise eher höllisch als himmlisch zugeht. Dies zu erkennen und es leibhaftig zu erfahren, ist oft hart. Wer nicht daran zerbricht, wird seinen Weg finden.

Später, wenn das Leben uns vielleicht zu Vätern macht, gibt's ein paar wahre Tipps, die auch ich mir zu Herzen genommen habe. Hier sind sie: Sei du selbst, verstell dich nicht, Kinder spüren das. Gib ihnen immer wieder weiter, was dich wirklich beseelt und begeistert, egal ob Geschichten, Natur, Ruhe, Musik, Sport oder Wissenschaft. Sei voll anwesend in Geist, Körper und Seele. Lerne zuzuhören. Nimm dein Kind von Anfang an nicht als halbe Portion, sondern als vollwertigen Menschen wahr und sprich auch so zu ihm. Der präsente Vater ist ein Geschenk, aber zerdrück es nicht mit deiner Präsenz. Wenn du jeden wachen Moment im Leben deiner Kinder füllst, fehlt ihnen der Raum, in dem sie ganz sie selbst sein können. Wenn du sie permanent drängst und forderst, werden sie zerbrechen. Wenn du ihnen Spielzeug im Überfluss gibst, wird sich ihr Herz vor Besitzgier verkrampfen. Wenn du stets versuchst, es ihnen recht zu machen, wirst du irgendwann ihr Gefangener sein, nicht mehr ihr Vater. Wenn Väter ihren Kindern Zuspruch und Ansehen schenken, dies auch in heilsamen Ritualen ausdrücken, dann stärkst du das Selbstwertgefühl des Kindes und gibst ihm Stabilität für die Zukunft.

Und zu guter Letzt: Vergessen wir nie die Mutter unseres Kindes zu ehren, auch wenn wir sie manchmal nicht verstehen oder gar getrennt von ihr leben. Ein jüdisches Sprichwort sagt: *Weil Gott nicht überall sein kann, schuf er die Mutter.* Wie wahr! … Und manchmal vielleicht auch den Vater.

O SOLETTA MIO

Ich will einmal über meine Heimatstadt Solothurn schreiben. Immerhin wohne ich bald sechzig Jahre hier und habe das eine und andere kommen und gehen sehen. Wie immer werde ich probieren, die Balance zu finden zwischen dem Erfreulichen und dem weniger Genehmen. Oder mit den Worten des Altmeisters Huang-Po: Gestatte den Ereignissen des Alltages nicht, dich zu erdrücken, aber entziehe dich ihnen auch nicht. Und dass mir keine Missverständnisse aufkommen: Ich liebe dieses Städtchen … vor allem, wenn ich gut drauf bin.

Ohne Übertreibung darf ich sagen, dass ich an einem wunderschönen Ort wohne. Solothurn ist umgeben vom Jura, gesunden Wäldern und prachtvoller Natur. Wir haben gute Restaurants, eine wunderbare Zentralbibliothek, die St. Ursenkathedrale, Solothurnertorte, Verenaschlucht, Weissenstein, Kunstmuseum, gute Schulen und Lehrkräfte, die Solothurner Film- und Literaturtage, über hundert Arztpraxen, freundliche Verkäuferinnen, coole Polizisten und die Kulturfabrik Kofmehl. Das alles hilft einem über das oft etwas raue, feuchte Wetter hinweg. Meine Grossmutter begegnete meinem Wetterblues immer mit der frohen Botschaft: »Bueb, wenn du dieses Klima überstehst, kannst du überall in der Welt leben!« Wie immer hatte sie recht!

Das katholische Städtchen, wo ständig irgendwelche Kirchenglocken bimmeln, nennt sich auch gern Ambassadorenstadt, weil hier einst der Sitz der Botschafter des französischen Königshauses war und manch eine Party geschmissen wurde. Im Welschland etablierte sich damals der Ausdruck »être sur Soleure« – was auf Deutsch schlicht blau sein heisst. Geschichtlich hat die schönste Barockstadt der Schweiz einiges zu bieten. Hier haben die Herren Casanova, Hesse und Goethe freudig flaniert und Napoleon Bonaparte hat im Hotel Krone bis dato eine Rechnung für ein Glas Wasser offen – Coke gab's damals noch nicht.

Und heute? Solothurn leidet bedauerlicherweise seit längerer Zeit unter einer Art Schockstarre, einem Herzstillstand. Stadt und Kanton haben sich finanziell noch nicht vom unglaublichen Regionalbanken-Skandal erholt. Experten gehen davon aus, dass das Debakel, alle Verluste, Aufwendungen und entgangene Steuern aufgerechnet, den Steuerzahler über eine Milliarde Franken gekostet haben dürfte. Dieses Geld fehlt in Schul-, Familien- und Wirtschaftsförderung. Der Gipfel des Ganzen: In einem hanebüchenen Bananenprozess kamen alle Verantwortlichen frei. Sie dürfen ihre Inkompetenz fröhlich weiter leben, herumwursteln und politisieren – die doppelte Ohrfeige für den Bürger. Eine richtige, amtliche Aufarbeitung, die auch mit allen Details als Fallbeispiel öffentlich einsehbar wäre, gibt es bis heute nicht. Das meiste wurde unter den Teppich gekehrt. Man will, wie oft in der Justiz, nicht die Opfer, sondern die Täter schützen. Erstaunt es nach all dem, dass Solothurn nicht gerade als Steuerparadies gilt?

Etwas Sorgen macht mir auch unser Stadtpräsident, seit siebzehn Jahren in diesem Amt. Eigentlich ist es ein hundertzwanzigprozentiger Job. Aber er ist auch Nationalrat – ein fünfzigprozentiger Einsatz, will man's gut machen. Dazu kommen an die dreißig Mandate und fünf Kids! Wie kann er das bewältigen? Bleibt da noch Zeit zum Schlafen und Leben? Ich als Musiker, Produzent, Autor, Songschreiber, Lifecoach, Kolumnenschreiber und Hausmann pflege ja auch das Multitasking, aber seine Aufgaben würde ich nicht mal in einem Fünfzigstundentag hinkriegen. Ruf doch mal an, Kurt! Wie wär's mit einem kreativen Kaffeesatztalk? Mein Tipp an unseren Stadtchef: Hol die guten, fetten Steuerzahler wieder zurück nach Solothurn, entsorg den alten Stadtmist, treib die geplante Wasserstadt voran und probier, den Kofmehl-Kulturclub an Wochenenden etwas länger offen zu halten. Das hebt die Laune der Wählerschaft und macht Solör noch attraktiver.

Uns *Krokus*musiker hat dieses Solothurn immer zu einem Gegenentwurf gezwungen. Da wird dir nix geschenkt. Blumen gibt's hier keine und Plätze und Wege wie in Interlaken, die nach Musikern benannt werden, erst recht nicht. Hier läuft alles nüchterner und herber. Missgunst muss man sich hart erarbeiten. In diesem Neid- und Nebelklima gedeihen eine gewisse Dringlichkeit und gute Songs. Ablenkung gibt's nur wenig. Ich werde also noch etwas bleiben. Natürlich will ich auch meine Tochter auf- und in diese Welt hineinwachsen sehen. Vieles ist ihr und mir hier vertraut und ans Herz gewachsen. Die Strassen, Bäume, die Aare, Häuser und gewisse Menschen haben Geschichten. Meine Wurzeln sind hier. Dazu kommt: Vielleicht lässt sich ja trotz der Botschaft im Solothurner Lied »s'isch immer eso gsi, s'isch immer eso gsi …« ein klein bisschen was ändern. Dieser

Flecken und seine Menschen hätten es verdient und ich bin sicher, die beste Zeit steht Solothurn noch bevor. Doch zuerst wird es ohne den grosszügigen Finanzausgleich aus Bern härter werden – doch das sind wir hier gewohnt.

Wir ähneln allesamt dem Gjätt in meinem Garten, das ich ausrupfen kann, so viel ich will … Ein paar Tage später grinst es mich erneut an und scheint zu säuseln: »Hallo Meister, hier bin ich wieder!«

ZURÜCK ZUR QUELLE

Der weltberühmte Dirigent Daniel Dareus ist über Jahre hinaus ausgebucht. Konzert reiht sich an Konzert. Ruhelos, ohne jegliche Reflektion, hastet er durch sein Leben, von Termin zu Termin, von Konzert zu Konzert, bis der Gehetzte eines Tages auf der Bühne zusammenbricht. Das Schicksal zwingt ihn, sein Leben zu überdenken. Schnitt. Wir sehen eine wohltuende weite, stille Schneelandschaft. Daniel kehrt zurück ins Dorf seiner oft unglücklichen Kindheit, wo er sich als talentierter Geiger Aufmerksamkeit und Gunst erspielen wollte. Damals gab's aber Hiebe anstatt Liebe von seinen groben Schulkollegen. Jetzt, etwa drei Dekaden später, sucht er das ruhige Leben auf dem Land und sein Selbstfindungsprozess kann beginnen.

Nach kurzer Eingewöhnungszeit erklärt Daniel sich bereit, den bunt zusammengewürfelten Kirchenchor zu leiten. Er glaubt sich hier seinem Traum, einer Musik, die die Herzen berührt, näher als in den eleganten, grossen Konzertsälen. Obwohl er mittlerweile für das kleine Dorf mehrere Nummern zu gross ist – da ticken die Uhren nämlich massiv anders als in der grossen weiten Welt. Neid, Angst, Eifersucht und Misstrauen regieren den kleinbürgerlichen Alltag. Trotzdem gelingt es ihm als Kantor, die Chormitglieder aus der Reserve zu locken und über sich selbst hinauszuwachsen. Er erklärt ihnen zum Beispiel, dass es in der Musik ums genaue Hinhören geht: »Alles ist eigentlich schon da, man muss es nur hören und dann pflücken.« Seine neuen Methoden begeistern, entkrampfen und fliessen sogar ins tägliche Leben ein. Während die Chormitglieder sich für die Musik öffnen, beginnen sie auch langsam, ihre Gefühle und Ängste zu zeigen. Es entsteht eine lebendige Gemeinschaft, geprägt durch Nähe und gegenseitige Fürsorge. Da wird plötzlich nicht mehr weggeschaut, wenn eine der Sängerinnen regelmässig von ihrem Ehemann verprügelt wird. Längst überfällige Liebeserklärungen werden endlich gemacht, und was einen am anderen stört, darf endlich offen ausgesprochen werden. Ein Behinderter wird nicht aussortiert, sondern integriert.

Natürlich gibt das bei den anderen auch böses Blut. Als der Dorfpfarrer merkt, dass seine Frau lieber singen geht als seine ewigen Moralpredigten zu hören, dreht er durch. Er reitet immer wieder Schuld- und Sühneattacken und verbeisst sich in die Wahnidee, Chorleiter Daniel würde das ganze Dorf verhexen. Kein Wunder, dass sich seine Kirche immer mehr leert und er eigentlich nur noch einer »toten Gemeinschaft« vorsteht. Seine gepredigte, aber ungelebte Liebe und die von Eifersucht geprägten Winkelzüge enden in einer Sackgasse. Doch jede Sackgasse kann auch eine Chance sein. Diese fein gesponnene, dramatische Geschichte aus dem schwedischen Film »As It Is In Heaven« ist ein grosses Plädoyer für den Gebrauch des gesunden Menschenverstands, für Zivilcourage und vor allem eine Hymne auf das genaue Hören der eigenen inneren Herzstimme.

Auch ich habe mich früher zu meiner ersten *Krokus*-Zeit, wie Dirigent Daniel in diesem Film, verloren. Am Anfang waren das Feuer, der kreative Funken und der Zusammenhalt zwischen uns Musikern schier endlos. Wir waren eine verschworene Gemeinschaft und gingen zusammen durch dick und dünn. Jeder hat für den anderen gekämpft, wenn's darauf ankam, und wir wollten nur eines: Raus aus dem engen Jurasüdfuss-Nebelfrust. Es ging um die Musik, um Leidenschaft, ums Lebensgefühl des Rock 'n' Roll. Aus dieser Dringlichkeit entstanden wunderbare Songs und das magische »Metal Rendez-vous«-Album. Auch wenn die Wurzel oft nichts von den Früchten weiss, sie nährt sie doch, erst recht, wenn das Klima stimmt. Das war unser Ticket für die Weltbühne, der Soundtrack zu unserem Leben, und dieses Leben war spannend, swingend lebendig und vor allem authentisch.

Später dann, mit dem weltweiten Erfolg und dem Druck von aussen, verloren wir den Zusammenhalt als Gemeinschaft. Der innere Kompass ging verloren. Wir waren zwar alle im gleichen Bus unterwegs, doch jeder in seinem eigenen Film. Atemlos hetzten wir immer wieder quer durch die verunreinigten Staaten und Europa, entfernten uns aber zunehmend von uns selbst und von dem, was uns früher als Band so stark gemacht hat. Aussen wurde zwar alles immer grösser und erfolgreicher, aber innen immer leerer und hohler. Schlussendlich war es nur noch eine Hülle, ein Name, der die Maschine schlecht gemanagt künstlich am Laufen hielt. Wir spürten uns nicht mehr. Ein Trauerspiel. Das innere Flämmlein war erloschen und wir hatten nur noch oberflächliche Nützlichkeitsbeziehungen, ohne jegliche Tiefe und Sensibilität füreinander. Die Gesamtübersicht war weg. So kam, was kommen musste – unser Schiff ging unter, was sehr schmerzhaft war. Zum grossen Glück bekamen wir später nochmals die Chance, das Ganze auf einem anderen Level, weniger verbiestert, mit mehr Freude, Erfahrung und Respekt anzugehen.

Unzählige Geschichten und Biographien erzählen davon: Wer den Bezug zu sich selbst, zu seiner Quelle, verliert, unachtsam gegenüber anderen Menschen wird, nur noch den Erfolg, den Goldpokal sucht und das kleine Blümlein am Wegesrand übersieht, seine Feinheit und Sensibilität verliert, wird früher oder später scheitern. So ist das Leben, und das ist gut so. Es bleibt natürlich jedem freigestellt, ob er lieber ein grosser Fisch in einem kleinen Teich, ein kleiner Fisch in einem grossen Teich oder einfach nur ein zufriedener Fisch in irgendeinem Gewässer dieser Welt sein möchte.

DER STAATSSTAU

Ich gehöre keiner Partei an, stehe nicht links oder rechts, bin weder rot noch schwarz und auch nicht grün. Als Rock 'n' Roll Freigeist folge ich meinem Instinkt und gönne mir mein eigenes Bild der Gegebenheiten. Dass jede These eine Antithese und jede Münze zwei Seiten hat, weiss ich. Schubladen beengen mich. Es ist mir ein Anliegen, Offenheit zu leben und geradeheraus zu sagen, was ich denke. Ich möchte aktiv auf Missstände hinweisen und vielleicht dadurch ein klein bisschen mithelfen, sie zu beseitigen. Grosse Institutionen hinterfrage ich nicht weniger als kleine und das Kuschen und Schleimen sind mir nicht in die Wiege gelegt. Obrigkeiten, Titel oder Namen vermögen mir keine Ehrfurcht einzuflössen. Früher wurden Menschen mit diesem Persönlichkeitsprofil Revoluzzer genannt. Für mich ist das jedoch Normalität und eine Sache des Rückgrats – Heuchler und Doppelmoralisten sind mir ein Gräuel. Deshalb weiss ich die Musik so zu schätzen: Sie lügt nie. Sie präsentiert sich vielleicht zuweilen holprig, krumm und ungelenk, aber stets von einer ehrlichen Reinheit. Ich glaube zunehmend zu durchschauen, ob es sich mit dem Mitmenschen auch so verhält, ob er mit dem, was er sagt und tut wirklich im Einklang ist und ob ich ihm trauen kann. Körpersprache, Dekor und Humor verraten vieles.

Ein weiser Mann hat einmal gesagt, gute Politiker seien diejenigen, die für uns Geld sparen und die uns abgenommenen Finanzen sinnvoll und weitsichtig einsetzen. Ich kenne nur wenige Politiker, dic glaubwürdig gegen alle Widerstände, für eine Idee oder die Anliegen des Volkes kämpfen. Oft stehen Amtserhaltung, Sold oder Eitelkeit im Vordergrund. Das erleben wir auf allen Ebenen und Ämtern. Dazu kommen oft eine unsägliche Arroganz und Selbstüberschätzung, die nie gut sind, wenn es darum geht, einen anspruchsvollen Job nachhaltig zu erledigen. Der portugiesische Dichter Eca de Queiros sagt: »Politiker sind wie Babywindeln: Früher oder später stinken sie alle.« Ich will ihm nicht widersprechen. Alle vier Jahre können die Schweizer wieder ihre Favoriten wählen – jene, die auf den Wahlplakaten smilen und denen sie zutrauen, die Politgeschäfte für sie in die Hand zu nehmen. Auf dass es uns allen gut geht und wir noch freudiger Steuern und Abgaben entrichten.

Das Hauptproblem unserer Politiker sehe ich darin, dass die meisten bereits zu Beginn ihrer Karriere Bücklinge und Verrenkungen machen mussten, um aufsteigen zu können. Sie verkaufen sich und ihre Ideen, bevor es richtig losgeht. Hinzu kommt, dass viele der hiesigen Politiker Juristen oder Akademiker sind. Sie verbrachten ihr Leben an Pulten und Universitäten und zwischendurch beim Karneval. Ihnen fehlt, nebst Praxisverständnis, der Bezug zum normalen Volk und dessen Sorgen und Ängsten. Ihre Welt dreht sich um Paragraphen, Lehrbücher und technische Ansichten. Das echte Verantwortungsgefühl, ein Unternehmen mit all den menschlichen Wesen, die daran hängen, väterlich zu führen und Arbeitsplätze zu erhalten, fehlt. Dafür werden stets neue Winkelzüge und Schreibtischthesen geboren, die nichts bringen, ausser Verwirrung und Stagnation. Für jedes Problem werden drei neue geschaffen. Es tut mir leid, dies zu sagen, aber ich habe selten einen Juristen, Akademiker oder Politiker getroffen, dem ich im wahren, praktischen Leben viel zutraue. Es sitzen Leute in Positionen, in die sie schlicht nicht gehören. Zugegebenermassen sind viele von ihnen beeindruckende fachliche Koryphäen oder wandelnde Lexika. Sie kennen die Justiz mit all ihren schwarzen Löchern und Fallstricken auswendig, aber vom moralischen Recht haben sie kaum Ahnung. Der Mensch ist halt kein unendlich befüllbares Gefäss. Ist zu viel von dem einen drin, fehlt das andere. So kommt es, dass der einsame Hirte unter Umständen eine Lebensweisheit erlangt hat, bei der ihm kein Wirtschaftsboss oder Politiker das Wasser zu reichen vermag. Die ewige Erkenntnis ist: Je näher die Menschen an der Praxis stehen, desto nüchterner und klarer sehen sie die Dinge.

Mittlerweile gibt es in der Schweiz mehr als 100 000 Staatsbeamte, die mehr als ebenso viele Franken Jahressalär haben. Die Quote des Staatspersonals beträgt rund dreissig Prozent. Somit ist etwa ein Drittel aller Erwerbstätigen direkt oder indirekt bei Väterchen Staat untergebracht. Tendenz steigend. Die Spitze bilden die Bundesräte. Sie verdienen mit 420 000 Franken mehr als der Präsident der USA und es erwartet sie später noch eine fette Rente. Das sei ihnen gegönnt. National- oder Ständerat zu sein ist der lukrativste Nebenberuf der Schweiz. 110 000 bis 150 000 Franken, inklusive Steuer- und Spesengeschenke, bekommt man heute für den Job, der je nach Engagement und Arbeitsmoral zwanzig bis fünfzig Prozent der Arbeitszeit kostet. Es befremdet mich zu sehen, wie lebensfern und zynisch phasenweise gerade im Nationalrat politisiert wird.

Gewisse Parlamentarier haben in ihrem Leben noch nie richtig gearbeitet. Vom Hotel Mama direkt in die Politik, von Sprungbrett zu Sprungbrett und dann ran an die reichlich gefüllten Futtertröge des Staates. Sind die Maden erst einmal im Speck, wollen sie da natürlich nicht wieder weg. Und wer am staatlichen Milch- und Honigtropf hängt, der ist nicht gross motiviert, etwas zu ändern oder gar undankbare Optimierungsaufgaben für das Land zu übernehmen. Man handelt ergo nicht aus einer persönlichen Vision oder Dringlichkeit heraus, sondern sitzt die Dinge aus. Aber wir brauchen keinen aufgestellten, unbeschwerten Sonnenschein, sonst wird everybody's Darling schnell zu everybody's Depp!

Wir erleben allenthalben zu viel geschützte Schlafmützigkeit, Missmanagement und Selbstherrlichkeit, gehätschelt von Mainstreammedien, die fast unterwürfig über Bundes-, Stände- und Nationalräte berichten. Man hängt schliesslich selbst indirekt am Staatstropf und will nicht zu »böse« sein. Das kommt gewissen »Volksvertretern« sehr entgegen. Anstatt unter dem Druck einer gesunden Konkurrenz die Dinge vehement anzugehen und zu verbessern, ruft man eine Kommission oder ein Unteramt ins Leben. So haben wir ein Heer von delegierenden Funktionären, aber keine Pioniere. Eine Staatsangestellte schickte mir letzthin eine kleine Geschichte, um diese Missstände zu verdeutlichen. Auch andere bestätigten mir genau dieses Modell. Viel Vergnügen beim Lesen:

Die kleine Ameise ging täglich pünktlich zur Arbeit und legte sofort los. Sie war sehr produktiv, fleissig und zufrieden mit ihrer Arbeit. Der Chef, der Löwe, war völlig überrascht zu se-

hen, dass die Ameise so selbständig und eigenverantwortlich arbeitete und überlegte, dass die Ameise unter Aufsicht noch produktiver arbeiten würde. So stellte er die Schabe ein, die fundierte Führungserfahrung hatte und bekannt dafür war, exzellente Berichte zu schreiben. Die Schabe beschloss, zunächst eine geregelte Zeiterfassung einzuführen, dazu benötigte sie noch eine Sekretärin, um die vielen Berichte zu schreiben. Sie stellte die Spinne ein, die alle Daten verwaltete und alle Telefongespräche und E-Mails überwachte. Der Chef war hocherfreut über die Berichte der Schabe und bat sie, Grafiken zu erstellen über die Produktionsdaten, Analysen und Entwicklungen, mit denen er bei den Vorstandssitzungen glänzen konnte. Dafür benötigte die Schabe einen neuen PC mit Laserdrucker und stellte die Fliege als Leiter der ICT-Abteilung ein. Die Ameise, die immer sehr motiviert und produktiv war, begann die immer grösser werdende Bürokratie und die vielen Besprechungen zu hassen, da diese fast ihre gesamte Arbeitszeit in Anspruch nahmen. Der Chef entschloss sich, einen Abteilungsleiter einzustellen für den Bereich, in dem die Ameise arbeitete. Den Posten erhielt die Zikade, die zwar von der Arbeit in der Abteilung keine Ahnung, jedoch beim Löwen »einen Stein im Brett« hatte. Zuerst bestellte diese einen Teppich und einen ergonomischen Stuhl für ihr Büro. Zusätzlich benötigte sie ein Notebook und einen persönlichen Assistenten, den sie aus ihrer vorherigen Anstellung mitbrachte. Dieser half ihr, eine Strategie für eine Optimierung zur Arbeits- und Budgetkontrolle zu erstellen.

Die Abteilung, in der unsere Ameise arbeitet, ist heute ein trauriger Ort, an dem keiner mehr lacht und jeder frustriert ist. Deshalb überzeugte die Zikade den Chef, dass es unbedingt nötig sei, eine Untersuchung zur schlechten Arbeitsat-

mosphäre in der Abteilung zu erstellen. Nach einer Kosten-Nutzen-Analyse der Abteilung erkannte der Löwe sehr schnell, dass die Produktivität stark nachgelassen hatte. Er beauftragte einen überregional bekannten Unternehmensberater, die Eule, den Fall zu analysieren und Verbesserungsvorschläge zu machen. Nach drei Monaten legte die Eule ihren mehrbändigen Bericht vor und stellte abschliessend fest, dass die Abteilung überbesetzt war. Wer wurde entlassen? Natürlich die Ameise, weil sie nicht motiviert war und auch sonst ein unkooperatives Verhalten zeigte.

Fremdes Geld verschwendet sich leichter, sagt der Volksmund. So wird auf Staatsebene munter aufgebläht, umverteilt, kaputt reformiert und geschröpft, während sich in den Niederungen unseres Landes immer mehr Familien fragen müssen, wie die Krankenkassenprämien, die Zahnspangen der Kinder, ein Kinobesuch oder ein Skiurlaub zu finanzieren seien. Ich weiss, dass wir uns hierzulande bezüglich Wohlstand und Kosten trotzdem noch auf einem schwindelerregend hohen Niveau bewegen. Gerade deshalb empfiehlt es sich aber, wachsam zu sein, damit wir nicht plötzlich die Probleme bekommen, von denen wir glaubten, es hätten sie bloss andere. Mein Gefühl sagt mir, dass wir einem Wirbelsturm entgegensehen. Dabei sitzen wir in einem Schloss, in dem nicht nur Dachstock und Isolation leck und spröde sind, sondern auch das Fundament nicht mehr unerschütterlich ist. Es liegt ein unheimliches Gefühl der Ungewissheit in der Luft, eine stille Angst vor dem Unwetter, seitdem die einst verlässlichen Wahrheiten und Überzeugungen nicht mehr mit Entschlossenheit vertreten werden. Wir leben in einer gefährlich verrückten

Zeit, da scheint niemand mehr Hausherr zu sein. Kluge Menschen zucken nur noch mit den Achseln und geben zu, dass sie benommen und verwirrt sind – die Chefpiloten haben das Cockpit verlassen. Machen wir uns nichts vor: Die nächsten Stürme werden mächtig an unserem Palast rütteln.

MEH SCHNEE!

Es soll mir ja keiner auf den Gedanken kommen, Frau Holle nächstes Jahr eine Nähmaschine oder gar neues Bettzeug zu schenken. Sonst kriegt er es mit mir zu tun! Meine Kioskfrau ist zwar entgegengesetzter Meinung, aber mein Credo, um den Winter zu überleben, war schon immer: Das Frieren macht mehr Sinn, wenn Schnee liegt, anstatt Regen und grau in grau. Da ich nicht in den wunderbaren Bergen wohne, ist es für mich ein kleines Wunder, wenn mal wieder, wie unlängst, ein ganzer Monat lang das leuchtende Weiss vor meiner Türe liegt.

Ich liebe den Schnee. Nicht den Sagex aus der Kanone, sondern das luftig Flockige, das vom Himmel kommt und aus Bäumen und Büschen einen Märchenwald und ein Land der Unschuld zaubert. Das erste Judihui entfährt mir, wenn fünflibergrosse Waschlümpen auf die trübe Welt herniederschweben und alles zudecken, gleichgültig ob Hexenhäuschen oder Glanz und Gloria. Diese Gedämpftheit, die Farben des Lichts, einfach grandios! Wie das Intro eines heissgeliebten Songs ist dieser Anblick schon ein Fest für mich. Der Refrain folgt, wenn ich später zwischen garnierten Tannen spaziere und es unter meinen Füssen knirscht. Die Geräusche, die der Schnee mit sich bringt oder verändert, sind einmalig. Mein Favorit ist das Gerassel von Schneeketten unter den Rädern. Herrlich! Entsprechend geht es mir – wie beim Hören eines starken Songs – auf den Geist, wenn die Stimme des Winters von Banausen gestört wird, die das Glitzern und Funkeln, die ganze Magie, übersehen und nüchtern oder abgelöscht von der »Sauerei« sprechen, die das weisse Nass mit sich bringt. Aber vielleicht fehlt diesen Schneemotzern schlicht ein Erlebnis, wie ich es Weihnachten 1967 hatte. Es war Nacht. Es schneite draussen und ich packte mein Geschenk, das weisse Doppelalbum der Beatles, aus, spielte all die neuen Songs rauf und runter und blickte immer wieder aus meinem Fenster hinüber zur Strassenlaterne. Die Schneeflocken tanzten dort wie wild zu den göttlichen Klängen, die aus meinem Batterieplattenspieler kamen. Ich habe selten etwas Schöneres erlebt als dieses Gefühl von Geborgenheit, Freude und Zuversicht.

Irgendwann ertönen immer die letzten Takte. Das perfekte Outro meines Winterhits sieht so aus, dass aus der schmelzenden Schneedecke bereits die ersten Schneeglöckchen und Winterlinge ihre spitzen Gwundernäschen hervorstrecken – dicht gefolgt von den Krokussen, die den widerspruchslosen Schlussakkord schmettern.

Als Kind bringt einen der Schnee auf mindestens tausend Ideen und Phantasien. Ich erinnere mich genau, wie ich mir wünschte, dass es so lange schneien möge, bis man nur noch durch freigeschaufelte Tunnels von Haus zu Haus huschen kann und bis der ganze Erwachsenenzirkus da draussen komplett lahmgelegt wird, die Schule ausfällt und man nur noch spielen kann. Paradiesisch war es aber schon, wenn die Schneedecke so dick war, dass sie die ganze Welt in eine Schaumstoffmatte verwandelte und ich darin hemmungslos Saltosprünge üben oder mich als Schneewalze über einen Abhang hinunterrollen konnte. Grosse Schneekugeln mit dem Grossvater loszutreten war neben dem Bauen von unförmigen Schneemännern der Klassiker schlechthin. Später kamen dann die Iglus und die nächtlichen Schlittenrennen. Selbstverständlich musste der Schnee auch gekostet werden und dann einfach Arme und Beine schwenkend in den Schnee legen, um mir meinen Schutzengel zu malen.

Erwachsene erblühen zuweilen auch in jugendlicher Frische, wenn sie sich ins Schneeparadies begeben. Obwohl sonst ein Volk von Gfrörlis und Stubenhöcks, zieht es die meisten von uns auf schneesichere Hügel, wo man sich wie früher mit Schneebällen attackiert, in Varianten über Abhänge rutscht und neidisch den gut Betuchten nachspottet, die sich eine Kutschenfahrt durch die bezaubernde Winternacht leisten. Sogar diejenigen, die sich sonst gern eher leicht geschürzt in den Medien dieser Welt präsentieren, schlüpfen plötzlich in klobige Moonboots und ziehen farbige Kaffeewärmer über ihre kostspielig behängten Öhrchen, wenn der Schneegott ruft. Abends, wenn sich die illustren Gäste ihre gelangweilten Näschen mit einer weissen Linie von innen pudern, sprechen sie in diesem Zusammenhang auch gerne von Schnee. Na ja, Schnee, richtigen Schnee, empfinde ich heute mehr denn je als puren Balsam für die arg gequälte und gestresste Seele.

Ich schätze, dass der diesjährige Winter den Zenit längst überschritten hat. Bald wird Frau Holle ihre Fensterläden dicht machen und sich in den wohlverdienten Sommerschlaf begeben. So soll es sein. Also lasst sie gefälligst in Ruhe und weckt sie dieses Jahr nicht an Ostern wieder auf! Denn dann spielt bald meine andere Lieblingsmusik …

DER KING

Fast jeder erwachsene Mensch hat seine Elvisgeschichte. Hier die meine. Ich bin mit den Beatles, den Stones und Bob Dylan aufgewachsen, Ende der Sechziger galt Elvis als zu schmalzig und unhip. Er ging an uns Jungen vorbei, wie ein lauer Frühlingswind. Man wollte ungebremst losrocken und die Alten erschrecken. Das ging nicht mit »Love Me Tender« und »Teddybear«. Zu viel Vaseline! Wir verstanden sowieso nicht, was die ganze Hysterie um diesen übergewichtigen Mann in seinen komischen Glitterpyjamas sollte. Das konnte doch nicht die Zukunft des Rock 'n' Roll sein? Was ich damals im jugendlichen Übermut nicht erkannte, war, dass es in der Musik um viel mehr ging, als um diese Äusserlichkeiten. Ich wusste noch nicht, dass der ganze Pop, der im Kielwasser von Elvis entstand, wie weggeblasen ist, wenn der King die Bühne betritt.

Das änderte sich mit einem Schlag am 16. August 1977. Wir waren gerade mit *Krokus* in England bei den Aufnahmen zu unserem dritten Album. Plötzlich riefen alle nur noch: The King is dead! Zuerst verstanden wir nicht recht, was die Crew in Richard Bransons Tonstudio so durcheinanderbrachte, aber diese Botschaft löste lauffeuermässig eine Schockwelle und weltweite Trauer aus, die sich bis hinter die dicken Mauern unseres Aufnahmeraums in Oxford schlich. Die Engländer schienen eine starke Verbindung zu Elvis zu haben und sie steckten uns schnell damit an. Plötzlich fanden sich alle vor dem grossen Fernsehgerät im Nebentrakt wieder, wo nonstop die News aus Memphis durchgegeben wurden. Das waren bewegende Momente. Im Laufe der Nacht liefen dann ununterbrochen Konzerte und Interviews auf allen Kanälen. Schlafen gingen wir nicht und bald war klar: Ja, der König ist tot – und es lebe der König! Doch für einmal war es ein und derselbe König.

In den folgenden Monaten begann ich zu ahnen, was Elvis für die gesamte Musikszene bedeutete, und warum es nie wieder einen wie ihn geben wird. Es ist mehr als nur Musik, es ist, wie er's bringt, das Gesamtpaket, das uns umhaut. Ein buchstäbliches Glühen wechselt zwischen Elvis und seinem Publikum hin und her, wenn er alle ein wenig daran teilhaben lässt, was es bedeutet, die Welt der Schwäche, des Versagens, der Sorgen, des Alters und der Angst zu überwinden. »Ich glaube, es ist die Endgültigkeit, die dieser Vorstellung innewohnt«, sagte einmal der Musikhistoriker Greil Marcus, »die uns alle betört und uns auch gerne zu den frühen Aufnahmen von Elvis zurückbringt.« Da hatte noch nichts seine Selbstverständlichkeit und Sattheit. Aufnahmen wie »One Night« und »Heartbreak Hotel« fangen nicht nur einen neuen musikalischen, bis anhin ungehörten Stil ein, sondern spiegeln dazu eine Welt des Risikos, des Willens, der Leidenschaft, der natürlichen Würde. Etwas, das es wert war, gesucht zu werden im grossen und billigprächtigen Amerika. Das Erste, was Elvis überwinden musste, war im Grunde das Unbedeutende und das Versagen, in das er hineingeboren wurde. Er musste eine Möglichkeit finden, sich selbst abzusondern, den Grenzen von Tupelo Mississippi zu entkommen, um sich neu zu erfinden.

Musik war ausserdem eine Fluchtmöglichkeit aus der Gesellschaft und offenbarte die Kehrseite der Gemeinschaft. Es gab immer Leute, die nicht aufgenommen wurden, egal, wie sehr sie es sich auch wünschten: Tramps, Huren, Säufer, Idioten, Kriminelle und Musiker. Sänger hatten den Vorzug, mit ihrer Stimme über ihr Leid und ihre Sehnsüchte singen zu können und sich bestenfalls so Gehör zu verschaffen. Die Zuhörer sahen möglicherweise ihr eigenes Misslingen und ihre eigenen Mühen im Glanze eines Menschen geadelt, der von ganz unten kam und für sie alles gab auf der Bühne. Gute Musik spendet nicht nur Vergnügen, sondern ebenso Weisheit und Schutz. In jener Zeit war das so einmalig wie die klaren Worte von Johnny Cash, der treffend ausdrückte: »Das war die kosmische Revolution gegen die graue, harte Wirklichkeit zugunsten der Romantik.« Elvis hatte einen entscheidenden Vorteil: Er sah gut aus, bewegte sich phänomenal, hatte diesen speziellen Honig in der Stimme und hauchte wie kein Zweiter. Er spielte uns nicht Wärme vor, sondern er brachte sie wirklich in die Häuser und die Herzen dieser oft kalten, brutalen Welt, dazu kamen diese Nur-keine-Panik-Einstellung und sein selbstironischer Mutterwitz.

Die Quintessenz von Elvis war ein überwältigender Ausbruch an echten Gefühlen und Kraft, verbunden mit einer zarten Weigerung, sich selbst auch nur im Geringsten ernst zu nehmen. So konnte er uns jubelnd vermitteln, wie viel und wie wenig jener pinkfarbene Cadillac wert war. » You may have a pink cadillac / but dontcha be nobody's fool« … Er nahm für beide Seiten Partei.

Die Unabhängigkeitserklärung machte den Unterschied. Elvis bezog seine Stärke aus einer befreienden Arroganz, dem Stolz und dem Anspruch, einzigartig zu sein – einem banalen Verständnis dessen, worum es bei »Unabhängigkeit« und »Gleichheit« geht. Kein Mensch ist besser als ich, und dann wieder: »Ich bin nicht besser als die andern.« Es gab da keine Grenzen. Das reichte zur Unsterblichkeit. Trotz allen Abgründen, oder vielleicht auch gerade deswegen, wird er unvergessen bleiben. Wie ein alter Freund, der da ist, wenn man ihn braucht. Man hört ihn und es geht einem wieder besser.

Er ist eine der grossartigsten Figuren der amerikanischen Geschichte, weil er am stärksten in die Extreme ging: Er hat uns ein Amerika gezeigt, das tot ist, und eine unübertroffene Version eines Amerika, das voller Leben steckt. »Das ist das Geheimnis der Demokaratie«, sprach der Bürgermeister von Tupelo, als er das Geburtshaus von Elvis feierlich der Öffentlichkeit übergab, »dass ihre reichsten Früchte aus einem Boden wachsen, den kein Mensch bestellt hat, und unter Bedingungen, die es am wenigsten erwarten liessen.« So wurde ein ländlicher Haus-Rocker, wie er sich gerne selbst nannte, ein einfacher Junge, der von Mutterliebe und Gospelliedern durchdrungen war, zum King of Rock 'n' Roll.

Als wir Jurasüdfüssler dann später die Ehrenbürgerschaft von Memphis Tennessee bekamen, war das vor allem deshalb ein Riesending, weil da der King lebte, wirkte, starb und es einen Elvis Presley Highway gibt. Was für eine Geschichte! Es spielte dann auch keine Rolle mehr, dass man uns in der Heimatstadt Solothurn wie Störenfriede und Penner behandelte. Wir hatten eine zweite Heimat gefunden. In Memphis, überhaupt in den Staaten, gab's für *Krokus* immer ein Freemeal, nette Gesellschaft und einen guten Platz zum Spielen.

Heute liebt auch meine zehnjährige Tochter Elvis und drückt immer wieder »Can't Help Falling in Love« und »Are You Lonesome« auf meiner Jukebox. Der unwiderstehliche Tupelo-Honey verzaubert Kinder, Jugendliche und Alte. Wir alle spüren instinktiv, dass er mehr als ein Sänger war: Ein Pionier, ein Prophet und ein gefallener Engel.

Wenn ich eine grosse Wahrheit vom King mitgenommen habe, dann die: Geh deinen Weg, egal, was die anderen sagen, aber verurteile keinen Menschen, denn du bist nie in seinen Schuhen gelaufen. Und ich stimme Greil Marcus voll zu: Hätte ich einen Wunsch offen, dann den: Elvis besteigt noch mal die Bühne und singt ein Dylan-Lied. Schön bedächtig. Er legt alles in den Song hinein, was er hat: »I must have been mad« würde er klagen, »I didn't know what I had – until I threw it all away.« Und dann würde er mit Liebe im Herzen lachen. Ja, Elvis lebt, und wie!

MEH DRÄCK!

Das grösste Problem der heutigen Zeit ist meiner Meinung nach, dass man die Kinder kaum in Ruhe lässt – in Ruhe spielen, entdecken und einfach Kind sein. Im Frühförderungswahn geht viel Grundlegendes unter. Das selbstentdeckende Lernen ist jedoch von immenser Wichtigkeit, um eine selbstständige, freie Person ohne Zwänge und Seelenknörze zu werden. Die Erwachsenenwelt vergisst scheinbar völlig, dass die Kinder die Zukunft unserer Gesellschaft sind und sie überfordert ihren Nachwuchs heillos. Wenn man der Lehrerschaft zuhört, vernimmt man, dass bald jedes dritte Kind ein »Problemkind« sei. Mich wundert das überhaupt nicht. Hinter fast jedem Problemkind stecken Problemeltern, sagen Kinderpsychologen, und ich denke, dass wir Eltern erkennen sollten, dass WIR ebenso von den Kindern lernen können wie umgekehrt. Der Kinderalltag ist ein Premiumlehrmeister. Als ich vor Jahren meinen Spruch »Meh Dräck« verlauten liess, ging es mir um mehr, als nur Dreck in der Gesangsstimme, ich dachte vielmehr an eine unverbogene, ehrliche Haltung dem Leben und der Natur gegenüber.

Bildung geschieht nicht auf kurzen Wegen. Sie passiert, während das Kind Zeit »verschwendet«, trödelt, verweilt und sich innig einer Sache hingibt. Bildung stellt sich nicht in erster Linie dann ein, wenn eine Erzieherin das Kind aus seiner Versenkung holt, um es zu einer Aufgabe zu »motivieren«. Dass es sich doch gerade hoch konzentriert und hoch motiviert mit etwas beschäftigt hat, wird oft verkannt. Ich muss das Wort entschleunigen wieder aussprechen – lauter denn je! Hektik und Stress sind das grösste Gift überhaupt. Die Kindheit sollte nicht unverschämt und lückenlos verplant werden! Ich erinnere mich daran, wie mir als Kind langweilig war. Das war eine Riesenchance! Denn zuerst durchwanderte ich zwar das grosse Jammertal, dann aber wandte ich mich plötzlich den Dingen zu, die meinen Neigungen und Fähigkeiten entsprachen. Wäre ich mit Terminen zugedröhnt gewesen, hätte ich unter Umständen gar nicht bemerkt, welche Leidenschaften in mir schlummerten. Ich bin überzeugt davon, dass die Langeweile, dieser völlig natürliche frühkindliche Selbstfindungstrip, von fast sträflich unterschätzter Wichtigkeit ist für die spätere Zufriedenheit. Wem als Kind die Gelegenheit torpediert wird, seine Steckenpferde ausfindig zu machen und sie frei zu leben, der wird sich später auf die mühsame Suche nach Erfüllung begeben, wenn es teurer, umtriebiger und schmerzlicher ist.

Eine Blume auf der Wiese begreifen, ihren Duft, die Fragilität, den zarten Stängel und die Farben … kein Ökokurs kann das später ersetzen. Wir haben kein Recht, unsere Kinder täglich aus ihrem Leben und dem Spieldrang herauszureißen, damit wir unsere Termine wahrnehmen können. Wolfgang Bergmann schreibt in seinem überaus wertvollen Buch »Lasst eure Kinder in Ruhe«: Schauen, mit Staunen gemischt, ist die Grundlage guter Erziehung. Da zerfällt wie von selbst alles, was durch die Erziehungslandschaft dröhnt. Gehorsam, Disziplin, Ordnung und Grenzen setzen …, die Rufe danach würden durch eine gesunde Elternpräsenz und ein ausgefülltes

Kinderleben leiser, da bin ich mir sicher. Es ist ein schmaler Grat zwischen Förderung und Überforderung und die Verunsicherung bei Eltern und Erziehern ist verständlicherweise gross. Aber mit Geduld, viel Zeit und gegenseitigem Zuhören macht man wohl kaum etwas falsch. Wir können die Kids mit Schokolade und irdischen Gütern zu eingebildeten Gören verwöhnen, jedoch nicht mit Zuwendung. Selbstverständlich müssen wir unsere Kinder auch auf die Härten des Lebens vorbereiten, natürlich müssen sie anpacken und verzichten lernen und ein bisschen büffeln. Das ist oft mühselig. Aber schulisches Lernen ist nicht das Fundament. Das Wichtigste ist eben dieses »Staunen«. Ich weiss genau, was Bergmann meint. Mir hat es als Triebfeder schliesslich eine Karriere ermöglicht und ich habe es zum Glück bis heute nicht verlernt. Neugier und Staunen können Berge versetzen.

Wie bei den Menschen, gibt es auch beim Dreck zwei Sorten: sympathischen und unsympathischen. Äusseren und inneren, materiellen und immateriellen. Solchen, der den Lahmen gehen lernt und solchen, der den Schwachen noch schwächer werden lässt. Willkommen ist mir derjenige, der dazu dient, seiner Lust am Erleben, am Erdreich, an Pflotsch-Glunggen und Stau-Bächen Genüge zu tun, um die Seele ausfliegen zu lassen. Gerade jetzt, wo ich mir das nur vorstelle, kann ich förmlich spüren, wie mir der nasse Sand aus der Aare weich und zäh zwischen den Fingern und Zehen quillt. Es ist ein angenehmes, äusserst hautschmeichelndes Gefühl. Und ich baue im Geist mit meiner Tochter einen Hafen mit Uferpromenaden, die mit Weidenstecklein gesäumt sind … Nach solch einem Exkurs in die Natur gehen ich und meine Tochter gelüftet und hungrig heim. In der Tasche ein Hämpfeli Steine und Schwemmholz, Treibgut, das uns zum Weiterwerken daheim inspiriert hat. Im Kopf betten sich die Bilder für den Erinnerungsrucksack und zur Not und sicherheitshalber auch noch auf dem Speicher der Digitalkamera.

Anders fühle ich mich nach dem Kontakt mit »sauberem«, geistigem, seelischem oder virtuellem Dreck. Und ebenso niedergeschlagen bin ich, wenn ich die oben beschriebenen Naturparadiese vermüllt antreffe. Jede Sorte von geistigem Abfall in Form von verrohtem Benehmen, Beschimpfungskultur und blindwütiger Verwüstung von Umwelt, Gemüt und Habseligkeiten, stellt mir die Haare auf, provoziert Ekelgefühle, stimmt mich nachdenklich. Wären doch alle Kinder in der Lage, rechtzeitig mit der anderen Sorte von Dreck vertraut zu werden und hätten alle die Chance, sie sozusagen als erste Liebe zu erfahren, dann wäre die grösste Gefahr vielleicht gebannt. Dann wäre das Fundament für das Gebäude Mensch möglicherweise genug verankert, dass der zerstörerische Müll bedeutend schlechtere Karten hätte. Davon träume ich. Und ein Traum, den du allein träumst, ist nur ein Traum. Ein Traum, den man zusammen träumt, ist Wirklichkeit, sagte Ghandi. Wie wahr!

Mit der Kindheit ist es wie mit der Umwelt: Der technologische Fortschritt hat viel zerstört. Und das verloren gegangene Leben ist oft nur beschwerlich wieder herzustellen. Mein Herz geht mir auf, wenn ich Kinder vertieft spielen sehe, in Hingabe, Leidenschaft und Gegenwart. Etwas, das wir Erwachsene abgelegt haben. Wofür? Für lumpige Geldscheine, Karriere und fragwürdige Ansichten über das Leben.

LIEBESFREUD – LIEBESMÜH

Haben Sie sich auch schon einmal gefragt, ob Mann und Frau überhaupt zusammenpassen? Ich wurde schon von bösen Zweifeln geplagt. Meine Erfolge in Sachen langfristige Partnerschaften sind nicht gerade berauschend. In der Grundschule lag die Trefferquote bei null. Die Mädchen standen betrüblicherweise auf andere Typen. Später, als Musiker, drehte der Wind – plötzlich gab's ein Überangebot an Bienen, was nicht ganz einfach war für das flatterige Blumenkind. Ich versuchte es immer wieder und hatte einige Beziehungen, die länger als drei Jahre andauerten. Doch immer, wenn die rosa Anfangsphase vorbei war, lebten wir uns auseinander und hatten uns nicht mehr viel zu sagen. Wir zogen zwar am selben Strick, aber nicht in dieselbe Richtung. Ich begann mich zu fragen, ob ich beziehungsunfähig bin. Zeit also, etwas genauer hinzuschauen.

Der Vorteil dieser Wander- und Suchjahre war, dass ich die Muster der Männleins und Weibleins richtig kennenlernte und studierte. Meine und die der anderen. Ich war nicht nur Langzeitstudent der Fleischwissenschaften, sondern Hochschüler der gesamten geistigen und seelischen Liebespalette und hatte ein gewaltiges Forschungsfeld. Ich ging durch richtige Berg- und Talwanderungen mit den unterschiedlichsten Lebewesen, ihren Bedürfnissen, Sehnsüchten und Macken. Vom Frauenverdreher zum Frauenversteher, vom Eintonmusikanten zum Polysymphoniker – wahrlich eine wunderbare, aber auch phasenweise nervenraubende Reise durch die Irrgärten des menschlichen Zusammenseins. Daraus gelangte ich zu folgenden Erkenntnissen:

Beziehungsirrtum 1: Ich brauche einen Partner! Oft werden überzeugte Singles eher als Aussenseiter, denen etwas fehlt, angeschaut. Dieses »Brauchen« ist aber die falsche Haltung, um in eine Partnerschaft zu gehen. Ich glaube, dass das erfolgreiche Alleinsein und Alleinleben das beste Trainingsfeld für eine spätere erfüllte Beziehung ist. Es tut jedem gut, mal für eine Zeit lang seinen Haushalt allein zu managen, selbst für sich zu sorgen, zu kochen, zu waschen und zu putzen. Eine Beziehung ist nicht dazu da, einen von Einsamkeit und Bedürftigkeit zu befreien. Ein Einsamer zieht oft einen anderen Einsamen an. Leider ist das keine Bereicherung, sondern eine Multiplikation des Problems. Die beiden machen sich unglücklicher, als sie es allein je geschafft hätten, wie zwei Bettler, die sich gegenseitig in die Tasche greifen – und es ist nichts da – ausser Frust und Trauer.

Irrtum 2: Der Partner soll mich glücklich machen – der Alltime-Klassiker. Alles, was mir bisher fehlte zu meinem Glück, soll mir bitteschön der andere geben. Das kann kein Supermann oder keine Superfrau bringen, weil der innere Mangel im Vordergrund steht. Es ist unsere eigene Lebensaufgabe und Verantwortung, uns selbst glücklich, freudig und gesund zu machen – uns lieben zu lernen, mit allem, was wir haben oder eben nicht. Erst dann sind wir fähig, anderen nachhaltige Liebe zu geben.

Irrtum 3: Gegensätze ziehen sich an. Das mag am Anfang stimmen, längerfristig geht das meist schief. Trotz aller Selbstliebe und Eigenständigkeit hilft es einer Beziehung enorm, ähnliche Interessen und Vorlieben zu haben. So kann man sich inspirieren, sich befruchten und zusammen das Leben in seiner ganzen Vielfalt feiern und erforschen. Liebe das Leben und das Leben liebt dich. Geteilte Freude ist doppelte Freude! Nichts lässt uns das Fühlen von Emotionen so stark erfahren wie eine Partnerschaft und wir wollen ja im Leben richtig intensive seelische, geistige und körperliche Erfahrungen machen. Dafür sind wir geboren.

Der Psychologe und Paarcoach Robert T. Betz meint: Eines der grössten Probleme, die wir haben, ist unsere massive Mühe mit Emotionen, die wir als unangenehm bezeichnen: Angst, Wut, Scham, Schuld, Ohnmacht, Kleinheit und vielen anderen Dingen wie Trauer. Zu Beginn unseres Lebens wurden wir nicht gelehrt, dass es sich hierbei um wertvolle Erfahrungen handelt, die dazugehören und völlig normal sind. Wir wurden nicht geliebt damit. Das ist noch heute so. Kinder werden nicht mit Angst, Wut und Schmerz geliebt. Die meisten Frauen sind bis heute die braven, lieben Töchter ihrer Eltern und viele Männer sind nicht in der Lage, mit ihren Frauen über ihre Befindlichkeit zu sprechen. Sie behalten alles für sich, weil es als unmännlich, als Schwäche ausgelegt werden könnte. Das ist unsere Erziehung und sie führt dazu, dass vieles, anstatt gelebt und gefühlt zu werden, verdrängt, gespeichert und versteckt wird. Das macht unfrei und krank. Die meisten Krankheiten wurzeln in verdrängten Emotionen. Mit diesen ganzen Verletzungen gehen wir dann in eine Beziehung und hoffen, dass es irgendwie klappt.

Ich bin überzeugt davon, dass es gut ist, vor einer festen Beziehung herauszufinden, was man von dieser will und erwartet. Geht es eher ums Geben oder ums Haben?

Bin ich bereit zu teilen? Liebe teilen! Das tönt gut, in Wahrheit wollen viele ihr Elend teilen. Und wieder andere wollen sich einfach etwas holen, was in ihrem bereits zugedröhnten Leben noch fehlt. Der Mensch dahinter kommt in beiden Fällen zu kurz. Man sollte seine Wünsche und Eigenheiten ruhig formulieren und klar ansprechen. Man fragte einst die Musiklegende Johnny Cash nach dem Geheimnis seiner langjährigen, erfolgreichen Partnerschaft mit June Carter. Er sagte in seinem typisch wortkargen Stil: Seperate Bedrooms! Getrennte Schlafzimmer! Das funktioniert nicht für alle. Man muss es herausfinden. Es ist auch wichtig, seine Beziehungsmuster klar zu erkennen und sie tüchtig zu hinterfragen. Ich beobachte immer wieder, dass Frauen gerne ewige Pflegefälle oder Babymänner um sich haben. Vielleicht, weil jemand in ihrer Familie auch ein Pflegefall war und sie es nicht anders kennen und gelebt haben. Das ist vertrautes Terrain. Dasselbe gilt für latente Gewalt. Gewisse Männer leben einfach ihren Frust und ihre Hotel-Mama-Mentalität weiterhin unverschämt aus.

Ich bin mir heute im Klaren darüber, dass es fast nichts Anspruchsvolleres und Schwierigeres gibt, als eine nährende, respektvolle, liebende Beziehung zu führen – erst recht noch mit Kindern. Es ist wohl das schwierigste Unterfangen der Menschengeschichte überhaupt. Das wird uns viel zu wenig bewusst gemacht. Man redet immer nur vom best case, vor allem am Anfang einer Beziehung. Etwas anderes wollen wir nicht hören. In den Medien wird die Liebe als ewiger Honeymoon, eine Art neverending Rausch bejubelt. Das ist ihr Business. Aber jede Partnerschaft ist nebst allem Spass auch Knochenarbeit.

Wenn heute schwierige Momente in meiner Beziehung kommen, bin ich zum Glück in der Lage, bei mir selbst genau hinzuschauen und zu erkennen, was mein Teil, mein Mangel, meine Verletztheit ist, statt zuerst den anderen zu beschuldigen und auf ihn loszugehen. Es braucht immer zwei für einen Tango und zwischendurch ist es halt ratsamer, offen zu tanzen. Trotzdem: Dranbleiben ist auch hier alles – aufgeben und weiterziehen löst die Probleme selten, und der oder die Nächste ist meist nicht besser oder passender. Jeder bringt sein Lebensbündel, seinen Rucksack mit. Humor erachte ich übrigens als eines der wichtigsten Gewürze in einer Beziehung. Der stärkt und verbindet.

In dem Sinne: Gute Reise und nehmt Meister Dante Alighieris Bonmot mit euch: *Wenn du Liebe hast, spielt es keine Rolle, ob du Kathedralen baust oder in der Küche Kartoffeln schälst.*

POWERFUNKEN GEGEN DIE ARMUT

Welthunger und Armut: 50 000 Tote – pro Tag! Täglich flimmert der Horror über unsere Bildschirme und die Zeitungen sind voll davon. Milliarden Menschen sind permanent extrem unterernährt. Sie sind die Opfer unfähiger Herrscher und einer Weltordnung, deren Gesetze nur noch dem grenzenlosen Profit verpflichtet sind. Die Beutejäger des Raubtierkapitalismus, die über einen nie gekannten Reichtum verfügen, bestimmen indirekt, wer leben darf oder sterben muss. Sie sind die neuen Könige dieser Welt und niemand scheint imstande zu sein, sie zu stoppen. Wir können wegschauen oder den Versuch wagen, etwas zu tun.

Der schönste Moment einer weltweiten TV-Übertragung zugunsten von Afrika war für mich, als dieses junge Mädchen auf die Bühne kam: Es war die Afrikanerin, die vor zwanzig Jahren, knapp zweijährig, noch geschätzte achtundvierzig Stunden zu leben gehabt hätte. Das sagten jedenfalls die Ärzte, die sie damals aufzupäppeln versuchten. Dank Live-Aid und all seinen Helfern kam alles anders. Sie wurde gerettet und stand an diesem denkwürdigen Wochenende strahlend auf der Bühne, voller Zuversicht und kerngesund. Aus dem abgemagerten, verweinten Häufchen Elend ist eine bildhübsche, hoffnungsvolle Frau geworden. Ein grandioser, starker Augenblick.

Der traurigste Moment der Veranstaltung kam dann, als kurz vor Madonnas Auftritt reale Afrikabilder, geprägt von Hunger, Krankheit und Elend, gezeigt wurden. Kinder, die im eigenen Kot und Staub sich schleppend zu bewegen versuchten, auf der Suche nach etwas Essbarem. Wir sahen ausgemergelte Mutterbrüste und fassungslose Kindergesichter. Not und Elend ohne Ende. Es gibt wohl nichts Traurigeres auf der Welt, als wenn eine Mutter miterleben muss, wie ihr eigenes Kind vor Hunger stirbt, und sie nichts dagegen tun kann. Viele von uns sassen fassungslos oder tränenüberströmt vor dem Fernseher. Mir ist es so ergangen und es war mir danach fast unmöglich, Madonna mit der üblichen Standard-Publikums-Anmache auf der Bühne zu ertragen. Der Kontrast war einfach zu hart. Und dann noch Mariah Careys naivdumme Aussage, sie habe extra für diesen Auftritt abgenommen. Ja, genau, my dear: Die eine Hälfte der Welt hungert und die andere ist auf irgendeiner bescheuerten Diät. Die Faust sitzt auf dem Auge.

Man merkte schnell, für welche Künstler Armut, Ungleichheit und Welthunger auch sonst ein Thema sind. Sie werden gerne von zynischen Journalisten als »naive Weltverbesserer« verspottet und belächelt. Lasst es mich deutlich sagen: Ich bin froh, dass es sie in diesem abgehobenen Show-Zirkus gibt, die Bonos, Geldofs, Coldplays und Co. Sie geben Anstösse, bewegen viel und werden nicht müde, uns mit dem Unangenehmen zu konfrontieren. Natürlich ist das alles weit weg von uns und es gibt auch hierzulande existenzielle Probleme – allerdings auch viele Pseudoproblemchen. In der dritten Welt geht's ums nackte Überleben. Glauben wir denn im Ernst, dass dies langfristig nicht auch Folgen für uns hat? Das Welthungerproblem ist mittelfristig nicht nur ein Problem der

Hungrigen, sondern auch eines der kapitalistischen Welt. Wir werden dies in der Menschengeschichte, die laufend geschrieben wird, verantworten müssen. Wer wegschaut, macht sich mitschuldig. Ist es nicht Ironie des Schicksals, dass im armen Süden, je schlimmer die Situation sich darstellt, Hoffnung und Freude an kleinen Dingen immens grösser sind als hier im Norden, wo der Reichtum oft nur zu entnerven, deprimieren und frustrieren scheint?

Was können denn Sie und ich tun? Bei dieser Frage stellt sich eine gewisse, unter Luxusnarkose weitverbreitete Ohnmacht und Hoffnungslosigkeit dar. Was bringt's denn überhaupt? Jede Hilfe ist eh nur ein Tropfen auf den bekannten heissen Stein, der oft im Polit- und Administrations-Sumpf versiegt. Zum Teil war und ist das so, aber auch da werden sich die Dinge ändern und wir dürfen nicht aufgeben, sondern müssen überprüfen, welche Hilfswerke nachhaltig, seriös arbeiten und unbürokratisch helfen.

Mir kommt immer die Geschichte mit den Fischen und dem zurückgehenden Meer in den Sinn: Tausende lagen, um ihr Leben ringend, auf dem Trockenen. Zwei Freunde schauten dem Schauspiel zu. Der eine begann schliesslich, einen zuckenden Fisch zurück ins Meer zu werfen. Der andere sagte: »Hey, das bringt doch nichts, schau mal, wie viele da im Sand sterben. Das ist doch sinnlos.« »Doch, mein Freund: Für diesen Einen hat es etwas gebracht, nämlich sein Leben. Auf jeden Einzelnen kommt es an.«

Die Life-Aid-Veranstaltungen sind bestimmt kein leises »Pfft«, wie ich es letzthin lesen musste. Den meisten Politikern traue auch ich wenig bis gar nichts zu. Zu gewichtig ist ihnen Machterhalt und Korruption, ferngesteuert von den Mächtigen und Gierigen der Wirtschaft. Vordergründig wird zwar ein bisschen gegen den Welthunger gekämpft, aber die falschen politischen Grundsätze werden nicht angetastet – ein Grund für die Ausblutung vieler Drittweltländer. Einen fairen Handel gibt es längst noch nicht. Der aufgeblasene, träge Riese UNO schläft – hat wenig Glaubwürdigkeit, Schlagkraft und Respekt. Dafür viel zu viel Bürokratie. Bei den herrschenden, korrupten Clans in Afrika müssten sie härter durchgreifen, die Damen und Herren, die sich fett bezahlen und feiern lassen. Ich erwarte viel mehr von ihnen! Völker- und Menschenrechte sind noch längst nicht da, wo sie sein sollten. Time to wake up and act!

Klar dieser Planet wird nie ein Paradies sein und künftige Benefizkonzerte zugunsten Afrikas verändern sicher nicht die Welt, aber sie geben mit einem starken Powerfunken mehr als nur einen Anstoss. Unter dem Strich kann dies niemals genug gewürdigt werden. Es werden immer mehr Völker und Menschen dafür kämpfen, dass das Massensterben irgendeinmal aufhört und es keine Kinder mehr gibt, die abends hungrig einschlafen und morgens hungrig aufwachen müssen und keine Ahnung davon haben, wie man seinen eigenen Namen schreibt. Nein, Hunger und Elend sind kein Schicksal!

AUF ALLEN WEGEN IST HEIMKEHR

Die Seele ist alt geboren und wird jung. Das ist die Komödie des Lebens. Der Körper ist jung geboren und wird alt. Das ist die Tragödie des Lebens, schrieb einst Oskar Wilde. Eltern hat man nur einmal. Ich habe mich in den vergangenen Jahren beim Vorbeifahren an meinem Elternhaus immer gemahnt: Vergiss nicht, schon bald sind sie nicht mehr da. Oft war ich zu beschäftigt, um anzuhalten. Etliche Male machte ich aber auch einen Boxenstopp. Zum Glück, sonst würde ich heute zu den Menschen gehören, die den Lebenswinter ihrer Eltern verpasst haben. Als ich dann jeweils in mein Elternhaus eintrat, musste ich erst einmal mein Tempo und meinen Aktivismus drosseln. Wirklich volle Anwesenheit und Zuhören war angesagt. Das fiel mir nicht immer leicht, weil mein Rhythmus und meine Lebensinhalte sich stark von den ihren unterschieden. Meine Eltern sprachen von grossen und kleinen Problemen des Alltags im fortgeschrittenen Alter. Häufig repetierten sie die ewig gleichen Sätze, legten die gleichen Pausen ein, nannten dieselben Sorgen. Es wurden fast Monologe, die eine richtige Diskussion nicht mehr zuliessen. Es ging aber nicht um Worte und Inhalte, sondern um die Haltung, um Respekt und vor allem um mein bewusstes Zugegensein. Das war die Herausforderung.

Manchmal schritten wir wie in Trance durch die fünf Räume dieses kleinen Häuschens am Dürrbach, wo wir so viel zusammen erlebt hatten. Schultheater, Geburtstage,

Erziehungsghetto, Weihnachten, Zukunftspredigten vom Vater, Kuchen und Tee von der Mutter … Schönes und weniger Erbauliches. Bilder meiner Rebellenjugend kamen mir hoch, wo ich noch tagtäglich um die Musik, um meinen Kleidungsstil und um das Anrecht auf ein freies selbstbestimmtes Leben kämpfte. Starke Momente, ich war aber froh, sie hinter mir zu wissen und meinen Weg gefunden zu haben. Trotzdem berührte mich der Platz, an dem ich aufwuchs und meine Eltern bis zu ihrem Tod leben wollten. Er hatte diesen bestimmten Zauber – etwas Schicksalhaftes, das in mir eine gewisse Stimmung hervorrief.

Ich bemerkte schnell, dass ältere Menschen zunehmend wie kleine Kinder werden: rührend, herzlich, launisch und oft auch hilflos. Als ich mich dann jeweils wieder verabschiedete, hatte ich stets denselben Gedanken: Hey man, so wirst du auch einmal! Wir mit unserer übermässigen Überschätzung der Jugend, des Tatmenschen und des materiellen Erfolgs neigen dazu, den Abend des Lebens geringzuschätzen oder gar so zu tun, als käme er nie. Dabei können wir »Mittelalterlichen« so viel von den Älteren lernen: Ruhe, Gelassenheit und die Gabe, mehr zu geben. Ältere Leute sind nicht einfach Kinder mit Rückenschmerzen! Da ist mehr, viel mehr. Ich glaube, man kann im Leben eine genaue Grenze zwischen Jugend und Alter ziehen. Die Jugend hört auf mit dem Egoismus, das Alter beginnt mit dem Leben für andere. Das Altwerden an sich ist ein natürlicher Prozess – das weiss der Doktor und der Philosoph. Ein Mann von fünfundsechzig bis fünfundachtzig Jahren ist durchaus ebenso gesund und normal wie einer von dreißig oder fünfzig Jahren. Aber man ist mit seinem Alter nicht immer auf einer Stufe.

Man eilt ihm entweder innerlich voraus oder noch öfter bleibt man hinter ihm zurück. Die Kunst ist es, eine gesunde Balance zu finden und das feine Ticken der ureigenen Lebensuhr richtig zu deuten. Zu erahnen, wann etwas im Leben beginnt und wann etwas zu Ende geht. Machen wir uns nichts vor: Das Alter ist ein Massaker, da gibt es nichts zu beschönigen. Da müssen wir durch.

In unseren Breitengraden pflegen wir die Älteren in Heime und Pflegestätten abzuschieben, weil niemand mehr diese oft auch unangenehme Begleitarbeit machen will. Eine fragwürdige Haltung, wie ich finde. Aber welcher Mensch mit Job und Kindern nimmt sich schon die Zeit, wie es zum Beispiel die Menschen in Bali tun, um seine angeschlagenen Eltern bis zum Lebensende zu pflegen? Ich kenne niemanden. Mein Riesenrespekt gilt den wenigen, die diese Aufgabe übernehmen!

Alters- und Pflegeheime sprechen mittlerweile die Preise kartellmässig untereinander ab. Diese sind derart hoch, dass sich der Normalverdiener ungläubig die Augen reibt. Die Alten werden ausgenommen wie die Weihnachtsgänse. Das wirklich Schlimme daran ist aber nicht die Stange Geld, welche sie, die Nachkommen oder wir Steuerzahler aufbringen müssen, sondern vor allem das schlechte Gewissen der älteren Menschen, die erziehungsbedingt nie jemandem zur Last fallen wollen. Ein Hohn und eine Schande: Obwohl wir Jahr für Jahr eine absurd überteuerte Krankenkasse bezahlen, ist diese ausserstande, zusammen mit der AHV die Schlussjahre eines Menschen würdig zu gestalten. Will sich jemand in Mallorca oder sonstwo in der Wärme die letzten Jahre pflegen lassen, bezahlen die Kassen gar nix mehr. Daran müssten die Herren von der Sozialpolitik arbeiten! Die schweinisch überteuerten Pharmapräparate sowie Material- und Pflegekosten sind das Problem – nicht die Homöopathie!

In meinem Quartier begegne ich ab und zu einer älteren, sanften Frau. Sie ist sechsundneunzig Jahre alt und kann sich nur noch mit dem Rollator fortbewegen. Täglich dreht sie ihre Runden. Kürzlich hielt sie an und blickte unendlich gütig auf mich und meine kleine Tochter – wir sassen auf der Bank neben einer kleinen Kapelle. »Behüet eu Gott«, flüsterte sie herzvoll und ich konnte eine kleine Träne auf der Furche ihrer Wange erkennen. Das berührte mich enorm und ich musste an die Worte des Dichters Khalil Gibran denken, der schrieb: *Eine einzige Träne, die auf dem Gesicht eines alten Mannes glänzt, beeindruckt uns stärker als solche, die ein junger Mann vergiesst, denn die Tränen der Jugend sind zahllos. Sie bedeuten das Überborden sensibler Seelen. Die Tränen der Greise hingegen sind ein Rest des Lebens in ihren kraftlosen Körpern, der aus ihren Augen tropft. Die Tränen der Jugend sind wie Tautropfen auf den Blütenblättern der Rose, während die Tränen auf einem Greisengesicht gelben Herbstblättern gleichen, die der Wind zerstreut und davonträgt, wenn der Winter des Lebens naht.*

Probieren wir doch, das Alter als das zu ehren, was es ist, und uns daran zu erfreuen wie an einer schönen verschneiten Landschaft. Auf allen Wegen ist Heimkehr.

GELD ODER LEBEN?

Mein Radio läuft. Wetterprognosen – der Regen wird die gefrorene Strasse heute voraussichtlich in ein Eisfeld verwandeln. Man tut gut daran, passiv zu fahren, wenn überhaupt. Denn wenn der Himmel hustet, liegt der Mensch flach. Die Moderatorin nimmt meine Gedanken nicht auf. Sie fragt einen Experten, was man denn gegen gefrorene Autoscheiben unternehmen kann. Er empfiehlt eine Standheizung. Ich könnte damit mein Auto von der warmen Stube aus vorheizen, um mich später in ein gemütlich temperiertes Fahrpolster zu schmiegen. Die Sicht durch die Frontscheibe wäre ganz ohne Kratzen und Wischen einwandfrei klar. Runde tausend Schweizerfranken wären dafür zu investieren. Ein Pappenstiel würden einige sagen. Verschleudertes Geld für mich.

Ausserdem: Will ich sie eigentlich haben, diese zahllosen Annehmlichkeiten aus den Shoppingtempeln? Macht mich diese Konsumreligion glücklich? Soll ich die Alltagskleinigkeiten, die mich zuweilen nerven, bekämpfen, indem ich meine Ersparnisse in die Beseitigung derselben investiere und damit neue Dinge in mein Leben hole, deren Beschaffung, Reparatur und Unterhalt mich auch wieder nerven und stressen? Im Gegenzug muss ich dann wohl ins Fitnessstudio, um meinen geschonten, erschlafften Körper wieder zu stählen. Sind wir denn heute wirklich so zufrieden, wenn wir, um unseren Kaffeekick zu stillen, nur einen Knopf zu drücken brauchen? Zufriedener als es die Grossmutter anno dazumal war, die noch zweimal am Tag Wasser aufgebrüht und es in den Filter gegossen hat? Erinnern Sie sich noch, liebe Leser, wie das gerochen, gegurgelt und geplätschert hat? Ich kriege direkt Sehnsucht nach einem Chacheli Filterkafi … what else? Beim Streben nach Dingen, die unser Leben vereinfachen sollen, schneiden wir uns häufig ins eigene Fleisch. Je mehr wir haben, umso mehr muss gereinigt, gepflegt, ersetzt und unterhalten werden. So rennen wir unserem Lebenstandard hinterher und verlieren dabei das Leben völlig aus den Augen.

Klar, jeder von uns besitzt Dinge, die einen Haufen kosten und nichts bringen. Auch ich. Doch man stelle sich einen Menschen ohne Spleens und Leidenschaften vor, kalt, als sei er in Frankensteins Küche entstanden – grässlich! Mir gefallen Menschen, die sich mit einem gewissen Feuer für, aber öfter auch bewusst gegen Habseligkeiten und Konsumgüter entscheiden. Bescheidenheit und Dankbarkeit finde ich sexy und Prahlen und Klotzen törnt mich ab. Die seelischen Löcher können eh nicht durch eine Flut unnützer Dinge gestopft werden. Anhaltende Begeisterung, Leidenschaft und Hingabe gibt's für kein Geld zu kaufen. Weniger ist mehr gilt auch in der Musik. Ich glaube an die kleinen Dinge und Sensationen. Und zwar überall. Was zu gross und üppig wird, zerfällt früher oder später. Das gilt auch für Unternehmen und Staaten.

Die moderne Versklavung der gnadenlosen Leistungsgesellschaft treibt uns Richtung Abgrund! In gewissen Momenten denke ich aber, dass ein Grossteil unseres Landes unter einer gewissen Wohlstandsverwahrlosung leidet. Wir sehen und fühlen nicht mehr, was uns und unserem Land wirklich gut tut, sind matt, zynisch, gesättigt und lasch geworden. Wir und unsere Politiker checken nicht, dass diejenigen, die nichts haben und ohne Chancen sind, ein ganz anderes Kampfverhalten entwickeln müssen, um zu überleben. Sie werden sich das, was sie brauchen, holen – und zwar logischerweise auch bei uns, die so viel besitzen und die langfristige Sicht auf die Dinge verloren haben. Das lehrt uns die Geschichte und man muss kein Schwarzmaler oder Kristallkugelleser sein, um die Zeichen zu erkennen. Afrika, der Nahe und Mittlere Osten vermelden jedes Jahr vierzig (!) Millionen Geburten. Europa, inklusive Russland, gerade mal sieben Millionen. Da rollt etwas auf uns zu.

Wir haben zwar vieles, wissen per Mausklick alles und verkümmern trotzdem. Kinder können heute tendenziell nicht mehr klettern, keine Konfitürengläser mehr öffnen, keine Klebestreifen mehr abreissen und sie verstehen die Pointe eines Witzes kaum, wenn er bloss erzählt und kein Filmchen dazu geschaut wird. Schuhe binden, Knöpfe machen und Zöpfe flechten, auf dem Rittiseili schaukeln – alles Dinge, die erheblich mehr Mühe bereiten als vor zwanzig Jahren. Die einfachen Spielzeuge, bei denen Hand anlegen und Körperfeeling gefördert werden, sind eben doch nicht die dümmeren.

Vielleicht verschenke ich nächste Weihnacht ein paar Eiskratzer. Für diejenigen, die trotz Eisglätte gezwungen sind, am Strassenverkehr teilzunehmen. Fahren Sie fitgekratzt und bedacht in turbulente Zeiten.

DER BERG RUFT

Ich bin am Jurasüdfuss aufgewachsen. Unsere Hausberge sind der Weissenstein, der Balmberg, die Hasenmatt und der Grenchenberg. Da meine Eltern sehr oft wegen ihrer Arbeit abwesend waren, schätzte ich mich als Kind glücklich, einen präsenten, aktiven und lustigen Grossvater zu haben. Da er einen akuten Bergtick hatte, versuchte er, mich für die Wanderziele der Region zu begeistern. Mir ging's ähnlich wie vielen Youngsters, deren Eltern versuchten, aus ihnen Vize-Luis-Trenkers zu machen: Ich war, gelinde gesagt, überhaupt nicht begeistert. Tapfer machte ich jede Woche diese anstrengenden Hügelablatschereien mit. Dabei gelang es Opa allemal, mich geschickt durch spielerische Quizfragen zu Baum-, Tier- und Pflanzenarten bei der Stange zu halten. Immer, wenn ich wieder ins Jammertal zu fallen drohte, zog er ein neues Kaninchen aus dem Hut: Wir sammelten farbige Pilze und Enziane, machten grosse Feuer und noch grössere Schneemänner. So überbrückte Granddad meine Langeweile und die hie und da vorgetäuschten Wadenkrämpfe.

Ohne es bewusst wahrzunehmen, erfuhr ich bei unseren Mini-Bergtouren auch immer wieder die heilende Wirkung der Natur. Am Abend eines solchen Trips schlief ich nicht nur besser, sondern fühlte mich tags darauf auch genährter als sonst. Natürlich konnte ich das damals noch nicht sehen, geschweige denn zugeben. Heute weiss ich, dass diese Wanderungen ein wichtiger Teil meiner Erziehung waren. Sinnvolle Erziehung ist ja nichts anderes als Beispiel und Liebe! Diese Liebe zu den kleinen Dingen der Natur wusste mein Grossvater aufs Vorzüglichste zu zelebrieren. Jeder Käfer, jede Bergdistel und jeder Ameisenhügel war für ihn ein eigenes Universum, eine weitere Sensation auf dem Weg zum nächsten Ziel. Und er liess mich mit Leib und Seele daran teilhaben. Erst heute, wo es Kinder gibt, die nicht einmal mehr wissen, wo Milch und Honig herkommen und im Migros mit leblosen Augen zwischen den Regalen stehen, weiss ich voll und ganz, was für ein grosses Glück ich hatte, so einen Grossvater zu haben. Er öffnete mir den Weg zur Natur und gleichzeitig zu mir selbst.

Der absolute Überflieger war für mich die unvergleichliche, sehr leidenschaftliche Schilderung seiner Erstbesteigung des Matterhorns. Er erzählte von den Vorbereitungen mit der damals noch sehr einfachen Bergsteigerausrüstung, vom Aufstieg am Vorabend von Zermatt zu der direkt unter dem Matterhorn liegenden Hörnlihütte, von der Tagwache um vier Uhr, dem letzten Gebet, dem Einstieg vor Tagesanbruch im Dunkeln in die gefahrvolle Wand mit all ihren Tücken und den vielen Stellen, wo bereits unzählige Menschen ihr Leben verloren haben. Auch heute sterben noch durchschnittlich acht Menschen pro Jahr am Matterhorn, weil sie diesen Berg unterschätzen. Für in Wetter- und Bergnot geratene Alpinisten gibt's dann auf 4000 Meter Höhe die kleine Solvayhütte. Es folgt die Steilstrecke zur Spitze. Die Belohnung für diesen ganzen Krampf ist dann das einmalige und doch irgendwie platte Gefühl des Auf-dem-Gipfel-Stehens, das nur kurz andauert, im Bewusstsein, dass der schwierigste Teil erst kommt: Der Abstieg. Dabei passieren die meisten Unfälle, aufgrund der Übermüdung, der Unachtsamkeit oder wegen steifen und flatternden Knien. Wenn das geschafft ist, die letzten Gefahren überwunden sind, kommt man, so Gott will, nach zirka acht bis zwölf Stunden wieder in Zermatt an. Grossvaters Erzählungen beeindruckten mich unendlich und ich wollte sie immer wieder hören. Seither habe ich eine besondere Verbindung zum Matterhorn und seiner Umgebung.

Gerade eben, vor zwei Wochen, war ich in Zermatt bei meinem Freund Heinz Julen. Ich durfte die wunderbare Gastfreundschaft seiner grossen Familie erfahren, und es war beeindruckend zu hören, wie sich immer wieder vieles um den Mythos des Matterhorns dreht. Die Thesen und der Wirbel um diesen Berg sind auch heute noch überwältigend und ich hätte stundenlang den Worten des neunzigjährigen visionären August Julen lauschen können, der mehr als hundert Mal auf dem »Horu« war und legendäre Filme darüber drehte. Dabei musste ich an meinen eigenen Grossvater und seine Geschichten zurückdenken, der auch dort oben, ganz nahe am Himmel gewesen war. Er hatte recht: Unser aller Leben ist wie eine Bergbesteigung. Manche wählen grössere Berge, andere eher kleinere, die einen schwierige Routen, die anderen leichtere aus. Viele fallen, stehen aber wieder auf, andere bleiben liegen oder stürzen erst am Ende ihres Weges, dafür umso tiefer. Eines ist jedoch klar: Nach jedem Hoch geht's abwärts, nach jeder Party folgt der Alltag, und man ist gut beraten, auch diesen Abschnitt des Weges bewusst und achtsam zu gehen. Weg und Augenblick sind das Ziel und nicht der Gipfel, denn wer zu hoch steigt, verliert den Blick fürs Detail – und wer nur in den Niederungen herumwuselt, verstrickt sich darin.

ODE AN RÖSI!

Wer durch meine Haustür geht, sieht als Erstes ein Riesenbild, das ich vor fünf Jahren zusammen mit meiner Tochter in meinen Lieblingsfarben Orange, Rot und Gelb gemalt habe. Darunter steht in grossen, wackligen Buchstaben: Be Yourself, Feel @ Home. Das soll ein kleiner Wink sein, dass sich jeder, der mein Haus betritt, egal wer er oder sie ist, entspannen darf und ganz einfach er oder sie selbst sein kann. Locker und furchtlos. Seine Eigenheit und Persönlichkeit zu erkennen, sie ans Tageslicht zu fördern, sie zu bewahren und ihr treu zu bleiben und sie auch lustvoll zu leben, ist im grauen Sturm des Alltags nicht immer einfach. Die Angst oder die Ehrfurcht, Fehler zu machen, und eine gewisse Unsicherheit lähmen oft und erzeugen eine ungewollte Steifheit.

Wenn ich mir überlege, welche Menschen ich kannte, die mit sich vollkommen im Reinen waren, deren Worte und Taten im Einklang waren, mir immer offen, angstlos und geradeheraus begegneten, kommt mir spontan nur Rösi in den Sinn. Einerseits war diese Frau keine besondere Erscheinung: Ihr Jupe hätte für mich glatt ein Zelt ergeben und ihre Frisur glich dem Olympiastadion in Peking. Andererseits war da dieses Lächeln auf ihrem Gesicht. Es schien gegen innen und aussen gleichzeitig gerichtet zu sein. Sie ging versonnen und völlig bei sich ihres Weges und strahlte jeden an, der ihr begegnete. Auch den Kellner, der sie fragte, ob das Essen recht gewesen sei. »Jo, es isch rächt gsi«, antwortete sie und sah mit ihrem klaren Blick direkt in seine Augen, »aber i ha ou scho es paar Mou Bessers gha!« Sie sagte dies in dem liebenswürdigen Tonfall, der einen zweifeln liess, ob man richtig gehört hatte. Denn Rösi war keineswegs eine Meckergreisin. Sie war schlicht ein Wahrheitsbrunnen. Rösi verurteilte niemanden wegen einer Lappalie, aber sie sagte stets, was es zu sagen galt. Ihr Mann, den sie ausschliesslich Spätzu nannte, wusste sehr wohl um die Qualitäten seiner Frau. Die Kritiken von ihr nahm er sehr gelassen entgegen. Sie gab ihm allerdings auch die Möglichkeit, diese mit einem gelösten Lachen zu quittieren. Ich stelle mir vor, dass sie für ihn – trotz ihrer Körperfülle und der paar Jährchen mehr – eine sehr attraktive Frau gewesen ist. Den Umgang, den die beiden miteinander pflegten, erlebte ich als sehr liebevoll, direkt und fadengerade, aber niemals verletzend oder respektlos. Sie verstand es auch, ihre Gäste zu bewirten. Alles, was aus ihrer Küche kam, hatte diesen Rösi-Level. Einfach irgendwie eine Klasse für sich. Es war eine Nuance besser gewürzt, hübscher angerichtet, wunderbar zum Essen und trotzdem schlicht. Aus meiner kindlichen Sicht barg diese Frau irgendein Geheimnis, etwas Unerklärbares, und ein Kompliment oder ein Zuspruch von ihr war mir viel mehr Wert als all die Bewertungen und Zusprüche, die ich sonst erhielt.

Spätzu wusste, dass seine Frau nicht schweigen würde, wenn ihre Ohren eine Überheblichkeit oder eine Ungerechtigkeit vernahmen. In einer Zeit, wo Frauen noch die Männer reden zu lassen hatten, waren die Antworten dieser resoluten Frau eine Abwechslung in jeder Gaststube. Nicht, dass Rösi sich mit jemandem gestritten hätte! Dazu konnte es gar nicht kommen, denn ihr Scharfsinn und ihre Souveränität galten als unbestritten. So gab manch einer lieber klein bei, um die Lage sich selbst zuliebe in Schach zu halten. Rösi kannte dieses Spiel und ihre Macht sehr wohl und verabschiedete sich dann jeweils in wohlwollender mütterlicher Art, natürlich niemals, ohne dem »Bengel« nochmals versöhnlich oder gar kollegial auf die Schulter zu klopfen, damit er ja nicht diskreditiert wurde. Ich bewunderte diese Frau, die offenbar wusste, wie man die Dinge zu regeln hatte, ohne unnötig Geschirr zu zerschlagen. Und ich habe eine leise Ahnung davon, wie viel dank ihren liebevollen Interventionen heil geblieben ist. Rösi war so etwas wie der Hosenknopf, der die ganze Verantwortung zusammenhält.

Wenn heute irgendeine Sorte von Grobheit, Doppelmoral, Heuchelei, Stumpfsinn oder Arroganz meinen Weg kreuzt, kommt mir dann und wann Rösi in den Sinn und ich frage mich, ob sie nicht mitten auf dem Weg stehen geblieben wäre und die Lage kommentiert hätte. Dann zeigt mir mein Kopfkino ihr verschmitztes Gesicht, ihren schelmischen Blick und spielt mir wieder ihr glucksendes Kichern vor. Und ich wünsche mir, wir alle besässen etwas mehr von ihrem furchtlos-verspielten Charme und ihrer versöhnlich leichtfüssigen Chuzpe und Courage.

Leider kommentiert selten einer meiner Besucher das Be-Yourself-Bild. Möglicherweise liegt es daran, dass wir bereits in andere Gespräche verwickelt sind, dass sie von meinem Ganzjahresweihnachtsbaum abgelenkt sind oder das Bild schlicht übersehen. Vielleicht aber fühlen sich die meisten Menschen nur nicht berechtigt, meine Hauskunst zu thematisieren, wer weiss … Jedenfalls bilde ich mir ein zu wissen, dass Rösi sich befugt gefühlt hätte, auch wenn sie keinerlei Hochschulqualifikationen besessen hatte. Ich bedaure sehr, dass sie niemals hier bei mir war. Immerhin habe ich meine Lieblingswandergitarre nach ihr benannt, und die fällt mir fast täglich in die Hand!

DIE RÜCKKEHR DER MARXBROTHERS

Eines vorweg: Ich bin für eine gerechtere, humanere Welt und fordere einen gesunden Mindestlohn für alle. Frauen sollen gleich viel verdienen wie Männer und die Superreichen müssten einen akzeptablen Anteil ihrer Riesengewinne jenen geben, die zu wenig haben, um ein Lächeln im Gesicht zu tragen. Ich finde, Armut gehört verboten. Die Frage ist nur, wie wir sie wegkriegen. Wer die Programme der jungen SP-Hobby-Che-Guevaras liest, reibt sich phasenweise die Augen: Es ist, als wollte die amerikanische Comedytruppe The Marx Brothers den Kommunismus neu erfinden. Meine Herznerven! Genossen, kommt vom Planet der Affen zurück zu Mutter Erde!

Wer wie ich in Sozitown Solothurn geboren ist, wird früher oder später ein Roter. Mich erwischte es, als ich zwischenzeitlich in den Sechzigerjahren im Restaurant Kreuz den Kochlöffel schwang. Der ahnungslose Youngster wurde mit den Tod-dem-Kapitalismus-Thesen weichgeklopft, aber nicht für lange. Rasch merkte ich, dass der Gegenplan unbrauchbar war: Mehr Staat, mehr Steuern, mehr Gleichschaltung, mehr Abhängigkeit und das alles mit dem Portemonnaie der andern. No way! »Alles, was die Sozialisten vom Geld verstehen, ist die Tatsache, dass sie es von anderen haben wollen«, sagte einst Konrad Adenauer.

Für mich haben Figuren, die auf Staats- oder Hotel-Mama-Rechnung die Welt retten wollen, ein Glaubwürdigkeitsproblem. So ist das Unrecht der Welt nicht zu bekämpfen. Soziales, pseudogrosszügiges Getue mit dem Kulturcüpli zwischen den Fingern war uns in der Rockszene schon immer suspekt. Heute haben viele der einstigen Volkspartei den Kontakt zum Fussvolk verloren. Sie pflegen gute Weine, gescheite Bücher und haben diese zwingende offene Art. Die Drecksarbeit jedoch dürfen die anderen machen. Doch wie kann man die Faust ballen und einen auf Revolution machen, wenn man selbst überall die Finger drin hat? Ich spreche hier nicht von den echten Sozialarbeitern, die sich tagtäglich an der Front um die gefallen Engel unserer Gesellschaft kümmern. Denen zolle ich höchsten Respekt!

Aber die Laisser-faire-Politik und das Reduitdenken vieler Betroffenheitspolitiker treibt seltsame Blüten: Der grüne Reallehrer Alain Pichard, der ehrlich und ungeschönt über Missstände an den Schulen berichtete, in denen scharenweise Ausländereltern weder ihre Kinder noch ihre Integration fördern, wurde diffamiert und auf's Übelste beschimpft. Was die Linke nicht sehen will, existiert nicht! »Du hast keine Chance, wenn du gegen die ›besseren Menschen‹ kämpfst«, sagte Pichard treffend. Würden seine Anregungen und Erfahrungen jedoch gehört und in der Politik umgesetzt, wäre die Integration nicht nur effizienter, sondern auch einiges billiger. Aber nein, die Gutmenschen fordern lieber mehr Zuschüsse, neue Stützkurse, mehr Programme, mehr Abgaben. Es wird uns aufgetischt, der Staat tue zu wenig Förderndes. Man will es nicht wahrhaben: Es müssen beide Seiten mitmachen! Die Bringschuld des Staates und die Opferrolle der Integrierunwilligen verschieben sich immer mehr ins Groteske.

Wer das aufdeckt und anprangert, wird als kaltes, rechtes, asoziales Individuum abgestraft.

In »seriösen« Zeitungen lese ich vom staatlich besoldeten Soziologen Ueli Mäder, wie schlimm es um den Parasitenstaat Schweiz und ihr von den Reichen ausgebeutetes Volk stehe. Niemand hinterfragt kritisch sein steuerfinanziertes Jubel-Ja zu einer fragwürdigen Steuergerechtigkeits-Initiative. Der Professor scheint nicht zu checken, geschweige denn zu würdigen, dass unser liberaler, aber langsam gefährdeter Sozialstaat die Folge von langjähriger harter Arbeit, Zähigkeit, freier Markwirtschaft, Pioniergeist und nicht linker Überregulation ist. Er kann problemlos am Ast sägen, auf dem er sitzt! Er ist, wie die meisten seiner Spezies, bestens abgesichert. Wessen Brot ich ess, dessen Lied ich sing. Doch sollte nicht vergessen werden, wer das Brot ranschafft und woher das Geld kommt! Ich bin von Hause aus kein Pessimist, doch wenn ich mir unseren sinnlos aufgeblähten Staatsapparat und unsere Sozial- und Bildungsbehörden anschaue, bin ich besorgt. Das ist phasenweise eine Carte blanche zum Nichtstun und zum Sozialmissbrauch. Meine ausländischen Freude sagen mir: »Ihr Schweizer seid einfach vom Luxus verweichlicht und habt am völlig falschen Ort ein schlechtes Gewissen.« Was will ich da antworten?

Die Egogesellschaft, in der vieles immer nur auf kalte Gewinnmaximierung aus ist, ist auch nicht der Weisheit letzter Schluss. Aber das perfekte Modell gibt es nicht. Wo die Machtfülle zu gross wird, sind strenge Richtlinien und Kontrollen vonnöten. Zwei Dinge sind jedoch mittlerweile klar: Den meisten geht es hierzulande im Vergleich zu anderen Ländern hervorragend. Das verdanken wir Schwerarbeitern, Visionären, abenteuerlustigen Pionieren, Unternehmern und Perfektionisten – Leuten, die ihre Existenz auf's Spiel setzten, um den Aufstieg, den heutigen Sozialstaat erster Klasse, möglich zu machen. Auf Auslandsreisen stellt man den Unterschied sofort fest. Wo nur der Staat das Sagen hat, herrschen Korruption, Extremausbeutung, Menschenverachtung, Selbstaufgabe und Elend. Die meisten dieser Regime bringen kaum anständiges Klopapier auf die Reihe. Das Problem des Sozialismus besteht unter anderem darin, dass ihm irgendwann das Geld der anderen ausgeht!

Heute wird das kapitalistische, wirtschaftliche System oft heftig angeprangert. Aber es gibt keine politisch bedeutsame Bewegung, die ein Gegenmodell vertritt. Das für mich sinnvolle und greifende Motto war schon immer: Willst du einem Benachteiligten helfen, dann gib ihm keinen Fisch, sondern eine Rute, damit er sich versorgen lernt. Die positive nachhaltige Veränderung beginnt bei einem selbst. Dazu braucht es Anreize, einen sinnvollen, umsetzbaren Plan und auch Sanktionen. Appelle und staatliche Überbemutterung sind der falsche Weg. Ich glaube an die Politik des Individualismus und der Eigenverantwortung. Die Gleichschaltung ist ein Verbrechen an der Einzigartigkeit eines jeden Menschen, der mit all seiner Kraft und Originalität die Welt verändern kann – positiv wie negativ. Föderalismus ja, Zentralismus nein, ist die Botschaft. Seien wir also wachsam und misstrauen falschen Predigern – vor allem jenen im Gewand der Big Spender mit hohen Staatssteuern und Gebühren!

Für mich gibt es nichts Gutes – ausser man tut es! Und ich möchte mit einem wunderbaren Statement von Churchill noch eins drauflegen: *Dem Kapitalismus wohnt ein Laster inne: die Verteilung der Güter. Dem Sozialismus hingegen wohnt eine Tugend inne: Die gleichmässige Verteilung des Elends und der Armut.*

Gleichmacherei und Umverteilung bringen nix! So funktioniert die Welt nicht. Ich habe fertig!

IHR LICHTLEIN, KOMMET

Kerzli, Laternli, Lichtli und vor allen Dingen das Leuchten in den Augen der Kinder und Kindeskinder – ran an mein durstiges Auge! Ich liebe den Schimmer eines liebevoll geschmückten Christbaumes, das Tropfen der Kerzen und den Geruch von verbrannten Tannennadeln. Wenn man dieselbigen sachte in die Flamme hält, erklingt dazu dieses heimelige Knistern. Das ist Musik! Der mit Abstand wundervollste aller Weihnachtseindrücke ist aber, das verzauberte still strahlende Gesicht meiner Tochter im flackernden Kerzenschein zu betrachten. Es lebe die Dunkelheit, wenn ein Lichtlein brennt!

Schon als Kind liebte ich alles, was glitzerte und leuchtete. Wir wohnten damals bei den Gleisen. Unser Haus befand sich in unmittelbarer Nähe des Bahnhofs. Ich schaute gerne, vor allem im Winter, hinüber zu den Zügen. Da leuchtete und blinkte es fortwährend. Es gab da viel mehr Lichter als sonst wo. Das regte mich zum Träumen und Sinnieren an. Eigentlich fehlte nur noch das Christkind, das im wilden Flockentreiben auf meinem Fenstersims Platz nahm. Heute wohne ich nicht mehr beim Bahnhof, aber als Nachtmensch brauche ich harmonisches Licht wie der Fisch das Wasser. Ich liebe auch die Stimmung, wenn Schnee liegt. Da verändert sich das Licht – es wird viel feiner und zarter. Dazu ein Himmel, der alle Farbtöne von grünorange bis zartrosa auf uns herunterwirft. Umwerfend!

Nicht nur van Gogh, sondern die meisten Menschen, die ich kenne, freuen sich, wenn das Licht stimmig ist. Wobei, es scheint schon zahlreiche Erloschene oder solche, die das keinen Deut interessiert, zu geben. Sie bekamen vielleicht keine Chance, eine Beziehung zum Licht aufzubauen. Schade. Man schaut in ihre Häuser oder Wohnungen und staunt. Kaltes, weisses, antiseptisches Licht, dass es einen fast friert – wie in einer neonbeleuchteten Abstellhalle. Der Höhepunkt der Lichtverwirrung war das Millionen teure Intermezzo mit den Weihnachts-Röhren in der Zürcher Bahnhofstrasse. Braucht es wirklich Raketenforscher, um zu erkennen, wonach sich Auge und Seele sehnen oder sind die abgekoppelten, kopfgesteuerten Designer und Lichtdruiden allesamt verblendet? Man muss nichts Neues erfinden. Es ist längst schon da: Warmes, emotionales Licht. Man kann es allein in seiner Form und Vielzahl variieren und alle sind happy.

Und die Strassenlaternen? Wenn man Glück hat, bekommt man etwas Oranges vor das Haus. Von den Formen wollen wir lieber nicht sprechen. In den meisten Fällen blendet uns uninspiriertes, kaltes, liebloses, weisses Licht. Als würden die Menschen ihren Weg nach Hause sonst nicht mehr finden. Ich möchte die Verantwortlichen am liebsten nach Florenz, Paris oder London schicken. Da wissen sie noch, was sie ihren Bürgern schuldig sind, um die Nacht etwas glanzvoller zu gestalten. Es liegt nicht am Geld, sondern am Gespür für das Schöne. Leider kommt es mit zunehmendem Stress und Rumgehetze vielen abhanden. Es sind eben die kleinen Dinge des Lebens, die uns erfreuen und guttun! Nicht nur Sonnenlicht wirkt positiv auf die Psyche der Menschen.

Auch auf der Bühne ist die Beleuchtung sehr wichtig. Sie kann die Stimmung eines Liedes extrem verstärken, unterstützen oder zerstören. So gibt es die typischen Blau-und-Lila-Songs, die man wunderbar mit Mauve- oder Pinkstrahlen anreichern kann. Dann wieder die Rotlichtknaller, die gepaart mit orange, grün oder gar weiss sehr powerfull herüberkommen. Wenn dann der Lichtmischer noch die Dynamik und den Rhythmus einer Nummer richtig im Griff hat, kann das Ganze zu einem Gesamtkunstwerk verschmelzen, das die Anwesenden verzaubert und in eine andere Welt entrückt. Ich staune immer wieder, wie stark ein guter Lichtdruide eine Show beeinflussen kann. Es ist eine wunderbare Erfahrung, als Musiker voll in diesem Lichtorkan zu stehen. Einmalig!

Vor noch nicht allzu langer Zeit waren offene Herdfeuer, Fackeln, Grubenlampen und Kerzen die einzige Beleuchtung im Dunkeln. Traumhaft und unschlagbar. Jedes Jahr im Winter gönne ich mir kiloweise Kerzen, die ich quer durchs Haus verteile. In meinem Entree steht ein Ganzjahres-Weihnachtsbaum aus vielen pyramidenförmig aufgetürmten Holzstücken, auf denen die bunten und weissen Lichtspender stehen. Brennen alle, sieht das hammermässig aus und der ganze Raum erscheint in einem überwältigenden, einmaligen Licht. Ich geniesse auch das Kaminfeuer. Da liege ich zufrieden mit meinen Liebsten, schaue ins Feuer, das immer einen anderen Flammentanz aufführt. Es stellt sich ein archaisches Wohlgefühl ein. Ich muss nicht weit suchen, das Glück liegt im Feuer und im Licht und verleidet mir nie. Ihr Lichtlein kommet! Let there be light! Lasst uns brennen und im richtigen Licht erscheinen. Dort, wo es uns wohl ist und wo wir hingehören.

SCHEIDEN TUT WEH!

Früher hielten die Ehen besser. Jedenfalls deuten die Scheidungsraten darauf hin. Mindestens die Hälfte von uns Leuten im fortgeschrittenen Alter hat einen Rückruf der lebensgemeinschaftlichen Absichten zu verzeichnen, dennoch ist das Leben kein Leiterlispiel und eine Rückkehr auf Feld eins unmöglich. Meistens trägt man nicht nur leichtes Gepäck mit sich, sondern kleine, geliebte Menschen, die Trennungen nicht verstehen und nichts mehr möchten, als die Eltern wieder zusammenzubringen. Deren Weissbücher sollten mit viel Vertrauen und Geborgenheit vollgeschrieben werden, auf dass sie dereinst den Boden unter den Füssen selber nicht so leicht verlieren und in dieser wahnwitzigen hoch technisierten Welt Menschen bleiben.

Eine Patentlösung für diese Problematik der Familienzerrüttung existiert nicht. Man kann nur versuchen, den Schaden mit aller Liebe und Vernunft so gut wie möglich zu begrenzen. Das ist wahrlich einfacher gesagt als getan. Sind wir doch alles keine Übermenschen. Trotzdem bin ich ein Verfechter der Grundregel: DER ANDERE ELTERNTEIL WIRD VOR DEM KIND NIEMALS SCHLECHTGEREDET UND HERUNTERGEMACHT! Wer das nicht einhält, handelt verantwortungslos. Die Kleinen haben schon genug zu tragen, bei einer Trennung der Eltern und mit dem Hineinwachsen in diese neue, hirnrissige Situation. Wir dürfen ihnen nicht auch noch unsere Beziehungsprobleme und sinnlosen Scheidungskriege aufbürden. Das sollten wir bei allen Differenzen wirklich beherzigen.

Ein alleinstehender Elternteil ist bis zum Äussersten gefordert und läuft auf dem dünnen Grat von Erziehen, Verstehen, Wohlwollen und Sorgen. Das richtige Mass zwischen Nachsichtigkeit und Fordern zu finden ist viel schwieriger, wenn man dem Kind gerade eben den Boden unter den Füssen weggezogen hat. Selbst wenn es sein gewohntes Umfeld nicht verlassen musste. Das Kind braucht viel Zuwendung und dies zu einem Zeitpunkt, wo man selber den Schlaf kaum findet und aufgefangen werden möchte. So erstaunt es nicht, dass auch für Papa und Mama zum zweiten Mal die Lehr- und Wanderjahre anbrechen. Man sucht Halt. Man verliebt sich neu. Die Wahrscheinlichkeit, dabei gerade auf Anhieb den Lottosechser zu finden, ist nahe bei Null. Man schlägt sich ein paar Monate mit dem einen oder anderen werbenden Restposten herum und findet weder Ruhe noch Heimat. Die härtesten Kritiker und die schärfsten Beobachter sind – nein, nicht die nachsichtigen Nachbarn –, die Kinder sind es. Jene, die doch so dringend auf Konstanz und einen ruhigen Seegang angewiesen wären. Sie bekommen alles mit, was die Grossen nicht im Griff haben. Und wenn sie merken, dass Mama und Papa Geheimnisse haben, fühlen sie sich erst recht bedroht und hintergangen. Vorher sass man doch am Familientisch, der Hauptschlagader des Geschehens und keiner tat komisch, führte hinter verschlossenen Türen Telefonate oder dergleichen. Und was immer geschah, Mama hielt souverän die Segel hoch. Jetzt plötzlich ist sie so schwach und irgendwie fremd geworden … Misstrauen, Rückzug und Depression können die Folge sein.

Nun, ab und zu lerne ich Familien kennen, die sich trotz der Trennung noch in die Augen schauen, mit Respekt begegnen und wichtige Feste gemeinsam feiern können. Wo Mama nicht die Augen rollt, wenn sie von Papas jüngsten Eskapaden erfährt und umgekehrt. Wo man sich unbeirrt gegenseitig unterstützt, wenn's drauf ankommt. Das braucht viel menschliche Grösse und dazu ein Umfeld, das mitspielt. Wer im Frieden auseinandergeht, muss es bedauerlicherweise oft erleben, dass die Hetze von aussen kommt. Wer nicht akzeptieren kann, braucht einen Schuldigen, ein Ventil für seine Enttäuschung. Und jede Familie ergreift für sein eigen Fleisch und Blut Partei. Ja wahrlich, scheiden tut weh und ist häufig ein mehrjähriger Prozess, der allen Beteiligten zu viel Substanz abverlangt.

Früher hat man ausgeharrt. Scheiden war kompliziert. Man wurde schief angesehen. Und man war sich im Klaren darüber, dass man viel zu verlieren hatte. Und die Welt der Singles lag einem nicht so zu Füssen wie heute, wo wir im Internet schnell nach anderen einsamen Herzen Ausschau halten können. Nein, man musste fast drauf hoffen, beim nächsten Dorffest einen Blick in ein paar schöne Augen erhaschen zu können oder man stürzte sich ins Vereinsleben, belegte Tanz- oder Kochkurse um herumzukommen. Heute kriegen wir alles sofort. Sogar Menschen. Die Frage ist bloss, wie oft wir dabei ins Leere greifen. Wer im grossen Brunst- und Paarungspool einen echten Rohdiamanten finden möchte, braucht auch heute noch einen langen Atem. Denn die Menschen haben zumeist schon viel mehr gesehen, als ihnen gut tut. Rohheit, Respektlosigkeit und emotionale Verarmung gelten in manchen Kreisen als normal und der feinsinnige Mensch wird höchstens noch im Land der Träume vermutet.

Ich fürchte, wir kriegen unsere Unschuld und Arglosigkeit nicht mehr zurück. Wir alle hätten sie nötig. Die grossen und die kleinen Opfer. Aber ab und zu gibt es trotzdem ein Happy End – wenn sich zwei Menschen treffen, die sich nach all den Stürmen in gleichem Masse nach einem Leuchtturm und nach Erlösung sehnen. Bilanz zu ziehen und aus Vergangenem das Wesentliche gelernt zu haben, ist die Voraussetzung für eine erfüllte, erfolgreiche Partner- und Elternschaft – in guten wie in schlechten Zeiten. Früher mag vielleicht vieles einfacher gewesen sein, aber manches ist und kommt auch heute noch gut. Halten Sie daran fest! Aber nicht zu fest!

KONFLIKT & KONFEKT

Japan. Bis vor Kurzem dachte ich bei diesem Wort an Autos, technische Geräte und an die feingliedrigen, schwarzhaarigen Wesen, die in Luzern zwischen Kappellbrücke und Bucherer mit ihren Nokias und Minoltas herumwuseln. Unterdessen wurde dieses Wort für viele zur Bedrohung. 24 000 Jahre Strahlen-Halbwertszeit hat Plutonium! Hoppla! Auch in Zeiten, in denen man sich die respektlosesten und verrohesten Aktionen anderer Menschen von jedem Internetanschluss aus zu Gemüte führen kann, waren die News über die Lage in Fukushima mehr als nur ein stinkender Fisch, der einem um die Ohren gehauen wird. Das sind echte Probleme, für die es keine rasche, pragmatische Lösung gibt.

Derweil ich mir darüber Gedanken mache, wird über andere Dinge gestritten. Paare kommen miteinander zurecht oder nicht einmal das. Diverse Zeitungen berichten, dass Frauen vor ihren Männern, Männer vor ihren Frauen und sogar Eltern vor ihren Kindern Schutz suchen müssen. Als Althippie schüttle ich den Kopf und frage mich, was das soll? Wo fehlt's dem Menschen? Wenn er schon nicht glücklich sein kann, warum dann nicht zumindest zufrieden? Wir haben eine Umgebung, in der es sich ganz nett leben lässt. Es mangelt an fast nichts. Ist das etwa das Problem? Wer nicht Selbstversorger oder Workaholic ist, hat nach dem Abendessen Feierabend und somit Zeit, sich vor dem TV zu langweilen und negativ inspirieren zu lassen. Er hätte auch die Möglichkeit, ein Buch zu lesen, die Natur, die Geselligkeit oder die Zweisamkeit zu geniessen. Oder alles miteinander oder nacheinander. Stattdessen motzen, neiden oder schmollen sich die Menschen an. Als ob das etwas bringen würde. Mich hat jedenfalls noch niemand durch anschreien oder trotzen dazu gebracht, meine Sicht zu ändern. Aber Menschen, die mir im wohlwollenden Gespräch ihren Blickwinkel offenbaren und somit einen kurzen Gang in ihren Schuhen ermöglicht haben, die haben mich bereichert. Ich muss nicht so denken und empfinden wie die anderen. Aber es ist mir ein Anliegen, ihre Ansichten nachzuvollziehen und zu respektieren. Jeder hat seine Augen, seine Seele, seine Verletzungen und seine Krämpfe. An dieser Ausgangslage ändert sich nichts, dies aber zu erkennen und zu akzeptieren bringt sehr viel. Liebe ad absurdum führen? Ich plage dich, weil ich dich liebe?? Was ist denn das für ein origineller Ansatz?

Ich warte auf die neuen, erdverbundenen Rebellen. Wache, forsche Kids, die der Generation Facebook den Vogel zeigen und sagen: »Ihr abgestumpften Glasfaserkabel-Kisten-Junkies habt doch echt keinen Rahm auf der Waffel …« Ganz ehrlich, ich vermisse das Aufbegehren. Ich mag Kids und ich mag die Jugend. Aber zu viele sind bünzlige Allesfresser und Allesdulder geworden. Alles, was neu ist, wird gänzlich unkritisch aufgesogen. Die Sinnfrage interessiert wenig. Obwohl – so ganz kaufe ich das denen nicht ab. Versucht man die Trainerhosengang, die vor dem MacDonald's oder dem Tankstellenshop herumlungert, in ein Gespräch zu verwickeln, dann taut sie schon auf und es zeigt sich, dass sich die Jugendlichen durchaus den einen oder anderen Gedanken machen. Aber der könnte ja nicht mehrheitsfähig sein … Es fehlt der Mut, gegebenenfalls gegen den Strom zu schwimmen. Anpassen ist einfacher. Zu meiner Zeit wurde in den Jugendtreffs Politik gemacht, ebenso auf Konzerten. Man verwickelte sich in Diskussionen, die auch vor den wildesten Szenarien nicht haltmachten. Damals wurde dem Materialistentum der Nachkriegszeit Einhalt geboten. Wir stellten dem dumpfen Besitzstreben die farben- und lebensfrohe Armut entgegen und bewegten einiges damit.

Vielleicht kommt bald der Zeitpunkt, wo man sich der elementaren Bedürfnisse und der Dimensionen und Grössenunterschiede von Problemen bewusst wird. Wo man erkennt, dass unsere kleingeistigen Schi-Schi-Lämpen Peanuts sind. Wohlstandsproblemchen, Erdnüssli, Guetsli. Konfekt, nicht wirklich Konflikt.

Ich bin weder Wissenschaftler noch Hysteriker, doch in Katastrophenfällen sollte man keine voreiligen Entscheide treffen. Fast immer müssen sie widerrufen werden, weil das Volk es anders sieht als die Herren Politiker, die oft nur Wahlkampf mit leeren, unausgegorenen Versprechen betreiben. Es bleibt mir nichts anderes übrig, als in Sachen Ausstieg aus der Atomenergie auf die Kapazitäten derjenigen zu bauen, die sich seit Jahrzehnten damit befassen. In meinem eigenen kleinen Gärtchen hingegen möchte ich nachhaltig wirken und keine Zwietracht und zukünftige Altlasten für die Nachwelt säen. Wer dem Bedürfnis verfallen ist, sich zu raufen, möge meinem Grundstück fernbleiben! Mein Heim soll ein Ort der Freude, der Kreativität und der Einkehr sein. Verderbnis dulde ich ausschliesslich auf dem Grünabfallhaufen und der bietet immerhin den Igeln ein wunderbares Zuhause. Die halten ihrerseits das nimmersatte Schneckenvolk in Schach.

Die Welt sei eben nicht heil, wurde mir von streitlustigen Kaffee und Konfekt konsumierenden Zeitgenossen schon beschieden. Was ihr nicht sagt …?

DAS LEID DER TIERE

Es dreht mir den Magen um, wenn ich höre, dass allein in den nächsten zehn Jahren über neunzehn Millionen Tiere in den Versuchslabors der chemischen Industrie qualvoll verenden müssen. Viele davon, um irgendwelche schwachsinnige Kosmetik oder fragwürdige Medikamente zu entwickeln, die unsere Probleme auch nicht lösen. Die verantwortlichen Stellen wollen und können da nicht effizienter durchgreifen. Sie unternehmen wenig bis nichts, um das Elend der Tiere wirklich zu verbessern. Für mich ist das absolut unverständlich. Natürlich gibt's Länder, in denen es viel schlimmer ist, aber das darf nicht der Massstab sein. Jeder Mensch sollte von seiner Erziehung und Auffassung her mitbekommen, dass auch Tiere eine Seele haben und mit Respekt und Liebe zu behandeln sind. Wie reich und mächtig wir auch sein mögen, ohne Mitgefühl erfahren wir keinen inneren Frieden. In der Eile des modernen Lebens ist die Menschlichkeit und das Gespür für andere Geschöpfe leider böse aus dem Lot geraten. Der durch Qual und Misshandlung erreichte »Fortschritt« ist für mich keine Verbesserung, sondern eine erbärmliche Missachtung des heiligen Lebens.

Die ganz traurigen Geschichten von all den Tieren, die einfach abgestellt, eingeengt, angebunden im Halbdunkel vor sich hinsiechen und leiden, sind leider nicht die Ausnahmen. Es gibt sie überall, wenn man genau hinschaut. Die zuständigen Behörden oder Dorffürsten treten das vom Schweizer Volk mit grosser Mehrheit gutgeheissene Tierschutzgesetz mit Füssen. Und will man sich vor Ort einsetzen für die hilflosen Kreaturen, begegnet einem blanker Hass. Die skrupellosen Tierhalter schalten und walten, wie sie wollen. Tierschutz ist bitter nötig. Bei den Schutzhöfen treffen beinahe täglich Notrufe und Hinweise auf schwer misshandelte und vernachlässigte Haus- und Nutztiere ein. Falsche Behandlung, Gleichgültigkeit und Unwissenheit, allzu oft eiskalte Geschäftemacherei, führen auch zu immer mehr Frühinvaliden unter den Tieren, die dann in der Regel beim Schlachter enden – häufig nach einem unwürdigen, quälerischen Transport in südliche Länder. Muss das sein in einer Gesellschaft, die sich gerne zivilisiert und hoch entwickelt nennt? Ich fordere die Politiker auf, schnellstens ihren Teil gegen dieses Elend vor unseren Augen zu tun! Zeigt Mitgefühl für Wesen, die fühlen, lieben und leiden wie wir, setzt die Umsetzung des Tierschutzes endlich durch und vergesst die jämmerliche EU-Hohn-Richtlinie zu diesem Thema.

In der Schweiz gibt's ja einen, der unbeirrt seit Jahrzehnten gegen Vollspaltenböden, betäubungslose Kastration, Schächten, Hühnerbatterien, Transporte, die schlimmen Chünggeliställe, Hühnerköpfmaschinen etc kämpft: Erwin Kessler. Alle Welt hasst ihn. Er war schon zigmal – aufgrund dubioser Rechtsauslegung – im Gefängnis, weil er sich zu recht gegen das Schächten einsetzte. Ständig kriegt er Morddrohungen und die Post wollte sich sogar weigern, sein Heft zu vertragen. Die Fleischlobby scheint riesige Hebel zu haben. Ich habe mir den Typen schon ein paar Mal angehört bzw. angesehen, weil es immer hiess, nein, also der sei dann schon sehr militant. Aber was heisst das? Wenn

Not am Mann, sprich Tier ist, kann und darf man nicht mit Wattebäuschen werfen! Das heisst, wenn man sich nicht vehement für oder gegen etwas einsetzt, passiert überhaupt nichts. Wir kennen das zur Genüge – ohne full Einsatz versandet alles. Man steht dann zwar oft allein da, die anderen schütteln ihren Kopf, aber nur so lässt sich wirklich etwas verändern. Mitläufer und schweigende Angsthasen gibt's genug. Für mich gilt jedenfalls nicht erst seit den Diskussionen um militante Tierschützer der folgende Grundsatz: Schau, wie ein Mensch mit Tieren und Kindern umgeht und du kennst seinen wahren Charakter!

Ich fand nichts Besonderes an den Reden von Kessler, ausser, dass er ein kluger, anständiger und berufener Mensch sein muss, vor dem ich den Hut ziehen kann. Er war allen Anfeindungen zum Trotz immer sehr höflich und sachlich, während seine Gegner genau das waren, was sie ihm vorwarfen: Primitiv, extrem daneben! Wenn sein Heftli kommt, lege ich es aber feigerweise oft ungelesen auf's Altpapier, weil es mich dermassen frustriert: all die Schächtbilder und die Schweine, die im eigenen Dreck zugrunde gehen. Das Perverseste: Jahrelang hat Kessler gegen das Kloster Fahr gekämpft. Offenbar galten gerade für die Frommen die Tierschutzgesetze nicht … Frömmigkeit hört eben öfters beim Geldsäckel und beim Hosenschlitz auf.

Was mir auch zu denken gibt, sind unsere Gesetze und Richter. Da darf ein scheinbar gelangweilter, arbeitsloser Kosovare zuerst drei und dann wieder zwei Katzen zu Tode schlagen, mit heissem Wasser übergiessen oder mit einem Messer erstechen, immer wieder. Und was tut die Freundin? Sie kauft immer neue Katzen und lässt sie allein mit ihm in der Wohnung. Und das Gericht? Sieben Monate bedingt und eine kleine Geldstrafe! Solange sich diese abwertige, man muss schon sagen abartige Haltung gegenüber Tieren nicht ändert, passiert gar nichts.

Es gibt auch viele Tiere in unserer unmittelbaren Nähe, die relativ unauffällig leiden, z. B. Pferde. Ich habe schon mit etlichen Pferdebesitzern gesprochen und nicht wenige machen mir einen eher zwiespältigen Eindruck. Ihr Ton und ihre Körperhaltung sprechen Bände. Was da gewisse Rösseler und Möchtegern-Schockemöhlers mit ihren Vierbeinern anstellen, hat mit Tierliebe und Respekt nicht viel zu tun. Von Feingefühl keine Spur. Einfach hü und hopp, je nach Lust und Laune. Das Tier wird zur Abreaktionsfläche des eigenen Alltagsfrusts, zum Kinderersatz oder zum traurigen Hoffnungsträger sinnlos übersteigerter Wettbewerbs-Ambitionen. Als würde das Tier diese Rumfugerei im Jeepanhänger toll finden. Klar, zum Beine in den Bauch stehen im abgeschotteten Stall ist es sicher eine Abwechslung.

Zum Glück gibt's auch immer mehr die Gegenbewegung, fernab der öffentlichen Kampf- und Sportstätten. Menschen, für die das Pferd viel mehr ist als ein blosses Transportmedium oder Sportgerät. Warum, wenn man schon ein so prachtvolles Tier besitzt, warum kann man es nicht auch einfach in die wunderbare Natur dieses Landes hinausreiten und mit ihm dieses Erlebnis friedlich teilen und durch Körpersprache und pferdegerechte Kommunikation ein optimales Dominanz- und Vertrauensverhältnis aufbauen? Hier liegt vielleicht der Grund, warum in vielen Gedichten, Märchen und Mythen das Pferd eine ganz besondere Stellung einnimmt. Der Traum vom Reiten, symbolisiert durch das Bild des Zentauren, ist der Traum von tiefer Verbindung, von elementarer Verständigung und Harmonie. Die Vision vom Einssein mit einem Wesen, das sinnbildlich für Freiheit, Unabhängigkeit, Kraft und Schönheit steht. Es ist ein Weg auf der Grundlage jahrhundertealter Tradition.

Da bei erwachsenen Menschen das Fehlverhalten gegen Tier und Kind nur sehr schwer korrigierbar ist, sollten Bewusstsein und Respekt für die ungeschützte Kreatur viel früher beginnen, nämlich beim Kind. Ich finde, dass Eltern, die ihren Kindern kein Aufwachsen mit Tieren ermöglichen können, mit ihrer Familie dafür regelmässig Tiere besuchen und beobachten gehen sollten. Natürlich nur an Orte, wo die artgerechte Haltung kein toter Buchstabe ist! Es ist wichtig, mit den Kindern dabei ausführlich über die Lebensräume und Bedürfnisse von Haus-, Nutz- und Wildtieren zu sprechen.

Eine Möglichkeit, dies zu lernen und es auf schöne Weise zu erfahren, sind die diversen Tierhöfe hierzulande. Zwischen Wiesen, Tipis und Lindenbäumen kann man den Tieren näherkommen und deren Verhalten und Sprache kennenlernen. Oft werden Tagesseminare, aber auch Ferienlager angeboten, wo Mensch und Tier auf eine würdige Art zusammenkommen. Was mich und auch die Kinder am meisten beeindruckt, ist, mit wie viel Hingabe und Feingefühl dort mit den Tieren umgegangen wird. Das Resultat sind angstfreie, freudige, vertrauensvolle Tiere und junge Menschen, die lernen, wie man natürlich und respektvoll mit uns und anderen Lebewesen umgeht. Der Dalai Lama hat recht, wenn er sagt: Wer die Tiere nicht achtet, achtet sich selbst nicht.

DIE ERFOLGSFALLE

Ich erinnere mich noch gut an die Zeiten, in der wir Musiker unverdrossen Tag für Tag, bei jedem Wetter, Konzertplakate aufhängen gingen. Nicht gerade ein Highlight, aber es gehörte einfach dazu. Am Schluss kamen dann vielleicht fünfunddreißig Nasen zu unserem Konzert im Saal des Restaurants Kreuz zu Solothurn. Das war kein Erfolg, aber ein kleiner Schritt, ein Mosaikstein auf dem Weg. Nicht der Erfolg war das Ziel, sondern die gute Musik, das nächste bessere Konzert, der prickelnde Jam, Mädchen beeindrucken, der nächste gute Song. Wir taten einfach, was wir tun mussten und gaben nicht auf – wie Kinder, die selbstvergessen, leidenschaftlich und voller Hingabe an einer Sandburg bauen.

Die schönste Zeit eines jeden Schaffenden kommt, wenn er am ersten Erfolg schnuppern darf. Das sind die fröhlichsten und euphorischsten Stunden, die so nie wieder erlebt werden. Alles ist noch frisch und pur. Freude herrscht, ohne Spekulation und Argwohn. Man kann diese Anerkennung und das Lob für sein Tun kaum fassen, weil es völlig neu ist. Das geht jedem so, der jahrelang für eine Idee, ein Buch, ein Stück Musik, ein Werk oder sonst etwas gekämpft hat. Man sollte es geniessen, denn diese Phase ist meistens nur kurz. Erfolgreich zu werden ist nämlich bedeutend einfacher, als erfolgreich zu bleiben.

Filmstars kriegen Oscars, Fussballer die Meisterschale oder den WM-Pokal und Skifahrer Medaillen. Im Musikgeschäft bekommen die Künstler Goldene Schallplatten oder CDs, wenn sie ihre Sache gut gemacht haben und das Produkt seinen Wellenritt erfolgreich durch die Hörkanäle des Konsumenten bestritten hat. Eine Auszeichnung der Fans und ein schöner Akt, finde ich. Doch tut den Protagonisten dieses mit Gold-überzogen-Werden überhaupt gut oder erstarren sie auf dem Sockel, auf den man sie gehievt hat? Ich kenne nicht viele, die grosse Erfolge längerfristig heil überlebt haben. Da muss man schon in einer tiefen Abgeklärtheit und Demut ruhen, um nicht aus der ersten Kurve zu fliegen.

Nicht das Geld ist gefährlich, sondern der Erfolg. Die wenigsten Menschen können damit gesund und nüchtern umgehen. Denn rasch hat man neue, falsche Freunde und das Umfeld beginnt sich extrem zu verändern. Leute, die dir vorher immer nur skeptisch begegnet sind, werden plötzlich zu kritiklosen Schulterklopfern und Lobhudlern. Der nötige kreative Zweifel und die gesunde Kritik werden auf seltsame Weise untergraben. Man wird plötzlich auch anders behandelt und viele lästige, kleine Dinge werden einem abgenommen. Statt der kalten, gibt's jetzt die warme Dusche. Das schmeichelt. Wer kann da widerstehen? Natürlich gibt's auch Neider, aber die gehören zum Erfolg wie Ameisen zum Picknick. Erfolg kann man schwer kritisieren und er ist ein gefährlicher Verführer. Das mussten auch Elvis und die römischen Kaiser merken, als sich plötzlich nur noch falsche Jasager und Speichellecker um sie scharrten. Das ebnet den Weg ins Verderben.

Der Hochseiltänzer merkt nicht mehr, wie hoch oben er eigentlich schon ist und wie ihn die Geister des Abstiegs bereits mit frecher Fratze anlächeln. Meist beginnt der

Sturz damit, dass man den Erfolg selbstgefällig festhalten oder kopieren will. Leichtigkeit, Mut und Unabhängigkeit gehen verloren. Das Unbegreifliche daran: Der Erfolgsverwöhnte hört plötzlich auf damit, das zu tun, was er vorher jeden Tag tat, um erfolgreich zu werden. Das tägliche Pickeln und Schleifen am grossen Felsen lässt nach. Kurz, ein Erlahmen auf hohem Niveau tritt ein, gepaart mit Erfolgsarroganz und Überheblichkeit – also das Gegenteil von Präsenz.

Musikerkollege Dieter Meier hat dieses Phänomen einmal treffend umschrieben: Die Herausforderung, für deine Wahrheitssuche plötzlich Gold angeschmissen zu bekommen, ist nach dem Erwachsenwerden der zweite Sündenfall. Du rettest als junger Mensch das Lichtlein deiner Person durch die Welt hindurch und es ist dein Schicksal, es dir nicht wegnehmen zu lassen, bis du dich als Erwachsener geboren hast. Und jetzt will man es dir gegen mehr oder weniger glänzende Bezahlung abkaufen. Natürlich schnappt man es sich. Wehe aber den Männern und Frauen, denen das Tun nur ein Mittel zum Zweck des Erfolges ist, für die der Sockel das Ziel war. Sie werden unwürdig im Dünkel erstarren, bar der Würde der Bescheidenheit. Schon der erste grössere Goldklotz wird sie vom Sockel schiessen, weil sie ihn geil erhaschen und nicht mehr in der Lage sind, mit ihm zu jonglieren und ihn, ein Liedchen pfeifend, achtlos in den Bergsee zu werfen.

Ein erfolgreicher Macher ist noch lange kein erfolgreicher Mensch. Im Gegenteil! Erfolg spiegelt und fördert die geistigen und seelischen Defizite, das Ego, noch stärker! Man lese nur die abstrusen People-Schlagzeilen. Ich musste schmerzlich feststellen, dass ein paar meiner künstlerischen Helden als Menschen charakterlich völlige Ausfälle waren, um es milde auszudrücken. Hinter grosser Kunst und einem beeindruckenden Werk steckt bedauerlicherweise nicht immer auch eine grosse Gefühlstiefe mit respekt- und herzvollem Menschentum. Wir lernen an Rückschlägen, Misserfolgen und am Scheitern – sie geben uns die Chance zu erkennen, wer wir selbst und wer unsere wirklichen Freunde sind.

»Was ist für Sie Erfolg?«, fragte mich unlängst ein Journalist. Ich musste überlegen. Was bedeuten Erfolg und Geld? Ich kam zum Schluss, dass ich einen Menschen dann für erfolgreich halte, wenn er zwischen Aufstehen und Schlafengehen das tut, was ihm gefällt. Wenn er kein Sklave der Industriemaschinerie zu sein braucht. Einen Zustand, den wir leider oft erst sehr spät, vielleicht zu spät erreichen. Ein wirklich grosser Erfolg in meinem Leben ist es heute, ein guter Vater und Partner zu sein. Eine Familie, egal in welcher Form, zusammenzuhalten und da zu sein, wenn man mich braucht. Das finde ich bedeutend schwieriger, als einen guten Song oder einen Text zu schreiben.

O TANNENBAUM

O Tannenbaum, o Tannenbaum,
wie treu sind deine Blätter!
Du grünst nicht nur zur Sommerzeit,
nein, auch im Winter, wenn es schneit.
...

Wussten Sie, dass »O Tannenbaum« ursprünglich ein trauriges Liebeslied war, in dem der beständige, unverwüstliche Tannenbaum als sinnbildlicher Gegensatz zu einer untreuen Geliebten benutzt wurde? Die zweite Strophe lautet im Original: »O Mägdelein, o Mägdelein, wie falsch ist dein Gemüte ...« Etwas später hat ein Lehrer daraus den heute weltweit geläufigen Weihnachtshit gemacht.

Auch ich wurde untreu. Irgendwann gab's diesen Schnitt, als ich an Weihnachten den Weg nach Hause, den Weg ins warme Licht, nicht mehr fand. Ein trauriger Moment. Rückblick: Schon die Zeit vor dem Fest wurde im Verlauf der Jahre zunehmend zu einem sinn- und lieblosen Gehetze, geprägt von dem Wer-kauft-jetzt-wem-was-dass-der-oder-die-dann-zufrieden-sind-Blues. Ein frostig inszenierter Geschenkamok. Am Heiligen Abend sass ich dann jeweils ernüchtert und fassungslos da. Diese geheimnisvolle kribbelnde Ahnung, die Magie und der Glaube früherer Zeiten waren einfach weg. Man kam zwar noch zusammen, aber man fand nicht mehr richtig zueinander.

Die Stille, die Besinnung und die Botschaft Christi schienen wie zugeschüttet. Es gab zwar viel Materielles, aber das konnte meinen Hunger nicht stillen. Ich sehnte mich nach viel mehr, doch eine Art Weltschmerz liess dies nicht zu. Wie konnte ich denn im Tiefsten glückselig sein, solange es noch so viele Leidende, Bedrohte und Alleingelassene in dieser Welt gab? Sie klopften zwar noch nicht an meine Fenster, aber sie waren da, das spürte ich genau, und das war kein gutes Gefühl. Vielleicht war es auch das schlechte Gewissen, dass ich zuwenig für die Schwächsten der Schwachen tat. Das Christkind schien diese unglücklichen, dunklen Seelen ebenfalls vergessen zu haben. Und der glänzende Tannenbaum? Ja, ich spürte und roch ihn noch. Es war ein schöner Duft – ein Duft, der von Dingen erzählte, die nicht mehr waren.

Heute, fünfundzwanzig Jahre später, sind meine Mutter und mein Vater gestorben und das Elternhaus steht einsam und verlassen neben dem ewig plätschernden Dürrbach. Meine selbstgepflanzte hohe Douglastanne wurde gefällt. Die fast alles vernichtende Zeit hat erbarmungslos zugeschlagen. Der Glanz längst vergangener Kinderjahre ist verflogen. Vorbei die Zeiten, als ich mit leuchtenden Äuglein den bis an die Decke ragenden Baum staunend betrachtete, Wetten abschloss, welches Kerzlein am längsten brennen würde, mit meinem Bruder vor Ungeduld brannte, vielleicht einmal das Christkind zu sehen, mich köstlich am schrägen Gesang meiner liebsten Grossmutter erlabte, mein Hund Buzzli den Weihnachtsbraten vom Tisch holte, während wir im Päcklirausch waren; vorbei auch die Zeit, als ich mich mit ein paar Schoggitannzapfen und dem unvergleichlichen weissen Beatles-

Doppel-Album für zwei Tage und Nächte aufs Zimmer verzog, während es draussen nonstop schneite. Ja, das war das ultimative Christmasgefühl. Ein Spüren der schimmernden warmen Geborgenheit und des Alles-kommt-gut-Feelings. Es hätte immer so weitergehen können.

Der kleine Junge war voller Begeisterungsfähigkeit, mit einem treuen, naiven Blick, nichts und niemand konnte ihn bremsen. Ich las viel, spielte, so gut es ging, Klavier, ging viel mit Grossvater in die Natur. Dann kamen die Rollschuhe, das Indianerkostüm, die Autorennbahn, der eigene Plattenspieler, die Schlaghosen »les cheveux longes et les idées courtes«, das Schlagzeug, die erste Freundin und die erste Band. Kurz, der ganze Wahnsinn, genannt Leben, nahm seinen Lauf und auch ich musste raus auf die freie Wildbahn, weg vom wärmenden Baum. Jede Weihnacht wurde etwas schwächer, weiter weg vom Glitzer- und Zuckergusstraum meiner frühen Jahre.

Doch welch Überraschung! Jetzt, in diesen Tagen, lebt Weihnachten für mich durch meine Tochter erneut auf. Bereits die Wochen vor der grossen Feier sind ein Geschenk. Ihre Hingabe und Offenherzigkeit für die Geheimnisse und Bräuche dieser speziellen Zeit berühren mich. Es geht da um die kleinen, einfachen Dinge, die plötzlich gross und leuchtend werden. Das Öffnen der Adventskalendertörchen, der erste Grittibänz, das Guetzlibacken, das Suchen nach Tannenzweigen, das Anzünden der Adventskerzen, die vielen kleinen Lichter in den immer länger werdenden Nächten, der Nikolaus und sein verschwundenes Eselchen, das lange Warten auf das Christkind und den ersten Schnee. Einfach das Beste, was Kindheit und Wachstum mit sich bringen: arglose, in die

Natur hinaus ergänzte und erweiterte, pure Freudigkeit.

Natürlich geht's auch um die Geschenke. Wobei ich ihre Magie unausgepackt meistens stärker empfinde. Warum? Im schönen Geschenkpapier ist der Inhalt noch unenthüllt, reine Phantasie. Noch haftet ihm nicht unser Handeln, unser Missverstehen, unser Wollen, es solle etwas sein, was es nicht ist, an. Es ist noch Nichteigentum, und das macht uns meist glücklicher als sein späterer Besitz. Was wirklich bleibt und nährt, ist dieser Herzzauber, dieses Gefühl der Liebe und Verbundenheit. So werde ich wieder zufrieden vor dem Baum sitzen und durch die Augen und die Freude meines kleinen Engels Jewel Weihnachten wie einst erleben. Es ist das Fest der Kinder und ich hoffe, es dauert noch lange, denn ich kenne nicht viel Schöneres und Ergreifenderes.

Natürlich ist »O Tannenbaum« nicht mein Lieblings-Weihnachtslied – das ist »Stille Nacht« – aber der Tannenbaum als solches, der echte natürlich, den kann man nicht übertreffen, schon wegen seinem wunderbaren Geruch und seiner Farbe. Er sagt mir: Liebe, Glaube, Hoffnung … was sonst?

DIE LEBENSSCHNUR

Alle zwei Jahre sagt mir mein Hausarzt Dr. Ali Mabulu: Hey Chris, mach wieder mal eine Pause und betrachte deine Lebensschnur. Sogar mein lieber Freund Roman aus Geiertown Züri riet mir: »Spatzi, dieses Jahr soll eine Ruherunde für dich werden.« Ja, Freunde, tönt gut, ist aber nicht ganz so einfach. In eine Art Frühpension zu gehen, wäre auch nicht schlecht, doch da bin ich wohl noch nicht ganz so weit, aber ich arbeite daran. Sicher, das Lebensmotto von Kurt Felix – fünfundzwanzig Jahre lernen – fünfundzwanzig Jahre malochen und fünfundzwanzig Jahre geniessen, ist verlockend! Aber beim Rock 'n' Roller läuft das etwas anders, der muss dranbleiben, weil er's braucht und es eine lebenslängliche Passion ist. Er bekommt nur zwischenzeitlich Sätisfäktion und Ruhe.

Im Hinterland Ibizas, in einer alten Finca, hat es begonnen. Die Zeichen des Himmels sind bekanntlich rar und spärlich, aber irgendetwas war in Gange. Entschleunigung light, grau sur grau! Es regnete nonstop eine Woche lang und aus dem Schweizer Lande kamen die original Hochsommer-Wetterbotschaften. Solothurn, 27 Grad! Der April macht, was er will! Ich dachte okay, es sei ihnen gegönnt. Und glaubt's mir oder nicht: Ibiza hat auch bei Regen etwas, vor allem, wenn man seine Liebste dabeihat, das eigene und ein zugelaufenes Kind, viele Tiere und eine Vorabkopie des neuen Eicher Albums. Da konnten mir die Schweizer Dudes und Dudettes Sonnenbotschaften schicken, wie sie wollten, ich hätte für keine Sekunde mit ihnen getauscht. Lieber legte ich ein Holzscheit nach dem anderen in meinen Ofen, schaute den Kids beim Spielen zu, strich noch ein Orangenkonfibrot, ging wieder ins Bett und drückte die Replaytaste meines CD-Players: »Gspürsch das da inne / ganz tief inne / ganz, ganz schwär / i weiss nid, was es isch, i weiss nid, was es isch, aber da chum i här.«

Mit jedem Tag ging es mir besser. Dieser Ort und diese Gegend haben eine stark unterstützende Energie, um zu sich zu kommen und wieder zum Einfachen und Nährenden zurückzufinden. Ein gutes Gefühl. Ich traf dann tatsächlich noch einen alten Bandkumpel im Norden der Insel, der sich oberhalb der Dorfapotheke häuslich niedergelassen hat – Jean Michell, der Afrofranzose und Carlos Santana von Ibiza, lebt in St. Juan. Das ist ein cooler 800-Seelen-Ort im Norden der Insel, wo sogar die Streifenwagen aussehen wie der Flower-Power-Rolls-Royce von John Lennon. Die Sixties drücken da wieder voll durch. Viel Siesta, Sitar, Love, Eidechsen und gutes Wasser. Weder urbane Ga-Ga-Party-Hängebauchschweine noch störender Lärm. Nur ein Kinderschrei oder der lokale Hahn reissen von Zeit zu Zeit eine Schramme in diese wohltuende Ruhe. Still sitzen, nichts tun, der Frühling kommt, das Gras wächst, basta.

Das hat sich wohl auch Jean Michell gedacht, als er vor zwanzig Jahren hierher ausgewandert ist. Mit 1700 Euro kommt er zurecht, Frau und Kind inklusive. Bescheidenes Leben, wo die überflüssigen Dinge, die eh nur zu Staubfängern mutieren, entsorgt oder abschoben wurden. Ein ganz altes farbiges MacBook und diverse Musikinstrumente waren der einzige Luxus, den ich hier vorfand. Die drei wirkten zufrieden und lebendig, trotz, oder vielleicht gerade wegen ihrem spartanischen Lebensstil. Auf die Schweiz angesprochen, meinte Schami nur kurz: Natürlich ein wunderschönes Land, aber da halte ich es nicht mehr länger als eine Woche aus – zu viel Stress, traurige Gesichter und viel Tamtam um wenig Lebensfreude! Irgendwie verstand ich ihn. Hier werden freundliche, offene Fremde von den legendär gastfreundlichen Ibizenkos, die über Jahrhunderte hinweg von Piraten, Plünderern und Verschleppern heimgesucht wurden, mit offenen Armen aufgenommen. Das ist ganz normal. »Auf der Insel hat jeder eine Stimme, sogar wenn er, wie ich, nicht mal offiziell angemeldet ist«, sagte mir der Gitarrist und Lebenskünstler.

Wir haben dann zusammen etwas musiziert und philosophiert. Er kochte für mich und seine wunderbare Frau erklärte mir ihren Inselalltag – nach dem Kind schauen, etwas Frischfood einkaufen, Yoga, Freundinnen treffen, lesen und die Landschaft zu Fuss erkunden. Das machte mich neugierig und ich besuchte verschiedene Orte und Plätze, die auf keiner Touristenkarte standen. Ich staunte immer mehr über die Vielfalt und Einfachheit dieser Gegend, die jetzt plötzlich unter der goldig scheinenden Sonne noch intensiver erschien. Diese rote Erde hatte etwas Magisches und vor allem Fruchtbares. Man berührt und legt sich auf diese Erde und begreift, wieso die Kartoffeln da zweimal pro Jahr wachsen. Das Vergessen und Im-Moment-Leben kommt da ganz natürlich und ich konnte noch mehr mit der Natur und der ganzen Umgebung verschmelzen, als ich es von dem eher härteren Klima zu Hause her kenne. Schwer zu erklären, aber es muss etwas mit der Atmosphäre, dem Wasser, der Luft, der Erde und dem Licht zu tun haben. Dieses schlichte, elementare, wunderbare Dasein ohne viel zu tun, habe ich so lange es ging voll genossen.

Zurück zu Hause war's dann schnell vorbei mit der Ruhe und ich begann mich wieder, wie die meisten Schweizer, extrem nützlich zu machen. Bevor ich jedoch erneut in die alltägliche Strampelmaschine eintauchte, machte ich Mabulus Lebensschnur-Test. Man schneidet eine fünfundachtzig Zentimeter lange Schnur, ein Zentimeter gleich ein Lebensjahr. Dann einen grossen Knopf knüpfen bei dem Jahr, wo man gerade steht – bei mir war das bei fünfundfünfzig Zentimeter – und dann legt man die Schnur waagerecht, gestreckt vor sich aus. Man muss das wirklich vor sich sehen. Links des Knotens liegt die schon gelebte und rechts die geschätzte, noch verbleibende Lebenszeit, bei hoffentlich passabler Gesundheit. Jeder reagiert anders auf dieses Bild. Ich sage mir: Hey man, konzentrier dich auf's Wesentliche, es läuft jetzt Platin durch deine Lebenssanduhr, verbringe viel Zeit mit deinen Liebsten, sei wachsam, pflücke den Moment und vergiss nie: Heute ist der Anfang vom Rest deines Lebens! Das gibt mir ein sehr gutes Gefühl und ich stimme Laotse zu: *Der Weg zum sinnvollen Tun ist das Sein!*

RUF DER BÜCHER

»Wer liest denn heute noch Bücher?«, fragte mich letzthin ein junger Bursche. »Ich!«, erwiderte ich ihm. »Wart's ab, irgendwann hast auch du die Schnauze voll, nur noch vor Bildschirmen zu sitzen und, by the way, im Bett fühlt sich ein Buch tausendmal besser an als ein Laptop oder iPad.« Da lachte er mich glatt aus und setzte noch einen drauf: »Ey Monn, im Bett hab ich Weiber, nicht Bücher.« Zabumm! »Wie wär's mit beidem, Bruda?«, konterte ich, »und dann lässt du dir vorlesen, wenn du so lesefaul bist.« Kopfschüttelnd zog er weiter. Irgendwie verstand ich ihn. Die heutige Jugend ist mit einem derart aberwitzigen Überangebot an Reizen, Zerstreuung und Fast-Food-Unterhaltung überflutet, dass das gute alte Buch scheinbar – aber nur scheinbar – dem Untergang geweiht ist. Denn ich glaube im Gegenteil an eine Umkehr: Je nervöser, schnelllebiger und oberflächlicher die elektronischen Medien daherkommen, desto wertvoller und wichtiger werden in Zukunft wieder Bücher mit echten, nachhaltigen Botschaften sein. Kein totes Wissen, sondern lebendige Signale. Fast nichts schlägt eine gute, facettenreiche, witzig geschriebene Geschichte.

Mir kommt wieder meine jugendliche Sturm- und Drangzeit in den Sinn. Als Kind der Sechzigerjahre sog ich alles auf wie ein Schwamm und ich wollte berührt werden von den essenziellen Dingen des Lebens, wollte fühlen, wie die Zeit scheinbar stillstand und die Magie des Moments mich verzauberte. Was die Zeit anging, stand man ja immer gerade erst am Anfang. Ich wusste ein bisschen was über Geschichte – die Geschichte einiger Nationen und Staaten. Es war immer das gleiche Muster. Ein frühes, archaisches Zeitalter, in dem die Gesellschaft entsteht, sich entwickelt und gedeiht, dann ein klassisches Zeitalter, in dem die Gesellschaft zur höchsten Blüte gelangt, und schliesslich ein Zeitalter der Erschlaffung, eine dekadente Verfallsperiode, in der alles auseinanderbricht. Ich hatte keine Ahnung, in welcher dieser Phasen ich mich gerade befand. Wen hätte ich denn fragen sollen? Alles schwang in einem bestimmten primitiven Rhythmus. Vieles, woran ich glaubte, konnte ebenso gut grundfalsch sein. Die Mainstreamkultur kam mir erschreckend lahm vor und wie ein Riesenschwindel. Mit Bob Dylans Worten: Sie war wie das ewige Eismeer vor der Tür. Da brauchte man schon gutes Schuhwerk, wenn man sich darauf hinauswagen wollte.

Zum Glück gab es da diesen Menschen, wir nannten ihn Professor, den ich immens bewunderte. Er war Poet, Suchender, Reisender und vor allem ein neugieriger Free Spirit. Wir verstanden uns sehr gut, hatten nächtelange Talks und Dispute in seiner Wohnung über Sinn und Unsinn des Lebens und die Gesellschaft. Wenn er ausser Hause war, hinterlegte er mir den Hausschlüssel und ich durfte in seine Schatzkammer – das Bücherzimmer. Es war ein beeindruckender Raum. Hier spürte man die Gegenwart der Literatur mit einer Wucht, vor der auch der verstockteste Ignorant kapitulieren musste. Das kulturelle Spektrum, in dem ich gross geworden war, hatte meinen Verstand mit Russ geschwärzt: miese Schule, fragwürdige

Freunde, Fix und Foxi, Bravo, Brigitte Bardot, Wells Fargo, VW Käfer, Fidel Castro, Nixon, Chruschtschow, Genossenschaft Kreuz Solothurn …

Wenn man in diesem Zimmer stand, war das alles ein Witz. Es gab da von allem etwas und ich könnte jetzt stundenlang berichten von Büchern über Typographie, Inschriftenkunde, Geschichte, Sternenkunde, Philosophie, politische Ideologien, Pflanzen-, Himmels- und Steinkunde, Baukunst, Farbenlehre, Meditation … Balzac, Hugo, Leary, Laotse, Byron, Zweig, Brecht, Wilde, Machiavelli, Rimbaud, Baudelaire, Shakespeare, Miller, Steiner, Proust, Goethe, Schopenhauer … Unendlich viele Schätze, die, wenn man Zeit und Geduld hatte, einem neue Welten und Sichtweisen eröffneten. In dieser schwierigen Lebensphase haben sie mich darin bestärkt, meinen Weg zu gehen, und rein gar nichts von ihrem Reiz verloren.

Was lese ich heute gerade? Ein kleines Büchlein von Alessandro Baricco, das »Novecento« heisst – die wundervolle Legende des Ozeanpianisten, der auf einem Schiff geboren wurde. Sein ganzes Leben ging er nie von Bord. Seine Welt hatte achtundachzig Tasten, weisse und schwarze. Es ist wunderbar geschrieben, eine geniale Story. Dann das Buch, das jeder Lehrer, jeder Mensch, der etwas von heranwachsenden Kindern verstehen will, lesen sollte: »Tag und Nacht und auch im Sommer« von Frank McCourt, dem Mann, der erst mit sechzig anfing zu schreiben und mit dem Hammerbuch »Die Asche meiner Mutter« durchstartete. Er starb 2009 fast unbemerkt. Ich bin auch ein grosser Verehrer der frühen Philippe Djian Bücher, die, die noch Michael Mosblech grandios ins Deutsch übersetzte, wie etwa »Betty Blue« oder » Verraten und Verkauft«. Und natürlich immer wieder Stefan Zweig, der unglaubliche Biographien und Novellen geschrieben hat: »Schachnovelle«, »Brennendes Geheimnis« oder »Sternstunden der Menschheit«.

Eine grosse Inspiration war und ist immer wieder Hermann Hesse. Er gibt uns Mut, Trost und Hoffnung, indem er uns zurück zum Einfachen, zu den kleinen Dingen des Lebens, führt. Er nimmt das ganze schöngebürstete Scheintheater um den grossen »Fortschritt« schonungslos auseinander. Da führt jeder Satz organisch und natürlich, wie von Engeln geleitet, zum anderen. Hesse beherrschte das Handwerk des Schreibens und die deutsche Sprache wie kaum ein anderer. Bei ihm geht's um den Duft eines neugierigen Lebens, der menschlichen Möglichkeiten und dem auf-der-Kippe-Stehen. Kurz, um die gottgegebenen Anlagen und Abgründe in uns und um den Mut, sie zu erkennen und dann auszuloten.

Hesses Schaffen, ähnlich wie Chopins Werk, wird oft von den Päpsten der arroganten, überkandidelten Intellektuellensauna abgeurteilt und als zu selbstverliebt und zu romantisch abgestempelt. »Hast du Hesse mit sechzehn nicht überwunden, bist du ein unreifer Mensch«, tönt es aus der steif verkopften Ecke. Jene Oberlehrer und Möchtegern-Gralshüter der reinen Literatur und Musik vergessen dabei aber kaltlächelnd, wie viele Herzen Hesse sowie Coelho oder Chopin täglich inspirieren, erfreuen und öffnen. Das ist tausend Mal wertvoller als alle Hirngespinste und Kopfgeburten vieler Hip-Roman-Durchlauferhitzer, die gerade mal als Zerstreuung oder Ferien- und Zeitvertreibslektüre herhalten. Und überhaupt: Bei Hesse geht's meistens um die Kernfrage: Wer bin ich und wohin geht die Reise? Also ans Eingemachte. Man lese nur mal »Steppenwolf« und »Das Glasperlenspiel«. Ohne Hesse, der mein Richtstern war, wäre ich nicht der, der ich bin, hätte ich meinen Weg vielleicht nie gefunden.

Er wird, wie viele andere grosse Autoren, unsterblich bleiben und noch unzähligen Menschen mit seinen Büchern das geben, was sie in keiner Zeitung, keinem Computergame und keinem Kinosaal finden: Eine eigene Bilder-, Gefühls- und Sprachwelt, die das gelebte Leben auf das Kostbarste erweitert.

DER KLIMABLUES

Ich war in den Bergen. Das Wetter machte einen labilen Eindruck. So, als wäre es unschlüssig, ob es die Silvesternacht lieber diesseits oder jenseits der Sektschwemme verbringen möchte. Urplötzlich schien es sich aber entschieden zu haben. Innert einer Viertelstunde war die Welt eine Wolke und ich mittendrin. Unter mir, über mir und vor mir nur kompaktes Weiss. Selbst meine Mütze und die Haare, die darunter hervorlugten, trugen nach wenigen Minuten eine Zuckergarnitur. Ich fragte mich, ob ich eventuell schon gestorben sei, erwartete insgeheim bereits den Auftritt von John Malkovich und überlegte, was ich ihm denn für ein Geschäft anbieten könnte. Kaffeemaschine hatte ich keine dabei. Für mich war der Wetterspuk diesmal rasch vorbei, denn ich näherte mich der behaglichen Schenke und kehrte ein.

Geblieben ist der Eindruck der gewaltigen Natur. Sie kann uns rasch mit einem einzigen, effektvollen Auftritt alle parat gelegten Argumente vom Tisch wischen. Ein kurzer, heftiger Sturm, ein Erdrutsch oder eine Flutwelle – und wir sind verloren. Berechnungen und Statistiken kümmern sie nicht die Bohne. Sie hat ihre eigenen Dimensionen und die richten sich nicht nach Staatsbudgets, Politscharmützeln und sonstigen Thesen. Mit der Gelassenheit des Überlegenen sprengt sie unsere Vorstellung des Möglichen stets aufs Neue.

Die Medienberichte um das Kopenhagener und Cancuner Schäm-di-Eggeli sind noch nicht verebbt und man ist sich einig: 20 000 Nüsse machen noch längst keinen Gipfel. Um ein solches Dessert kompakt einzurollen und in den Ofen zu schieben, fehlen die Würze der mütterlichen Entschlossenheit und der Killerblick des Wissenden und Handelnden. Doch woher nehmen, ohne zu stehlen? Die Kraft der Natur ist vermutlich nicht das Fachgebiet der Protagonisten. Ich befürchte, dass die referierenden Staatsvertreter selber kaum im Besitz von Schlechtwetterkleidung sind und von ihrem Betreuerstab gar nicht alleine auf eine Schneewanderung in die Berge gelassen werden, wo ihnen ab und zu bewusst werden könnte, wie unbedeutend selbst ihr Einflussreichtum zwischen Felswänden und Schneemassen daherkommt. So kam es wohl, dass die Vorträge in Kopenhagen wie blutleeres Wiederkäuen wirkten. Die Redner waren in der falschen Mission. Das ist, als ob ich eine Oper singen wollte: Zeit- und Geldverschwendung.

Weichen können so kaum gestellt werden. Zu verschieden sind die Interessen. Die Vertreter von China und Indien wollen vor allem eins: Den wirtschaftlichen Aufschwung, und zwar um jeden Preis. Wer will das verurteilen, wenn er die Situation vieler Menschen dort betrachtet? Es ist grotesk, wie die weltweite Foodmisere: Die eine Hälfte der Erdenbürger ist am Verhungern, während die andere eine originelle Diät nach der anderen auf den Markt bringt. Globalisierung bedeutet noch lange nicht gleiches Recht für alle. Jeder kämpft für seine Interessen und Utopien, während unzählige menschliche Engel an den Brennpunkten ein aufopferndes Dasein führen, um gegen das Elend anzukämpfen und den Schaden zu begrenzen.

Nicht einmal die Wissenschaftler sind sich einig, ob die globale Erwärmung nun akut, normal oder schon zu weit vorgeschritten ist, um noch Handlungsspielraum zu haben. In meiner persönlichen, subjektiven Wahrnehmung hat sich das Klima, ausser, dass es weniger weisse Winter in den Tieflagen gibt, kaum verändert in den letzen fünfzig Jahren. Was sich verschlechtert hat, ist die Qualität der Luft, und zwar nicht wegen der furzenden Kühe! Das sind bad news! Was können und wollen wir tun, um diese Entwicklung zu stoppen? Soll ich nun herunterbeten, was wir schon seit Kindesbeinen wissen? Dass man im Winter keine Fenster schräg stellen, das Wasser nicht unnötig laufen lassen und die Vielfahrerei vermeiden soll … und was der ökoschweinischen Handlungen mehr sind, die wir im Alltag zu begehen versucht sind.

Ich bin ein Mensch, der die Natur achtet und liebt. Wir sind aus ihr entstanden. Um die Natur mache ich mir jedoch weit weniger Sorgen als um den Menschen, der in ihr leben darf. Egal, was passiert ist, die Natur findet souverän ihren Weg. Sie transformiert sich ständig, das ist seit Jahrmillionen so. Die grosse Frage ist vielmehr, in welcher Natur will der Mensch, beziehungsweise muss unsere Nachwelt, in Zukunft leben? Was tun wir heute alles, was unsere Grosskinder dereinst als den unverdünnten Wahnsinn empfinden werden?

Das Wetter hat sich später an diesem Silvestertag nochmals umentschieden und ich erlebte eine sternenklare Vollmondbergnacht. Als ich um Mitternacht eine Barfussrunde durch den Schnee drehte, wurde mir schnellstens bewusst, wer hier den Ton angibt. Ich verzog mich sehr dankbar wieder in die kuschelige gute Stube, wärmte meine nägelnden Flossen unter einer Decke und trank heissen Glühwein. Wie angenehm, dass es Heizungen und Kochherde gibt!

PROBLEMFALL ELTERN

»Hausmann sollte man sein!«, giftete sie mich an und kehrte auf dem Absatz um. Ich hätte ihr gerne zu ihrem Trost erklärt, dass dies nicht immer ein Schoggijob sei und ich den auch nur zu dreissig Prozent mache, aber das wollte sie nicht hören. Ihr Umgangston klang feindselig, frustriert, kämpferisch, karriere- und hetzsüchtig. Ich kenne ihn bestens, seit ich die Meinung vertrete, dass Kinder möglichst wenig fremdbetreut werden sollten. Heute stehe ich nicht mehr so allein da. Gemäss einer repräsentativen Umfrage finden über die Hälfte aller Schweizer, dass Kinder im Vorschulalter leiden, wenn beide Eltern auswärts arbeiten. Immer mehr junge Frauen unter vierzig Jahren haben grosse Mühe mit der Doppelrolle von Mutter und Job. Jede zweite sieht negative Folgen für das Kind. Und eine Mutter weiss normalerweise am besten, was gut oder schlecht ist für ihr Kind.

Ich habe selbst ein Kind und beobachte diese Feinheit, Sensibilität, dieses Ausgeliefertsein. Möglicherweise habe ich meine Gesinnung auch eigenen früheren Verletzungen zu verdanken, wie auch immer … Es wird jedenfalls viel über das Thema Kinderbetreuung lamentiert. Man redet vom Problemfall Jugend, vom Erziehungsnotstand und über Kindergewalt. Langsam scheint mir jedoch, dass wir in erster Linie einen Problemfall Eltern haben. Ich stelle nicht nur eine Kinderverwahrlosung fest, sondern einen kompletten, schockierenden Wertezerfall im Elternhaus.

Da fehlen tägliche Riten wie das gemeinsame Essen, die Gutenachtgeschichte, das Grittibänzenbacken vor Weihnachten und das Eierfärben zu Ostern. Das ist alles zu mühsam und man kriegt's ja im Supermarkt.

Auf der einen Seite werden immer mehr Menschen in der Hochpreisinsel Schweiz an den Rand des Existenzminimums gedrängt, obwohl sie täglich völlig ausgepumpt aus ihrem langen, überreizten Arbeitstag heimkommen. Andererseits lockt der hohle, hochgezüchtete Livestyle-Marken-Wahnsinn, der mittlerweile bis auf die Kinderspielplätze durchschlägt. Da erlebe ich supercoole Gleichgültigkeit – Hauptsache, man ist im Trend. Ist das Kind gerade ruhig und gezähmt, ist das okay, verhaut es ein anderes, wird auch das gutgeheissen. Fast alle schauen weg. Mische ich mich ein und hinterfrage das Elternverhalten, werde ich abgeputzt oder stehe als Idiot da. Trotzdem muss ich es tun!

Seit Jahren frage ich: Warum muss man eigentlich für jeden Schrott in dieser Welt eine Prüfung ablegen und ausgerechnet bei der wichtigsten Aufgabe einer Gesellschaft, beim Aufziehen der Kinder, nicht? Ich begreife es nicht. Wobei dann wohl zuerst eine Prüfung des Menschseins hilfreich wäre.

Das Leben ist wahrlich kein Wunschkonzert. Niemand kann zur gleichen Zeit alles machen und haben und dabei einen hervorragenden Job leisten. Etwas bleibt stets auf der Strecke. Sich informieren und herausfinden, ob man für die grosse Aufgabe des Kindererziehens bereit ist, wäre das Minimum. So täte man sich, und vor allem den Kindern, einen Riesengefallen. Ich finde es in Ordnung, dass ich zahlreiche Fragen beantworten muss, bevor ich einen

Hund aus dem Tierheim bekomme, aber ich verlange nicht nur Tier- und Klimaschutz, ich will einen Kinderschutz! Denn da werden die Weichen für unsere Gesellschaft gestellt.

Das Hauptproblem liegt darin, dass heute viele Eltern keine Zeit haben, sich ernst- und herzhaft um ihren Nachwuchs zu kümmern. Sei es aus egoistisch gefärbten oder existentiellen Gründen. Auf diese fatale Ignoranz und Haltlosigkeit reagiert das Kind. Von Angst über Trauer, bis hin zu Wut, Hass und völliger Vergrobtheit. Wenn in den ersten Jahren anstelle von Wärme und Aufmerksamkeit ständige Verlustängste, Unruhe und Aggression kultiviert werden, entstehen Brüche, Verunsicherungen und Defizite, die später nur schwerlich zu korrigieren sind. Kompensiert wird vor dem Bildschirm mit virtuellen Freundschaften. Oft endet es im Drogen- oder sonst einem Sumpf. Das natürliche Selbstvertrauen fehlt. Schon jetzt leidet jeder fünfte Schweizer unter Depressionen oder sonstigen zerstörerischen Gefühlsschwankungen. Als wären dies nicht genug Alarmzeichen, stellen wir bei Jugendlichen, nicht nur bei Migranten, eine markante Zunahme der Bereitschaft zu Gewalt und Kriminalität fest. Lehrkräfte fühlen sich ohnmächtig, denn sie können nicht korrigieren, was daheim falschläuft.

Der Psychologe W. Bergmann bringt es auf den Punkt: Wir erziehen unsere Kinder dazu, brutal zu sein. Die Gründe dafür sind soziale Vernachlässigung und die moderne Wohlstandsverwahrlosung, in der Kinder heute aufwachsen. Kinder vergewaltigen Kinder, weil wir als Gesellschaft elend versagen. Entweder die Nachkommen werden komplett vernachlässigt und vor dem Fernseher oder Compi stillgelegt oder man fördert die Kids bis an die Leistungsgrenze, ohne dass ihnen soziale Kompetenz vermittelt wird. Damit erziehen wir sie regelrecht dazu, brutal zu sein. Viele Erwachsene waren selbst als Kinder Opfer von Kälte, Ignoranz, Übergriffen, und Grobheit. Sie reichen den schwarzen Kelch der Roh- und Bosheit einfach an ihre Kinder weiter.

Die Kraft und Kunst der Elternliebe, die Wertmasstäbe und klare Grenzen setzt, hat unsere Gesellschaft auf dem Altar der individuellen Selbstverwirklichung und des wirtschaftlichen Erfolgs geopfert. Je bewusster aber Eltern die Liebe zu ihrem Kind leben, desto besser ist es später vor negativen Einwirkungen gefeit. Jedem primitiven Urvolk ist klar, dass es die Aufgabe der Gemeinschaft ist, Kinder vor schlechten Einflüssen zu schützen und Müttern zu ermöglichen, in der ersten Lebensphase für ihr Kind da zu sein, ohne sozial benachteiligt zu werden. Unsere moderne Gesellschaft hat vergessen, wie wichtig Mütterlichkeit und Weiblichkeit sind. Das Männliche dominiert unsere Welt mehr denn je und wo das hinführt, sehen wir deutlich. Wenn wir alles dem Leistungsprinzip unterordnen und nur dem Erfolg huldigen, machen wir unsere Kinder und letztendlich unsere Gesellschaft kaputt.

Wie kann dieser Teufelskreis durchbrochen werden? Ich plädiere für ein Umdenken in Politik und Wirtschaft, damit flexiblere, gleich bezahlte Modelle für Teilzeitarbeiten beider Geschlechter durchgesetzt werden und so die Familie an Stärke gewinnt. Ferner fordere ich die Anerkennung, dass Muttersein ein vollwertiger Job ist. Ausserdem muss die Elternschaft genau darüber informiert werden, was es bedeutet, heute Kinder zu haben, und es ist abzuklären, ob man zugunsten dieser schwierigen Aufgabe bereit ist, auf vieles zu verzichten. Ich will die Frauen nicht »zurück an den Herd« drängen, es geht mir vielmehr darum, sich realistisch mit der Doppelrollen-Belastung, die längst nicht alle gleich gut verkraften, auseinanderzusetzen und sich der Konsequenzen bewusst zu werden, bevor es zu spät ist. Es kann nicht sein, dass wir Kinder zeugen, nur um ein Foto von ihnen aufs Pult zu stellen.

Wir müssen alle über die Bücher gehen, jeder für sich und gemeinsam mit dem Partner. Wut, Trotz, Aggression oder Depression sind genau die Charaktereigenschaften, die wir nicht kultivieren wollen – und wer die zunehmende Gewalt unter Jugendlichen immer noch schönredet, wird in Zukunft Bauklötze staunen.

ALL YOU NEED IS LOVE

In einer stillen Stunde fragte ich mich, welches Ereignis mich denn, abgesehen von der Geburt meiner Tochter, langfristig am meisten geprägt und erfreut hat? Ich musste nicht lange überlegen, die Antwort kam sofort: THE BEATLES! Mit nichts auf dieser Welt verbindet mich so viel wie mit den Songs dieser vier Engländer, bis heute, und das ist schon erstaunlich. Wie konnte das kommen?

Nun, es waren die nebulösen Endfünfziger. Es herrschte der graue Jetzt-aber-mal-schön-brav-schaffä-schaffä-Häusle-bauen-Groove. Da gab's nicht viel zu lachen. Die Zucht und Ordnung stand über allem. Die Eltern wollten nach den Kriegsjahren für sich und ihre Kinder vor allem materielle Sicherheit. Gewiss vernünftig, doch jede Generation hat eine eigene Vision der Lebenssoap und geht ihren Weg. Mein persönlicher Wegweiser kam in Form von elektrischen Gitarren und Buschtrommeln direkt aus dem Radio ferner Länder. Ich traute meinen Ohren nicht und stand Kopf, als Chuck Berry das Gariira-Gariira-Kerrang-Gitarren-Brett hinlegte. Man nannte es Rock 'n' Roll. Endlich drückte jemand unsere Gefühle und Sehnsüchte in Form von Tönen und Worten aus. Diese Musik war weit mehr als ein Konsumartikel – das war eine Botschaft, ein Weckruf und der radikale Gegenentwurf zur freudlosen Malochegesellschaft. Eine Revolution! Die gutbürgerliche Gesellschaft, die klar noch die Mehrheit war, half uns natürlich, indem sie alles niedermachte und das Ganze als hirnlosen, haarigen Yeah-Yeah-Schwachsinn abtat. Das verband uns. Wir hatten ab sofort unser eigenes Spielfeld, unseren eigenen Code.

Das Böse-Buben-Image der Rolling Stones (obwohl die aus der Upperclass kamen) hatte auch seinen Reiz und brachte Pfeffer rein, aber die Beatles waren damals so eine Übermacht, sie schrieben sogar den ersten Hit für die Stones. Sie waren den rollenden Steinen immer einen Schritt voraus, sei es karrieremässig oder stilistisch. Gegen aussen, obwohl beide Bands bestens befreundet waren, ging man auf Konfrontation: Hier die lieben Beatles, da die bösen Stones. Was heute absurd anmutet, hat marketingmässig voll funktioniert. Ganze Klassen, Schulhäuser und Nationen teilten sich in zwei Lager. Ich fand's amüsant, liess mich aber nie auf dieses Spiel ein, denn ich liebte beide Bands von Herzen und konnte mir eine Welt ohne sie nicht vorstellen. Wobei mir schnell klar wurde, dass rein musikalisch und kompositorisch die Beatles ein Universum für sich waren. Obwohl beide Bands aus dem Rhythm 'n' Blues kamen, entwickelten die Beatles sehr schnell eine eigene Klang- und Harmoniewelt, wurden ständig von Album zu Album experimenteller. Man muss sich das mal vorstellen. Die Jungs legten nach all den Frühhits mit dem Sgt. Pepper's Album den weltweiten Soundtrack zum Summer of Love 1967, brachten gleich danach noch für die erste weltweite TV-Eurovisionssendung »Our World« den Oberhit »All You Need Is Love«, um Ende 68 mit dem epochalen weissen Album »The Beatles« revolutionsmässig am Puls der Zeit wieder alles in den Schatten zu stellen. Unfassbar! So etwas Geniales konnte auch nur ein knappes

Jahrzehnt dauern. Zu heiss, zu grossartig und eigensinnig waren diese Jungs.

Mittlerweile ist klar, dass neue Generationen von Musikern den Wert dieser Song-Juwelen für sich neu entdecken. Die Musik der Beatles altert von all den Sixties-Pop-Bands am besten und ich bin absolut überzeugt, dass ihre prägenden Melodien ähnlich unsterblich sind wie jene von Mozart, Bach oder Beethoven. Warum? Weil sie einfach genial in ihrer Einfachheit sind, aber nie banal. Und zwar in Text sowie Melodie. Ich habe eine alte Jukebox mit all den grossen Hits. Die Kinder drücken immer die Beatles. Ihre Musik macht sie happy, im Herzen wie in den Beinen. Obwohl die Aufnahmen aus heutiger Sicht primitiv sind, kommen Seele, Witz und Gesang und die Einmaligkeit im Umgang mit Harmonie und Wort immer noch voll durch. Die Jungs waren knapp über zwanzig, als sie alle diese Evergreens schrieben. Einfach so. Eigentlich hasse ich Aufzählungen. Sorry, aber jeder dieser Songs verdient es, einzeln erwähnt zu werden – schon allein ihre Titel lassen Wunderbares erahnen. Man möge mir also verzeihen: »Help«, »A Hard Days Night«, »Can't Buy Me Love«, »Rock 'n' Roll Music«, »Yesterday«, »Nowhere Man«, »She Loves You«, »We Can Work It Out«, »Ticket To Ride«, »Michelle«, »Penny Lane«, »I Want To Hold Your Hand«, »Elenor Rigby«, »Hey Jude«, »Hello Goodby«, »With A Little Help From My Friends«, »A Day In The Life«, »Lucy In The Sky With Diamonds«, »Here comes The Sun«, »Ob-La-Di-Ob-La-Da«,»Get Back«, »Come Together«, »Blackbird«, »Yellow Submarine«, »Lady Madonna«, »Something«, »Let it Be« und, und, und … einer nach dem anderen! Monatelang besetzten sie die ersten fünf Plätze in den amerikanischen Charts. Am Schluss sangen sogar Frank Sinatra, Elvis, Wilson Picket, Otis Redding und Ray Charles ihre Songs. Welche andere Band hat das geschafft?

Ich weiss nicht, ob die Beatles die Welt verändert haben – mich auf jeden Fall, mit Songs, die viel mehr als leere Worthülsen und einfältige, plumpe Melodien sind. Wenn ich heute reise, egal wohin auf dieser Kugel, immer wieder treffe ich Beatles-Freaks. Ihr Werk ist eine Anleitung zum Leben, die wir damals und auch heute dringend brauchen. Es ist ein Feeling der Freiheit, der Freude, der Neugier und der Unverbogenheit. Vielleicht ist es das, was John Lennon später mit seiner Allerwelts-Trost-und-Hoffnungshymne »Imagine« so schön auf den Punkt brachte: Man könnte die Welt verändern und heilen, wenn die Menschen feststellen, dass sie dieselben Träume und Wünsche haben. Ihr werdet sagen, ich sei ein Träumer – aber ich bin zum Glück nicht der einzige! Man kann sich heute eine Welt ohne »Imagine« kaum mehr vorstellen. Wir brauchen diesen Song und die Lieder der Beatles mehr, als sich deren Schöpfer je vorgestellt haben.

He's a real Nowhere Man, sitting in his Nowhere Land,
making all his Nowhere Plans for nobody.
Doesn't have a point of view, knows not where he's going to,
isn't he a bit like you and me?

DIE STEINE DES WEISEN

Nichts geht so schnell vorbei wie die Sommerferien! Das wussten wir schon als Kinder. Die Zeit des Paukens zog sich zähflüssig dahin. Die schönen, warmen und vogelfreien Tage hingegen rannen uns flüchtig durch die Hände und wurden flugs zu einem Schnappschuss im grossen Album der Erinnerungen. Ich sage immer meiner liebsten Tochter: Hey Spatz, weißt du noch, wie wir den ersten Sommerferientag feierten und bejubelten? Ich sagte dir, der letzte kommt schneller als du bi baba luba bam boom sagen kannst? Nun ist er da, der letzte Ferientag. Gerade jetzt wird mir wieder bewusst, wie vergänglich alles ist. Ich setze mich auf den Balkon und betrachtete die Hausdächer, die Bäume und die Sterne am Himmel, die so erhaben in sich ruhend auf uns Menschenameisen herunterzublicken scheinen.

Wir haben nur ein paar Mal zehntausend Tage, um auf diesem Planeten herumzuwuseln. Falsche Fährten, Irrwege und Versprechen lauern überall. Wer nicht genau hinschaut, hat flink eingespurt, wird zum funktionierenden Konsumkalb, gefangen im Hamsterrad des Geldverdienens, und findet es sogar normal, dass er nie Zeit für sich selbst oder seine Kinder hat. Hie und da, wenn auch ich wieder vom Weg abkomme, denke ich an folgende Geschichte:

Ein Professor nahm ein grosses leeres Glas und füllte es bis zum Rand mit grossen Steinen. Anschliessend fragte er seine Schüler, ob das Glas voll sei. Sie bejahten dies. Der Professor nahm nun eine Schüssel mit Kieselsteinen, schüttete sie in das Glas und schüttelte es leicht. Die Kieselsteine rollten natürlich in die Zwischenräume der grösseren Steine. Er fragte die Schüler wieder, ob das Glas denn jetzt voll sei. Sie bejahten dies noch entschiedener. Dann nahm der Professor einen Becher mit trockenem Sand und schüttete diesen ebenfalls noch ins Glas. Langsam hinabrieselnd füllte der Sand die letzten Zwischenräume im Glas aus. Dann sagte er: »Ich möchte, dass ihr erkennt, dass dieses Glas wie das Leben ist! Die grossen Steine entsprechen den wichtigen Dingen im Leben: der Familie, den Kindern, Ihrem Partner, der Gesundheit, den Freunden – eben allem, was, wenn alles Sonstige einmal wegfiele, euer Leben immer noch erfüllen würde. Die Kieselsteine stehen für andere, etwas weniger wichtige Dinge, wie zum Beispiel eure berufliche Arbeit, die Wohnung, das Haus oder das Auto. Der Sand symbolisiert die ganz kleinen Dinge im Leben. Aber wenn wir ihn zuerst in das Glas füllen würden, bleibt kein Raum für die Kieselsteine und erst recht nicht für die grossen Steine. So ist es auch im Leben: Wenn wir alle Energie für die kleinen Dinge aufwenden, haben wir für die grossen keine Kraft mehr.«

Modern ausgedrückt heisst das, Prioritäten setzen. Gerade in dieser hektischen Zeit, wo ständig jemand per Mail oder Handy etwas von uns will, wo bürokratischer und administrativer Formularwahnsinn grassiert, wo der gesellschaftliche Druck zunimmt, wo man uns Geräte andrehen will, die uns laufend über Dinge informieren, die wir gar nicht zu wissen brauchen, wo die Wirtschaft die Politik dominiert, wo Karriere über allem steht und kleine Kinder ganztägig auswärts versorgt werden, müssen wir dringend Grenzen ziehen, damit wir Zeit für die grossen Steine in unserem Leben finden.

Viele Menschen träumen von denselben Dingen. Kaum einer hätte etwas gegen laue Sommerabende einzuwenden, wo man mit dem oder der Liebsten im Arm und einem feinen Tröpfchen zuschaut, wie sich die Sonne für ein paar Stunden verzieht und uns entspannt wieder zu uns kommen lässt. Aber wie häufig schaffen wir es, ohne schlechtes Gewissen, etwas früher Feierabend zu machen, um diese magischen Stunden vollumfänglich geniessen und zelebrieren zu können? Allherbstlich höre ich die Leute klagen, wir hätten in diesen Breitengraden wieder überhaupt keinen Sommer gehabt. Wer etwas vom Sommerfeeling wolle, müsse zwingend verreisen. Ich wage dem entgegenzuhalten, dass es nicht in erster Linie an den schönen Tagen und Abenden fehlt, sondern vor allem am Mut, die weissen Flecken in der Agenda entschlossen zu verteidigen. Wo ist da der viel bemühte Geist des wehrhaften und aufständischen Eidgenossen geblieben? Hier wäre Tells Erbe mal echt hilfreich und gesundheitsfördernd.

Ein Stuhl braucht drei Beine, damit der Mensch sich bequem draufsetzen kann. Mindestens. Ein Bein steht für die organische Gesundheit, eines für die wirtschaftliche Sicherheit und das dritte für das soziale Umfeld. Fällt eines der Beine weg, kippt man um. So hat mir mal jemand den trendigen Allerweltsbegriff »Work-Life-Balance« erklärt. Das Leben ist demzufolge eine Gleichgewichtsübung. Ausser, man sucht den Kick auf dem Melkerstuhl, der bekanntlich nur ein Bein hat. Aber das wird mit der

Zeit dermassen anstrengend, dass die Rückenmuskulatur oder andere Teile des Körpers SOS funken und uns zu einem Wechsel der Position nötigen.

Tja, Sommerferien … so kurz und doch so reichhaltig. Zeit, um die Sterne zu betrachten, innezuhalten und zu prüfen, ob die Stuhlbeine nicht etwa schadhaft geworden sind. Haben Sie schon nachgesehen? Nicht, dass Sie sich plötzlich mit grösseren Sanierungsaufwendungen konfrontiert sehen!

TOD UND TRAUER

»Er erinnert mich daran, jeden Tag zu geniessen und bewusster im Jetzt zu sein.« Das sage ich immer wieder den Menschen, die sich über meinen Totenkopfring, den ich nach Lust und Laune trage, wundern oder ärgern. Nein, ich habe keine Todessehnsucht, dazu liebe ich das Leben zu sehr. Aber es ist doch interessant und spannend zugleich, sich vorzustellen, heute wäre mein abschliessender Tag auf Erden. Was würde ich anders machen? Welche Dinge würde ich noch erledigen und mit welchen Menschen möchte ich noch zusammen sein? Eine solche Idee gibt dem Leben eine ganz andere Qualität. Wenn ich den Tag so verbringen könnte, wäre jeder Tag ein erfüllter Tag. Prioritäten würden sich verschieben, Unwichtiges würde zentral, Fokussiertes würde plötzlich nebensächlich und die Menschen um mich herum bekämen den Stellenwert, der ihnen zusteht.

Und weshalb lebe ich nicht so, als würde ich heute Nacht sterben? Weil die Gesellschaft, die Wirtschaft und unsere Kultur mir sanft beigebracht haben, die Vergänglichkeit, den Tod und das Sterben regelmässig zu verdrängen, auszublenden und zu tabuisieren. Wir sind professionell konditioniert, haben zu funktionieren, zu liefern und nicht zu sinnieren und zu philosophieren, sonst sind wir weg. Kommt aber der Gedanke des Sterbens auf, und der kommt im Alter von sechzig Jahren öfter mal, ändert sich das schlagartig. Alle Denkkonstrukte werden aufgehoben und verlieren ihre Macht, werden zu leeren Hülsen. Und genau deshalb spiele ich gerne ab und zu mit diesen Gedanken. Es sind Gedanken zum Sein, Ideen zum Leben und es ist Forschung an mir selbst.

Wenn enge Freunde oder Familienangehörige aus dem Leben gehen, beginnt man gezwungenermassen mehr über den Tod und seine Folgen nachzudenken. Als meine Mutter vor nicht allzu langer Zeit starb, erlebte ich diesen unausweichlichen, dramatischen Prozess aus nächster Nähe. Es war erschreckend und befreiend zugleich. Ihr war zum Glück ein Sterben ohne langes Leiden vergönnt, aber für uns Nahestehenden kam der Abschied dann doch zu schnell. Die Betreuer im Spital glaubten, es könne noch ein paar Wochen dauern, meine Freundin hingegen spürte beim letzten Besuch sofort, dass der Tod bereits im Raum war. Sie ermahnte uns, nicht mehr allzu viel zu reden, um der Ruhe und dem Frieden Platz zu machen. In der Nacht starb meine Mutter. Ihr Körper wollte nicht mehr und die Seele ging heim. »Jetzt geht es ihr besser«, hört man ja dann immer wieder. In diesem Moment ahnt man erst die Wahrheit dieses Satzes, obwohl das mich, und sicher viele andere auch, nur schwach über den grossen Verlust hinwegtröstet. Wohl erkennen wir, was wir durch den Tod verlieren, aber nicht, was wir durch ihn gewinnen. Wir sind ja noch da, sind nicht mitgegangen und das Ganze ist unverdaut. Und ehrlich gesagt: Ich vermisse sie auch heute noch und würde gerne hie und da mit ihr eine Tasse Tee trinken und über die Lage der Nation und ihre Kinder reden. Kurz, sie fehlt einfach im Sammelsurium meiner liebsten Menschen.

Nach dem Tod eines Menschen geht in der westlichen Zivilisation ein regelrecht kalter, administrativer, geschäftsorientierter Amoklauf los. Ein schier endloser Abzock-, Papier- und Organisationskrieg für die Hinterbliebenen. Für viele mag das im Sinne einer Ablenkung von Verlust und Trauer gut sein. Mir kam in meiner Verfassung dieses ganze Prozedere deplatziert und unwürdig vor. Zum Glück nahm mir mein Bruder, bless him, vieles ab. Dem Wichtigsten, nämlich der Trauer, der Verdauung des Ganzen, wird leider nicht die angemessene Zeit und der nötige Raum gegeben. Die Mitmenschen reichen ein paar Nastücher herum, murmeln ein »mein Beileid«, wenn's hoch kommt, oder die üblichen Heucheleien und Lobhudeleien auf den Verstorbenen, und weiter geht's. Schon am gemeinsamen Leichenschmaus nach der Beerdigung kam ich mir immer komisch, fehl am Platz, vor. Ich bin da lieber für eine Weile allein, anstatt bei Weisswein und Rollschinken Smalltalk mit Verwandten und Bekannten zu führen.

Wenige Ereignisse können unser Leben so mächtig beeinflussen wie der Tod eines geliebten Menschen. Dennoch fühlen sich viele Menschen nicht wohl dabei, über den Tod zu sprechen und sie bekunden Mühe mit den begleitenden Umständen. Die konventionelle Erkenntnis empfiehlt den Hinterbliebenen: Beschäftige dich, verweile nicht bei deinem Verlust; mach dich los davon. Es mag sein, dass viele das glauben und auch für richtig halten, es mag sogar sein, dass man an seiner eigenen Charakterstärke und geistigen Gesundheit zweifelt, wenn man nicht gleich zur Tagesordnung zurückkehren kann. Für mich läuft das allerdings nicht so oberflächlich. All die Gefühle und Stürme, die mich überwältigen, wenn ein geliebter Mensch stirbt, verdienen meine Beachtung, finde ich. Sie sind wichtige Offenbarer und öffnen mich für eine grössere Bewusstheit: Das Leben ist flüchtig, das Sterben heute meist nicht mehr so schmerzhaft und der Tod, so fühle ich das, eine Erlösung. Teufel und Hölle gibt's nur hier auf Erden.

Derartige Erfahrungen und Erkenntnisse sind Schritte zu unserer eigenen Genesung, denn es gibt keinen Weg heraus, sondern nur einen Weg hindurch. Indem ich den Schmerz und die Trauer erfahre, kann ich darüber hinausgehen, den Groll und die Bitterkeit überwinden, im Sinne eines reicheren Verständnisses und einer neuen Sinnsetzung. Auch die frohen Stunden, die man mit einem Verstorbenen hatte, sollten voll aufleben und glänzen. Niemand hat uns vorzuschreiben, wie lange, auf welche Weise oder mit wem wir trauern oder bald wieder feiern dürfen. Heuchler und Moralapostel sind das Letzte, was wir brauchen. Freunde, und vor allem Kinder, sind die besten Tröster. Nehmen wir es an.

DIE DENKMASCHINE

Wir leben in einer hektischen Zeit. Die elektronische Vernetzung macht uns überall erreichbar und verpflichtet – zumindest in der Berufswelt – zum pausenlosen Reagieren. Ausserdem wähnen sich viele beim Aufschlagen der Tageszeitung in einem Horrorkabinett. Mord, Totschlag, Familiendramen, Hass und Verwirrung ohne Ende. Das lässt den Sensiblen noch schwächer und den Coolen noch kaltschnäuziger werden. So wird die Ärzteschaft von Patienten überrannt, die über Hypernervosität, Aggressivität, Schlafstörungen und Depressionen klagen. Und einmal mehr reiben sich die Pharma-Priester die Hände. Verhaltensforscher W. Martin alarmiert: Wenn die Sinne ständig stimuliert werden, stumpfen sie ab. Auch die Kinder leiden darunter. Sie sehen und hören so viel, dass sie blind und taub werden. Sie schmecken so viel, dass ihnen übel wird und sie wünschen sich so viel, dass sie immer unzufriedener werden. Und das Schlimmste: Sie lernen nicht kennen, was ihnen wirkliche Zufriedenheit schenkt. Dafür wären die Erwachsenen zuständig, doch die sind »busy going nowhere« …

Einen Ort der Stille zu schaffen, wo der Mensch seine Seele und Selbstwahrnehmung finden kann, scheint heute ein Luxus. Der Nachwuchs ist dermassen an die Flut von Lärm und Geräusch gewöhnt, dass er sich lauthals beschwert, wenn sie verebben. So weit sind wir schon. Doch man kann einen Weg in die Ruhe finden, um danach wieder besser fokussiert ins Leben zu treten. Wir müssten es bloss tun. Am meisten nötig hätten es die Erwachsenen, die stets am Limit sind. Standardferien reichen da nicht mehr aus. Führende Kaderleute und Spitzensportler wissen, dass Spannung und Entspannung sich die Waage halten sollten. In einem gesunden Körper wohnt ein gesunder Geist. »Mens sana in Campari soda.« Unser Tennisgoldjunge meinte nach seinem zweiten Wimbledonsieg: »Das Wichtigste ist, dass dein Kopf frei bleibt.« Alles beginnt im Kopf. Das Dilemma von uns Erwachsenen ist, dass wir uns praktisch ausschliesslich und nonstop mit Verstandesaktivitäten, das heisst, mit dem Denken identifizieren. Wir sind zu verkopft und schalten das oft warnende Bauchgefühl kalt. Das Gleichgewicht zwischen Geist, Körper und gesundem Instinkt geht verloren – das Herz sowieso. Anstatt verschiedene Gefühle zuzulassen, sie auszuhalten oder zu zelebrieren, blocken wir sie ab und machen eine kaltherzige Lagebeurteilung. Der Geist ist wie ein wildes Pferd, er geht überall hin, nur oft nicht dahin, wohin wir ihn bringen wollen!

Wenn man das Wesen unseres Verstandes betrachtet, fällt auf, wie aktiv er ist. Er kommt nicht zur Ruhe, raubt uns Energie und oft den Schlaf. Ein kontinuierlicher Strom von Gedanken – Wissenschaftler sagen bis zu 60 000! – rasen täglich durch den menschlichen Kopf. Es herrscht ein Gedankenlärm, den wir scheinbar nie ganz ausschalten können. Viele unserer Gedanken hinken hinten nach oder sie preschen vor und beschäftigen sich mit der Zukunft. Sie sind repetierend und befassen sich mit Problemen, die nicht selten gerade durch die Denkerei zum unbesiegbaren Monster erwachsen. Ob wir wollen oder nicht, ob es nötig ist oder nicht – »es« denkt uns. Wir leben mit einer Gedankenmaschinerie im Kopf. Und nur wenige wagen den Versuch, den Abstellknopf zu betätigen.

Der Verstand ist ein wunderbares Werkzeug. Er hat den Menschen einzigartige Dinge erschaffen lassen. Aus irgendeinem Grund hat uns die Natur damit ausgerüstet. Einerseits sollten wir unsere Gedanken schärfen, pflegen und sinnvoll einsetzen. Andererseits müssen wir sie im Zaum halten und gut überwachen. Zu viel an Unrecht, Elend und Gemeinheit ist aufgrund unausgegorener, fragwürdiger Denkarbeiten, Hirngespinste und Ideologien im Laufe der Menschheitsgeschichte in die Wege geleitet worden und passiert. Ein schier unendliches seelisches und körperliches Blutbad, angerichtet von Personen, die im Glauben lebten, den Durchblick zu haben. Ich bin mitnichten einer Meinung mit den indischen Gurus, die postulieren, der Verstand sei unser Feind! Jedoch vermute ich, dass er es werden kann, wenn wir nicht auf ihn achten und ihn zu zügeln wissen. Im Grunde sind wir Gastwirte. Gedanken kommen zu Besuch und versuchen, uns abzulenken, zu verwirren und gefangen zu nehmen. Sie arbeiten oft gegen unseren natürlichen Instinkt und herrschen über das Bauchgefühl.

Ich liebe die Musik, den Waldwalk und das Malen innigst, weil mich diese Dinge beruhigen und friedlich stimmen. Da komme ich in einen gesunden Flow, einen Fluss, vergesse alles Unnütze und tauche in eine andere – in eine vertrauenswürdige und aufbauende – Welt ein. Da rastet der ewige Gedankenfluss und es muss nicht immer etwas laufen. Ich kann mühelos auf einem Ton oder Akkord verweilen und mich an dessen Klang erfreuen und erlaben.

Dass ist für mich ein instinktives, körperliches, seelisches Erlebnis und eine wunderbare, heilsame Therapie in dieser gejagten Welt.

Der Sommer ermöglicht uns wieder mehr Zugang zu all unseren Sinnen und dadurch zur Entlastung des Kopfes – aber nur, wenn wir es zulassen. Endlich wieder barfuss durch den Garten huschen, schnell ins kühle Nass springen, Kirschen pflücken oder den warmen Abendwind auf der Haut spüren … Und natürlich die süssen Speckfüsschen wahrnehmen, die aus den Kinderwagen herausragen und an denen ich am liebsten ein bisschen knabbern würde. Das ist für mich vollkommene Schönheit mit einem grossem Symbolgehalt: Diese unvermurksten, rosigen, kleinen Fünfzeher, die noch nicht dem Modediktat zum Opfer gefallen sind, haben einen weiten Weg vor sich. Sie werden aus der Spur ausbrechen und sich wiederfinden müssen, zwischen Freiheit und Anpassung pendeln und erstaunliche Lasten tragen. Das Risiko, dass sie sich dabei zu sehr verbiegen und zu Hornhäutern werden, ist leider gross.

Wir tun gut daran, unsere genialen fünf Sinne nicht absterben zu lassen. Oder wie sagt es der Dalai Lama so treffend: »Menschen, deren Gedanken nur um Karriere und Geld kreisen, leiden unter einer Störung ihres Geistes.« In dem Sinne, geben wir uns doch wieder mal etwas Auslauf und geniessen die paar warmen Sommertage voll und ganz. Verwöhnen wir unseren Körper ohne Stress – er wird es uns danken. Gehen wir hinaus in die Natur und lassen uns von ihr bezaubern. Das geht ohne grossen finanziellen Aufwand. Die schönsten Dinge des Lebens sind eh gratis – wir sollten sie nur vor lauter grübeln, verplanen und überlegen nicht übersehen.

VERSPIELT ODER VERGAMED?

Diesen Tag habe ich nie vergessen. Ich spielte mit meinen Freunden wie jeden Tag, irgendwo draussen in unserem Quartier beim Dürrbach. Computer und TV gab es nicht. Irgendwann am späten Nachmittag kam mich mein Vater holen und sagte: »So, mein Sohn, jetzt ist fertig mit Spielen, jetzt beginnt der Ernst des Lebens.« Erst dachte ich, es sei einer seiner berüchtigten Scherze, aber bald merkte ich, dass der graue, phantasielose Schultrott auch mich erfasste und eine neue Phase meines Lebens begann. Dabei hatte ich Glück. Man liess mich bis zur ersten Klasse meist unangetastet. Ich konnte mir meinen Weg in die Welt sozusagen erspielen. Das war ein Riesenprivileg und ich ging dadurch gestärkt, mit einem gesunden Urverstand, geschärft wie ein Messer, in den Kampf, um nicht nur als nützlicher Mitstrampler und Zudiener meinem kurzen Dasein einen Sinn zu geben.

Wenn ich so darüber sinniere, was denn Spielen eigentlich per Definition alles bedeuten kann, lese ich bei Wikipedia: »Das Spiel (v. althochd. *spil* für ›Tanzbewegung‹) ist eine Tätigkeit, die ohne bewussten Zweck zum Vergnügen, zur Entspannung, allein aus Freude an ihrer Ausübung ausgeführt wird. Es ist eine Beschäftigung, die um der in ihr selbst liegenden Zerstreuung, Erheiterung oder Anregung willen und oft in Gemeinschaft mit anderen vorgenommen wird. Ein Großteil der Wahrnehmung, des Wissens und der Entwicklung von motorischen Fähigkeiten findet durch Spielen statt, beim Menschen ebenso wie bei zahlreichen Tierarten. Einem Spiel liegen oft ganz bestimmte Handlungsabläufe zugrunde, aus denen, besonders in Gemeinschaft, Regeln hervorgehen können. Die konkreten Handlungsabläufe können sich sowohl aus der Art des Spiels selbst, den Spielregeln (Völkerball, Mensch ärgere Dich nicht, Schach) oder aber aus der Tatsache ergeben, dass unterschiedliche Individuen miteinander interagieren wollen (Bau einer Sandburg).«

Aha, Spielen ist also eine ungeheuer prägende und bedeutende Angelegenheit! Ich behauptete das schon immer und wurde dabei oft als etwas gestrig und märlitantig angeschaut. Nun habe ich es aber schwarz auf weiss. Wenn das Spielen mittragend ist in der Menschwerdung, dann soll mir keiner mehr behaupten, dass ewiges vor der Kiste hocken und Gewaltgames spielen keinen Schaden anrichten! Denn was lernt ein Kind dort für Verhaltensregeln? Die Bedrohung ist überall! Schiess, bevor es ein anderer tut! Am besten gleich in den Rücken. Dann bist du der Gewinner.

Auf ganz andere Erkenntnisse kommt ein Kind, wenn es in der Natur verweilt: Die Ruhe macht nicht nur erfinderisch, sondern hilft ihm, sich zu finden. Einzig wer beobachtet und sich Zeit lässt, kann Eisvogel, Biber und Eichhörnchen sehen und etwas erleben. Und wer bei jedem Wetter nach draussen geht, lernt, dass die Natur in jedem Fall stärker ist, und es gilt, sie zu respektieren. Der Mensch ist kein Superman und etwas Demut steht ihm gut. Diese Erkenntnisse können wir als Teil der Gesellschaft gut gebrauchen. Auch für das Spiel mit dem Mitmenschen. Was liegt drin, was nicht? Ein Wortspiel, eine sanfte Neckerei, ein Anstacheln auf jeden Fall. Ein Täuschen oder Lügen hingegen nicht. Eigentlich wäre es Sache der Eltern, die Kinder dahin zu führen, mithilfe der Natur und anderen Spielgefährten – eine günstige Frühförderung, die Sinn macht.

Emotionale Fähigkeiten kann man nicht »trainieren«, sie müssen beizeiten zum Leben erweckt, gepflegt und unterstützt werden. Darüber haben wir uns noch zu wenig Gedanken gemacht. In ihren Phantasien und Spielen, in ihrem Miteinander und Gegeneinander, in ihren Erkundungszügen, in allem, was sie planen und tun, sammeln Kinder, die natürlich aufwachsen können, neben praktischen Lebenserfahrungen vor allem auch Gefühle. In die Rolle eines anderen Menschen zu schlüpfen, sich gefühlsmässig in eine andere Grundstimmung zu versetzen, ist wertvoll. Oft spielen sie auch Gefühle durch, die für sie selbst eigentlich furchterregend sind – das Gefühl von Grausamkeit und Niedertracht. Auf diese Weise bewältigen Kinder wenigstens teilweise die seelischen Belastungen, die ihnen aus der Erwachsenenwelt aufgebürdet werden. In Spieltherapien erfährt man unmittelbar, wie heilsam phantasievolles Spielen für verwundete kindliche Seelen ist und wie direkt Kinder im selbst erfundenen Spiel das bearbeiten, was sie belastet, sagt die Jugendpsychologin Oggi Enderlin in ihrem empfehlenswerten Buch »Grosse Kinder«.

Mit der Kindheit ist es vielleicht wie mit der Umwelt: Der technologische Fortschritt hat viel zerstört. Und das verloren gegangene Leben ist nur beschwerlich wieder herzustellen.

Mein Herz geht mir immer auf, wenn ich mein Kind allein oder mit anderen Kindern vertieft spielen sehe. Diese Momenthingabe und diese Leidenschaft haben wir Erwachsenen längst abgelegt. Wofür? Für ein paar lumpige Geldscheine, Karriere und fragwürdige Ansichten darüber, was Leben bedeutet.

GRENZENLOSES WACHSDUMM

Erinnern Sie sich noch an die Zeiten, als es kaum Kolonnen auf der Autobahn gab? Als man im Zug ohne Probleme einen Platz in der zweiten Klasse fand? Ja, liebe Leser, das war einmal. Wir werden mehr, und zwar viel mehr. In dreissig Jahren soll ich einer von zehn Millionen Eidgenossen sein. Das gibt nicht nur mir zu denken – in einem Land mit begrenzter Fläche, das schlicht nicht designt ist für einen solchen Ansturm.

Die grosse Frage ist, ob wir alles dem grenzenlosen Wachstum unterordnen wollen und was dieses Wachstum für Folgen hat. Da kommen gewaltige Aufgaben auf die Verantwortlichen zu, die man bis anhin lieber totgeschwiegen hat in der ganzen Öffnungseuphorie. Wir reden von massiven Investitionen im öffentlichen Verkehr, im Energiesektor, von verdichtetem Bauen, neuen Schulen, Autobahnen, Landschaftsschutz, völlig überteuerten Wohnungen. Dazu kommt die rapide Zunahme von Zuwanderern, die zu unkontrollierten Billiglöhnen oder gar nicht arbeiten. Fakt ist: Durch die Einführung der Personenfreizügigkeit im Jahr 2002 liegt die Nettoeinwanderung bei 72 000 Personen pro Jahr, ohne Familiennachzug und Neugeburten. Das heisst, pro Jahr kommen mittlerweile an die 100 000 Menschen in die Schweiz. Ich als Musiker und Weltenbürger habe eine gesunde Durchmischung stets begrüsst, das bringt Schwung in die Sache, doch hier geht die gesunde Balance verloren.

Bedauerlicherweise wurde die Zuwanderungsproblematik bisher recht weltfremd kommentiert und zu positiv bewertet. Es galt als ungehörig, nicht opportun, sich offen dazu zu äussern. Die Angst, als Rassist und Rechter abgestempelt zu werden, war sehr lähmend. Heute wollen zwei Drittel der Schweizer die Zuwanderung sofort bremsen. Natürlich können die Wirtschaft, der Dienstleistungssektor und jeder Einzelne von uns von den guten ausländischen Arbeitskräften profitieren, aber das Ganze ist aus dem Ruder gelaufen, weil wir das Dossier der Einwanderung aus unseren Händen gegeben haben. Trotz brummender Wirtschaft steigt die Arbeitslosigkeit und auf den Leserbriefseiten liest man dann solche Botschaften: »Mein Sohn hat Literatur studiert und wollte sich um eine Lehrerstelle bewerben. Auf über hundert Schreiben bekam er ein paar lausige, negative Antworten. Und da hört man, dass Lehrermangel herrscht und lieber Leute aus dem Ausland eingestellt werden. Die Migrationsprobleme bringen böses Blut und fremdenfeindliches Klima in unser Land. Das ist stumpf, unschön und wäre nicht nötig – hätten die zuständigen Politiker ihren Job sorgfältig gemacht.«

Der Fürsorgegedanke hat in der Schweiz zum Glück Tradition, darum ist die Sozialhilfe da und ich bin froh darüber. Fatal ist aber ein System, das im Namen des Sozialen Asoziales fördert und schützt. Jeglicher Missbrauch sollte geahndet werden, aber besser wäre, wenn es gar nicht erst dazu käme. Mit anderen Worten: Nicht die Immigranten sind das Hauptproblem, sondern das System. Die Ämter schaffen falsche Anreize, und die werden gnadenlos ausgenutzt – landesweit.

Schlecht Verhandeln heisst für mich auch versagen. Ich weiss das aus eigener Erfahrung, weil wir mit *Krokus* von den rücksichtslosen, mit allen Abwassern gewaschenen Ami-Managern über den Tisch gezogen wurden. Wie man mir sagt, ist das im Politikgeschäft, egal ob EU oder USA, noch viel schlimmer. Da muss man angstfrei und mit grosser Verhandlungserfahrung senkrecht stehen, um Nachhaltiges zu erreichen. Unseren Leuten in Bern fehlte leider in diesem Fall beides. Man unterschrieb einen Fötzel, den man so, ohne Begrenzung und Anwendungsmöglichkeit der Ventilklausel nie hätte unterschreiben dürfen. Ein Grossteil des Stände- und Bundesrates befindet sich im Blindflug und setzt auf das Prinzip Hoffnung. Das wird aber nicht reichen. Denn nur ein Land, das die Bevölkerungsdichte einigermassen abschätzen kann, ist in der Lage, eine sorgfältige Politik im Interesse aller Bürger zu betreiben. Gouverner c'est prevoir!

In der EU selbst wachsen die Zweifel an den offenen Grenzen. Gewisse Länder halten sich längst nicht mehr an die Regeln, Frankreich will Schengen reformieren, weil es so »ein unumsetzbares Fehlkonstrukt« sei und sogar die Linken checken langsam, in welche Sackgasse man sich ohne Not hineinmanövriert hat. »Die SP muss endlich ihre romantische EU-Träumerei aufgeben und der Tatsache ins Auge sehen, dass die EU ein neoliberales Projekt ist, das primär ein Ziel verfolgt: in ganz Europa prekäre Arbeitsverhältnisse zu kreieren«, meinte der ehemalige Fraktionschef Franco Cavalli. Unablässig wurden die Vorzüge gepriesen und die Nachteile verschwiegen. Nach dem Motto: Gewinne privat – die Kosten dem Staat. Es reicht heute auch nicht mehr, wie die nette Vorsteherin des Justiz- und Polizeidepartementes bis vor Kurzem sagte, »offen über die Probleme zu sprechen«. Aus den extrem steigenden Zuwanderungen in unser sowieso schon gebeuteltes Sozialhilfesystem resultieren endlos verschleppte Gerichtsverfahren im Asylwesen. Das System nähert sich dem Kollaps. Es ist nicht schwer zu erraten, was passieren wird, wenn noch eine richtige Rezession dazukommt. Der frühere Nationalrat und Preisüberwacher Rudolf Strahm erkennt richtig: »Es bringt nichts, aus lauter Political Correctness und Angst vor einem Rassismusvorwurf die Probleme einfach zu verschweigen.«

Die Schweiz braucht, wie Norwegen, Australien oder Neuseeland, eine Migrationspolitik mit Zielen, mit Rechten und Pflichten. Eine neue Zuwanderungslösung und Verträge mit der EU mit klar definierten Obergrenzen müssen her – ohne Wenn und Aber. Unser Land hat als zweitwichtigster Handelspartner einiges zu bieten, das eine wirtschaftlich wankende, verschuldete EU sicher nicht verlieren will. Das stärkt unsere Verhandlungsposition. Die Mär vom einseitigen Profiteur Schweiz ist absurd. Wenn man die Verträge genau betrachtet, ist genau das Gegenteil der Fall. Ich wiederhole mich: Ich will fähige, selbstbewusste Verhandler und keine Zauderer, die uns ständig predigen, was wir alles verlieren könnten, und dabei mit fragwürdigen Schnellschussabkommen unsere Trümpfe und Kronjuwelen leichtfertig aus den Händen geben. Wachstum, Toleranz und Öffnung taten und tun diesem Land gut, aber wie in vielen Dingen im Leben darf die gesunde, förderliche Dosis nicht überschritten werden.

Der Homo sapiens brauchte etwa 75 000 Jahre, um von 5000 Menschen auf die derzeitige Weltbevölkerung von sieben Milliarden zu wachsen. Die Zahl wird in den nächsten fünfzig Jahren auf zehn Milliarden wachsen. Und das zu einer Zeit, in der sich das Klima verändert, wichtige Ressourcen zur Neige gehen und überall identitäts-, armuts- und religionsbedingte Konflikte und Unruhen schwelgen. Time to wake up, good old sleeping Switzerland!

NESTWÄRME

Heute Morgen war's angenehm kuschelig! Als ich erwachte, klebte meine kleine Tochter an meinem Rücken und ein Plüschhase auf meinem Bauch. Plötzlich erinnerte ich mich an ein Bilderbuch, dessen Name mir entfallen ist. Darin geht es um eine Mäusefamilie, die eng aneinandergeschmiegt schläft, um sich gegenseitig zu wärmen. Was in diesem Büchlein ganz simpel mit einer herzigen Zeichnung und wenigen Worten vermittelt wird, drückt für mich aus, was Familie bedeutet: Geborgenheit und Rücksichtnahme. Teilen. Einander unterstützen. Einer für alle, alle für einen. Ich finde, wir Schweizer gleichen der Mäusefamilie nur bedingt. Die Mäuse erinnern mich eher an Italiener, Spanier oder Portugiesen. Die haben einen beeindruckenden Gemeinschaftssinn. Wenn dort einer einen Nagel einschlägt, ist der bestimmt vom Cousin spendiert, die Wand gehört dem Grossvater, der Onkel hat den Hammer mitgebracht, der Bruder hält ihn fest und der Rest der Familie steht ringsherum und kommentiert. Obwohl ich überaus gerne meine Geheimnisse und Ruhe habe, schiele ich doch zuweilen etwas neidisch auf diese südländischen Kulturen. Sie haben eine Einfachheit, einen Stolz und eine Haltung, die mir gefallen. Benimmt sich ein Familienmitglied daneben, wird ihm gehörig der Kopf gewaschen, ohne dass er gleich abgeschrieben, verstossen oder ignoriert wird. Man kämpft für- und umeinander. Natürlich lesen wir auch hie und da von übertriebenen, kranken Kontrollfreaks, die ihre Schwester lieber umbringen, als sie mit einem Fremdländer zu verheiraten.

Bei uns Schweizern gilt es – mal abgesehen von frommen Gemeinschaften – als recht uncool, sich unterzuordnen und dem Gemeinschaftswohl zu dienen, es muss in erster Linie für einen selber stimmen. Diskretion wird so gross geschrieben, dass wir jahrelang reinen Gewissens zuschauen, wie in unserer Nähe Leute an Magersucht und Weltschmerz zugrunde gehen. Falls wir unsere Reserviertheit doch überwinden können, um das Gespräch zu suchen, beschränkt sich unser Rat gerne darauf, die kranke Seele in die Hände eines Spezialisten und Experten zu legen. Dabei fehlt diesem Menschen vermutlich, nebst ehrlichem Klartext, oft nur die Nestwärme und etwas Zuwendung: Es ist fatal, wenn die dann beim Therapeuten oder in den Drogen gesucht wird. Mein Onkel Sam sagte immer: Need a friend? Get a dog! Willst du einen echten Freund – besorg dir einen Hund! Oft wäre das tatsächlich besser, als sich im Chemie- und Therapeutenwahnsinn mit Risiken und Nebenwirkungen noch mehr zu geisseln.

Eine alleinerziehende Freundin erzählte letzthin wortwörtlich: »Zum Glück hat meine Nachbarin neulich vergessen, Milch zu kaufen, und bei mir geklingelt. Wir haben spontan zusammen einen Kaffee geschlürft und festgestellt, dass wir beide Lust hätten, mit unseren Buben eine Woche in Flims zu verbringen, wo sie mit ihren Bikes downhillen und herumrotzen können, während wir gemütlich spazieren und gsprächeln … ich wusste ganze sieben Jahre nicht, welch tolle Seele gleich nebenan wohnt.«

Aber noch mal zurück zu den Anfängen des Kuschellebens … Ich mag den Anblick von Tragtuchmamis! Das hat etwas Archaisches, Sippenhaftes und es freut mich für sie, dass sie diese Mutterliebe noch natürlich ausleben können. Niemand wird heute bezweifeln wollen, dass nicht nur geistige und seelische, sondern auch körperliche Nähe für Kinder und vor allem für Babys von unschätzbarem Wert sind und deren Absenz im späteren Leben fatale Folgen haben können. In den »zivilisierten« Ländern ist es üblich, ein Buch über Babypflege zu kaufen, wenn ein Neuankömmling erwartet wird. Dabei kann es gerade Mode sein, das Baby schreien zu lassen, bis ihm das Herz bricht und es aufgibt, abstumpft und ein »braves Baby« wird; oder es nur dann aufzunehmen, wenn die Mutter gerade einmal Lust und nichts weiter zu tun hat. Oder, wie es eine neuere Denkrichtung wollte, das Kleinkind in einem emotionalen Denkraum zu belassen, unberührt, ausser im Fall absoluter Notwendigkeit, und auch dann nur, ohne einen Gesichtsausdruck zu zeigen – keine Freude, kein Lächeln, keine Bewunderung, nur leeres Starren. Was immer es sei, viele junge Mütter, und später natürlich auch Väter, lesen und gehorchen blind – ohne Vertrauen auf die deutlichen Signale, die da von ihrem Kind kommen.

Warum nur tun sich viele Menschen so schwer mit natürlicher Nähe? Ich vermute, dass sie es nicht anders kennengelernt und vorgelebt bekommen haben. Wie soll denn Mama ihr Kind trösten können, wo sie doch bloss gelernt hat, sich nützlich zu machen oder wie man im kleinen Schwarzen dekorativ in der Gegend herumsteht? Unsere Eltern haben uns weitergegeben, was sie von ihren Eltern vermittelt bekommen haben. Das prägt fürs ganze Leben, wird zum vertrauten Muster und kann, wenn überhaupt, oft nur mit viel angewandter Herzgymnastik und Soulhealing aufgelöst werden. So soll es auch vorkommen, dass sich gute Freunde plötzlich zwanzig Jahre oder noch länger aus dem Weg gehen, obwohl sie sich im Grunde sehr verbunden fühlen. Aber wenn man sich dann ein Mupf gibt und sich wieder in die Arme nehmen kann, geht die Sonne auf.

Und es gibt noch viel mehr zu tun! Denn manchmal vergisst man es vor lauter Alltagstohuwabohu ganz einfach, einander nahezukommen. Also will ich mich und Sie, liebe LeserInnen, fragen: Haben wir heute unsere Liebsten oder unsere Kinder schon einmal herzhaft in die Arme genommen? Haben wir sie schon gefragt, wie es ihnen geht und der Antwort auch geduldig und voll präsent gelauscht? Nein …?! Worauf warten wir denn noch? Auf sie, mit oder ohne Gebrüll!!

STERNENSTAUB

Was ging Ihnen als Erstes durch den Kopf, als sie vom Tod der jungen, exzentrischen, aber extrem seelenvollen Sängerin mit der Turmfrisur und dem fetten Lidschatten – Amy Winehouse – erfuhren? Bei dem Lebensstil war das ja zu erwarten? Schade, dass sie's nicht auf die Reihe gekriegt hat? Es sterben jeden Tag zigtausende von Menschen? Was soll's, another one bites the dust? Ja, man hat es zwar kommen sehen bei Amy, aber trotzdem hat es mich aufgewühlt.

Ich habe selbst erlebt, was es heisst, in jungen Jahren einen Musiker, ein Bandmitglied, zu verlieren. Damals verstarb unser sensibler Gitarrist, ein grosses Talent, an den Folgen einer unheilbaren Drogensucht. Alles Zureden, Therapieren und Helfen brachte nichts. Wenn der Betroffene, der Kranke, nicht selbst zur Einsicht kommt, können seine besten Freunde und Verwandten nichts ausrichten. Das seelische Loch, das in diesen Menschen hineingegraben wurde, ist tausendmal stärker und tiefer als jeder Impuls von aussen, der dieses junge Leben hätte retten können. Schon Raucher wissen, wie schwer es ist, mit diesem Unsinn aufzuhören – geschweige denn mit den harten Drogen. Da hast du mit einem labilen Charakter keine Chance. Erst recht nicht, wenn deine Umgebung voll von Schwachen und Süchtigen ist. Den Willen, etwas Wichtiges zu verändern, kann man nicht im Shopping Center kaufen. Du kannst nicht Willen haben wollen – entweder du hast ihn oder eben nicht.

Amy wurde am 14. September 1983 in London als Kind einer Arbeiterfamilie geboren. Der Vater war Taxifahrer und Jazzmusiker, die Mutter Apothekerin. Die Eltern trennten sich, als sie neun Jahre alt war. Ein tiefer Einschnitt in diesem Alter. Amy besuchte bereits als Kind Theaterkurse und später eine Schule für britische Nachwuchskünstler. Als sie achtzehn war, unterschrieb sie ihren ersten Musikvertrag, wurde für ihr Debütalbum »Frank« für die Brit Awards nominiert und schnupperte Platin-Luft. Bereits 2006 folgte das epochale Überfliegeralbum »Back To Black«, welches als Nummer eins in die Weltcharts einging. Millionenverkäufe und der Riesenhype um die junge Sängerin nahmen unheilbringende Formen an, da sie über keinerlei Verteidigung verfügte. Dieses Klima des Immer-von-allem-zu-viel-Bekommens ist auch für einen gefestigten Künstler extrem ungesund. Für einen jungen, labilen, drogengefährdeten hingegen tödlich. Warum? Du hast fast nur noch Schulterklopfer, Drogendealer und devote Heuchler um dich, die von deinem Erfolg und Geld zehren wollen.

Zwangsläufig muss man sich bei Menschen wie Amy Winehouse fragen, ob es ein Leben vor dem Tod gegeben hat und wie dieses wirklich aussah. Es war wohl vor allem eine Flucht vor der Realität, die ihr unerträglich war, und vor ihren Dämonen. Falsche Freunde und die Bilder, die seit Jahren in der Presse herumgeisterten, haben sie und viele ihrer Fans nur noch beelendet. Ihr Umfeld strahlte eine groteske, abgestürzte Unbeholfenheit aus. Niemand schien mehr weiterzuwissen und in ihrem Hitsong »Rehab« gab Amy auch klar durch, was sie von Entzugskuren hielt – nämlich nichts! Ich würde Amy schöpferisch nicht in eine Reihe stellen mit Grössen wie Jimi Hendrix, Jim Morrison, Janis Joplin oder Kurt Cobain von Nirvana, nur weil sie's auch nur bis 27 schaffte. Sie war eher eine Mischung aus überdurchschnittlicher Stimme, lang schon da gewesener Musik und schamlos breitgeschlagenem Boulevard. Die breite Masse der Durchschnittsbürger liebt den öffentlich praktizierten Untergang. Das war ihr Ende – wie viele grosse Künstler, denen ihr Leben und ihre Musik nicht Droge genug sind, zog es Amy weg.

Völlig anders, viel tiefer, traf mich der überraschende, brutale Tod des Gotthardsängers Steve Lee, mit dem ich eine Dekade lang intensiv zusammengearbeitet habe. Ihn haben nicht die Drogen, sondern ein unglaublich grotesker Verkehrsunfall schicksalsmässig aus dem Leben gerissen. Seine Schutzangels waren nicht bei ihm, als er am Rande des Interstate Fifteen Highways, ausserhalb Las Vegas, anhalten musste. Der Anführer der aus der Schweiz kommenden Harleytruppe wusste wohl zu wenig, wie gefährlich es ist, auf dem Pannenstreifen dieser Höllenstrasse zu verweilen. So geschah, was leider immer wieder passiert: ein Crash. Der junge Lastwagenfahrer hatte sein Tonnengefährt nicht im Griff und fuhr seinen Anhänger in die stehenden Motorräder. Eines davon erschlug Steve. Ein Hohn und ein fucking bad joke dazu! Was wollten uns die Götter der Totenwelt damit sagen? Es kam mir völlig wahl- und sinnlos vor und fiel mir mehr als schwer, hier an einen tieferen Sinn zu glauben. Obwohl, warnende schlechte Vorzeichen hat es gegeben – im selben Jahr einen Autounfall in Italien. Zweifel kamen auf, ob man nicht besser woanders Ferien machen sollte. Sein US-Reisevisum, das wie meines jahrelang gesperrt war, weil wir das letzte Mal bei CD-Aufnahmen länger blieben als erlaubt, wurde extrem kurzfristig, einen Tag vor dem Abflug, doch noch ausgestellt. Irgendwie unheimlich! Aber das ist alles wohl Kaffeesatzleserei! Wir können den Tod weder deuten noch steuern. Er steht in keinem Organizer, er kommt, wann er will. Steve ist sicher erlöst und wir hier auf Erden dürfen weiterstrampeln.

Ich sass damals, an diesem Oktobertag, auf meinem halb gepackten Koffer, den Kopf in meine Hände gestützt, während nonstop das Handy klingelte. In meiner Magengegend spürte ich einen Stein, der immer grösser wurde. Das Ganze war schwer fassbar. Plötzlich kamen böse Gedanken: Hoffentlich kommt meine Tochter heil von der Schule zurück. Was ist heute noch sicher? Fliegen wir morgen, wie jeden Herbst, nach Kreta? Kann ich überhaupt noch abschalten nach diesen Horrornews? Ich war wie gelähmt und die Bilder der Vergangenheit holten mich ein.

Don Marco, ein Bonvivant und Immobilienspekulant, wollte damals, dass ich mich einer Tessiner Band mit dem selbstmörderischen Namen »Krak« annehme. Er und Leo, der Gitarrist, gaben alles, um mich für dieses Himmelfahrtskommando zu gewinnen. Ich war gerade joblos, ging für eine Probewoche und blieb zehn Jahre. Eigentlich nur wegen Steves Stimme und dem Herzblut von Leo. Ich hatte dann als Coach den nicht ganz einfachen Job, dieser Newcomer Band sagen zu müssen, wo's langgeht, und was es zu tun gibt, wenn man nach oben will. Der Produzent muss eine Band herausfordern, auf den richtigen Weg führen und eingreifen, wenn etwas noch nicht stimmig ist, und klar ansagen, wo und wie nachgebessert werden muss.

Kein einfacher Job und es folgte die branchenübliche Konfliktbeziehung zwischen Spieler und Trainer – eine Hassliebe. Wir begannen bei Null, niemand wollte diese Band – keine Plattenfirma, kein Veranstalter. Zum Glück besassen die Jungs genug Ausdauer und Leidenschaft und vertrauten meiner Erfahrung und Nase. Es war alles andere als ein Sonntagspicknick, aber bald schon blühte Steves Stimme mit den neuen zusammengezimmerten Songs gross auf. Ohne ihn und seine Gottesgabe wäre dieser Aufstieg absolut unmöglich gewesen. Der Erfolg kam schneller, als es die Band und ich erwarteten. Das war zwar schön, aber auch gefährlich, weil die Selbsteinschätzung leicht gestört werden konnte. Nicht so bei Steve.

Es gab auch Krisenmomente. Wir waren wieder einmal zu CD-Aufnahmen in L. A., im altehrwürdigen A & M Studio, als plötzlich Steves Stimme ausfiel. Er regte sich unsäglich auf. Nach drei Tagen gingen wir zu Doktor Sugerman, der in Hollywood seit vierzig Jahren alle Starsänger behandelt. Nach kurzer Untersuchung diagnostizierte er Austrocknung, ein Aircondition-Problem, das auf die Stimme schlug: »Gehen Sie eine Woche nach Hawaii, Mister Lee.« Obwohl diese Insel seit Langem Steves Traumdestination war, mussten wir ihn tagelang dazu überreden, dahin zu fliegen, während wir weiterarbeiteten. So war er: Immer zuerst die anderen, der Job, dann er. Später einmal lud er mich zum Nachtessen in sein Haus ein. Er gab mir den von ihm bearbeiteten Totenkopf-Ring zurück: »Weisst du, ich glaube, es hätte auch alles ganz anders kommen können und ich wäre Goldschmied geblieben.« Er hatte dieses Lachen auf den Lippen. Ich glaubte zu spüren, dass ihm sein erlernter Beruf etwas bedeutete und die Sicherheit gab, die ich so nie suchte, weil ich sie schon besass. Wir waren vom Typ her sehr verschieden. Er liebte die Bonsais, ich das Wucherschilf, er das Glänzende, Polierte, ich das Matte, vom Leben abgewetzte, er Journey, ich Rolling Stones … Steve war eher auf der konservativen Seite, lebte unauffällig, normal und fühlte sich da pudelwohl. Ich hingegen mochte eher das Provokative, Verwilderte, Grenzwertige und lebte das Leben eines bunten Hundes und Gauklers. Doch wir respektierten diese Gegensätze und hatten unseren eigenen Humor dazu. Vielleicht lief genau deshalb die kreative Zusammenarbeit lange so gut und erfolgreich. Jeder brachte seine eigene Farbe in den Regenbogen. Perfektionisten und Suchende waren wir beide.

Wir sprachen das Thema Soloalbum oft an – das freute ihn, aber er hatte weder das Selbstbewusstsein noch den Mut, es wirklich durchzuziehen. Heute kann ich mir nur schwer verzeihen, dass ich diese Idee nicht zusammen mit Freund und Manager Jan Bayati gegen alle Einwände und Widerstände von aussen durchpaukte. Aber in dieser Zeit, nach über zehn Jahren, lief vieles aneinander vorbei und man lebte sich immer mehr auseinander. Es war an der Zeit, einen anderen Weg einzuschlagen. Wenn die Dinge nicht mehr natürlich und freudig kommen und fliessen, wenn alles nur noch ein Kampf ist, tut man gut daran, innezuhalten und die Veränderung als Chance zu sehen – auch wenn es nicht einfach ist. Trennungen tun immer weh. Aber wenn sich der Staub der Gefühle gelegt hat, beginnt ein neues Leben, die Karten werden neu gemischt und alles sieht wieder anders aus. Steve war ein grosser Geber. Zu einem meiner Geburtstage schenkte er mir diese

Druse, eine riesige, violettfarbene Kristallgruppe in Form einer kleinen Höhle. Man kann die ganze Hand hineinhalten und die verschiedenen Steine ertasten. Ein wunderbares Geschenk. Ich habe sie auf meinem alten schwarzen Steinway-Flügel platziert, wo auch der Song »Heaven« entstand. Und dort wird sie auch bleiben.

Als meine Tochter schliesslich an diesem unseligen Tag heil bei mir ankam, nahm ich sie in die Arme und erzählte ihr alles. Es sprudelte aus ihr heraus. Allein die Leichtigkeit ihrer Fragen hatten etwas Tröstendes: »Warum ging der Steve nach Amerika? Hat er auch ein Kind? Was hat seine Frau gesagt? Kann man sein Motorrad noch flicken? Wo wird er begraben? Wirst du jetzt traurig sein, Papa?« – »Ja, Liebstes«, sagte ich ihr, »das werde ich, und das ist gut so, denn Trauer und Tod sind zwar schmerzhaft, aber sie gehören zu unserem Leben wie Freude und Glück.«

Der Tod ist gross. Wir sind die Seinen
lächelnden Mundes. Wenn wir uns mitten
im Leben meinen, wagt er zu weinen mitten in uns.

So schrieb einst der grosse Poet Rainer Maria Rilke – wie wahr! Doch der Mensch ist erst wirklich tot, wenn niemand mehr an ihn denkt.

Auch wenn bei jedem von uns letztlich nur ein Häuflein Staub übrig bleibt und das Erdenleben oft ein Murks war – der Staub der Stars rieselt immer wieder sanft vom Himmel herab, durch die Gehörgänge in unsere Gemüter und Herzen: *One life, one soul, forever I know …*

DUFTE, SOMMER!

Ich warte jedes Jahr mit Sehnsucht darauf. Ist er schon da? Warum noch nicht? Wann kommt er endlich? Der Duft der Lindenbäume. Einfach ultragenial. Wenn ich einmal meinen Lebensabend in einem anderen Land verbringen sollte, werde ich extra aus den Pinien- oder Regenwäldern für dieses Ereignis back zu den Linden kommen. Sie bedeuten mir Heimat, erste Liebe und gleichzeitig die Ankündigung herbeigesehnter, wärmerer Zeiten. Das erfreut das oft unterkühlte Rockerherz.

Vor Jahren schrieb ich eine vorweihnachtlich gestimmte Kolumne mit dem Titel »Wunschzettel meiner Nase«. Ich erinnere mich daran, wie ich mich damals, von den reichen Sinneseindrücken der Guezli-Kerzli-Zeit durchflutet, in verbale Schwelgereien stürzte. Ich ergoss mich von Buchstabe zu Buchstabe darin, dass eigentlich die Weihnachtszeit das einzig wahre Schlaraffenland für die Riechzellen sei. Heute wurde mir bewusst, dass ich mich getäuscht hatte: Der Sommer riecht mindestens ebenso gut! Endlich inhaliere ich wieder die seit Kindesbeinen von mir geliebten, vertrauten und doch beinahe vergessenen Düfte. Zum Beispiel der Geruch des warmen Asphalts, wenn der Regen daraufprasselt. Da ist der Drang, meine Nase ins Fell der Katzen und Hunde zu stecken, um den Heublumenduft zu riechen, den sie von ihren Streifzügen mitgebracht haben. Da sind die verschiedenen Sträucher am Aareufer, deren Namen ich leider nicht alle kenne … sind es

Weissdorn, Schwarzdorn, Schneeball …? Und selbstverständlich fesseln mich die geliebten alten Rosen im Garten und die Tagetes, die »Stinkerli«, die der Nase vieler Menschen missfallen. Ich liebe sie! Und erst der Lavendel, der Rittersporn oder die »Leuenmüli« …, aber die lassen noch auf sich warten. Es ist wie in der Musik: Nicht jeder muss zur selben Zeit aufspielen. Die Komposition macht's. Sie lässt uns dynamisch in verschiedene Sinneswelten tauchen. Jeder soll zu seiner Zeit seinen Zauber entfalten und wirken lassen.

Ist die Duft-Symphonie des Tages verklungen, kommen andere Verführungen zum Zuge: Es beginnt mit dem Aufschichten des Brennholzes im Gartencheminée. Wenn es dann brennt, vermischt sich der Geruch des Feuers mit dem der verbrannten Haselzweige, die seit der letzten Grillsaison vorwitzig nahe an die Feuerstelle herangewachsen sind. Wenn dann die verschiedenen Leckerbissen auf dem Rost brutzeln, jubiliert nicht nur meine Nase, sondern auch die Zunge. Und sapperlot, dann kommen als Hammerdessert noch all die Beeren! Welch unglaubliche Vielfalt der Geschmäcker. Brom-, Him-, Heu- und Johannisbeere – jede hat einen ihr ganz eigenen Gout wie in der Klangwelt. Blues, Rock, Reggae, Tango, Jazz … und die Krönung ist mein absolutes Lieblingsbeeri, das Stachelbeeri – purer Punk! Doch alle diese Beeren müssen kurz hinten anstehen, wenn die schwarze Kirsche oder eine richtig süsse Aprikose ihren Auftritt haben – tschüss zämä – einfach nur wunderbar! Viele Früchte und auch das Gemüse haben ja heute irgendwie ihren guten eigenen vollen Geschmack verloren. Selten findet man noch einen Pfirsich, der wie früher in meiner Jugend schmeckt – ausser man geht zum Oberbiochefdruiden. Dafür hat man heute die Nektarine herangezüchtet – das Beste daran, finde ich, ist ihr Name, und dass sie eine Haut hat wie meine Liebste. ☺

Dass uns die Natur die Wunderwelt der Düfte nicht bloss zur Lustgewinnung und Unterhaltung geschenkt hat, wurde mir erst richtig bewusst, als ich vor Jahren mit einer Frau ins Gespräch kam, die durch einen Unfall ihren Geruchssinn verloren hatte. Ihr habe anfänglich richtiggehend die Orientierung gefehlt, erzählte sie. Sie sei dauernd zum Kochherd gerannt, um nachzuschauen, ob nichts angebrannt ist, hätte ständig ihren Kindern die Hosen heruntergelassen und in die Windeln geschaut und über ihren eigenen Körpergeruch sei sie auch heute noch sehr verunsichert: Wie rieche ich? Schweisseln meine Kleider oder hängt der Restaurantbesuch noch dran? Habe ich zu viel Parfüm benutzt? Sehr schmerzlich vermisse sie auch den Geruch ihres Mannes, seufzte sie. Und beim Besuch von Toilettenanlagen, Badeanstalten und Arztpraxen fehle ihr sogar der beissende Putzmittelgeruch, der ihr ein Gefühl der Sauberkeit und Vertrauenswürdigkeit vermittle. Traurig – ich will es mir gar nicht vorstellen.

Vor zwei Jahren habe ich auf den Balearen eine neue Hammerduftpflanze entdeckt. Sie heisst *Aloysia triphylla* – Zitronenstrauch! Ein sensationelles Teekraut! Es soll die gestressten Gemüter beruhigen und hat einen umwerfenden Duft. Wäre ich König der Schweiz und Verwalter einer grossen, verzauberten Schatzkiste, die niemals leer wird, dann würde ich jedem Haushalt eine Zitronenverbene schenken. Auf dass sich alle Menschen daran laben mögen und sanft und friedfertig würden.

AM ANFANG WAR DER SONG

Die TV-Sendung »Tonspur«, an der ich als Profiler mitwirkte, stellt den Song und die Person, die ihn hört, in den Mittelpunkt. Du bist, was du hörst – wohin führt die Spur? Für mich war es purer Fun, herauszufinden, wer hinter einer bestimmten Songliste steht und warum gewisse Lieder einen so starken Eindruck auf sie oder ihn haben. Jeder Mensch hat Lieder, die sein Leben mitprägten, die er nie mehr abschütteln kann. Was man in bestimmten Zeiten und zu gewissen Ereignissen hört, brennt sich für immer in uns ein. Auch die Story hinter einem Song finde ich extrem spannend. Wie, wo und warum entstand ein Lied? Schon seit Jahren pflege ich die Song-Ethymologie.

Mein Credo als Musikproduzent war schon immer: Nichts ist so groß wie ein starker Song. Nichts kann so viel bewegen. Doch wie entsteht ein bleibender Hammersong? Niemand ist permanent schöpferisch und alles Dauernde, Wesentliche, das im Leben gelingt, geschieht nur in den wenigen, seltenen Augenblicken der Inspiration. Ein feuerfestes Rezept, um einen grossen Ohrwurm hervorzubringen, gibt es nicht. Nach der beeindruckenden Ära der schwarzen Rock 'n' Roll-Musiker und den Beatles mit dem irrwitzig überflutenden Output der Sechzigerjahre, muss sich jeder Songwriter fragen, was es noch zu erfinden gibt, das nicht schon von den Göttern der Pop- und Rockkomposition in ihrem kreativen Ultrahoch hervorgezaubert wurde. Für den Frischling wie den gestandenen Schreiber gibt es ein paar überirdische musikalische Donnerschläge, die einen zum ewigen »Auch-schon-mal-da-gewesen-Blues« verdammen. Nothing new under the sun – damit muss gelebt werden. Viele Leute wollen nicht wahrhaben, dass es in der Zwölftonmusik nach mehreren Jahrhunderten einfach Parallelen zwischen gewissen Tonfolgen geben muss. Die Rechtsanwälte reiben sich die Hände und den Musikern flattern die Hosen. Trotzdem dürfen wir und auch junge Musiker immer wieder darauf hoffen, urplötzlich ein frisches Früchtchen für den grossen Sound-Mixer zu finden.

Jeder Song hat seine Geschichte. Der Songwriter muss der Geburt eines wirklich grossen Wurfes mit Andacht und Muse beiwohnen können. Er darf nicht verscheuchen, was von selbst existiert. Er muss bereit sein. Das tönt abgefahren, aber genau so ist es. Ich muss immer wieder lachen, wenn ich sehe, wie meine Nachbarn oder Freunde auf diese unsichtbare Knochenarbeit reagieren: Ja klar, du bist am Komponieren, aber was arbeitest du eigentlich? Ich kann die Gedanken in ihren Augen lesen. Sie werden es nie verstehen, dass ein Musiker, der auf einem Sofa ruht, hie und da die Gitarre oder einen Notizblock zur Hand nimmt und auf die richtige Songidee wartet, auch ein hart arbeitender Typ ist. Der äussere Schein verwirrt sie. Was würden sie wohl zu Keith Richards von den Rolling Stones sagen, deren grösster Hit »Satisfaction« ihm in einem Traum erschien? Er wachte kurz auf und röchelte die Melodie auf einen Kassettenrecorder, der Rest ist Geschichte.

Wer nicht im Traum komponiert, sollte zumindest ein guter Beobachter sein, denn Musik entsteht aus dem Leben und nicht umgekehrt. Das ist wie bei einem Spaziergang: Der eine kehrt mit vollen Taschen zurück, mit Dingen, die er am Wegrand gefunden hat. Der andere dagegen steht mit leeren Händen und Eindrücken da, weil er blind mit geschlossenem Herzen durch die Welt rennt und das ewig Lebendige und Schöpferische, das uns dieser Planet zu bieten hat, nicht sehen kann!

Am Klavier entstehen bei mir meist Balladen. Da kann ich gänzlich frei aufspielen und mich vom Klang dieses wunderbaren Instruments beflügeln lassen. Das Piano ist im Grunde ein ganzes Orchester at your hands. Gerade deswegen gilt auch hier die Regel: Je andächtiger und weniger du drückst, Tonarten wechselst und herummachst, je mehr du der einfachen, fast kindlichen Melodie Raum gibst, umso früher kann etwas Zauberhaftes passieren. Hört euch mal »Hey Jude« oder »Imagine« an und ihr wisst, was ich meine.

Die besten Rocksongs hingegen haben ihren Ursprung vorwiegend in einem Gitarrenriff, einem Beat, einem Jam oder einer spontan gesummten Melodie. Da kann in zehn Minuten auf drei Akkorden Grosses entstehen.

Den Rest der Zeit – rund neunundneunzig Prozent – braucht jeder Musiker, auch Keith, zum Arrangieren, Texten, Einüben, Aufnehmen, Korrigieren, neu Interpretieren, wieder Aufnehmen und schliesslich Abmischen. Das gleicht einem gewaltigen Mosaik. Man hört einen Song vom ersten Komponieren bis zum letzten Mix wohl an die tausend Mal. Wenn er nichts taugt, weiss man das, bevor die CD herauskommt und man kann ihn, wenn man genug Alternativen hat, rechtzeitig auf den Stapel C verbannen. Wenn die Grundidee, die Melodieführung, das Lied, nicht überzeugt, ist die ganze Feilerei daran verlorene Zeit. Da kann auch das beste Aufnahmestudio nichts richten.

Sowohl die grosse Liebe, als auch der grosse Song, lassen sich nicht programmieren oder erzwingen. Entweder macht es »bumm«, du spürst die Magie des Augenblicks und darfst die Melodie, den Text oder den Partner locker pflücken wie eine reife Frucht, oder du musst es schnellstens wieder vergessen. »Sei einfach bereit, wenn Gott durch den Raum geht«, sagte einst Komponist und Chefproduzent Quincy Jones.

Man sollte die jungen Jahre voll nutzen. Die Geschichte zeigt, dass nur wenigen ein würdiges, grosses Alterswerk gelingt. Tausende von müssigen Weltstunden ziehen dahin, ehe eine wahrhaft starke Idee in Erscheinung tritt und wie Sterne die Nacht der Vergänglichkeit überglänzt. Der Boden ist karg, die Verirrungen mannigfaltig, das Hoffen scheinbar endlos, aber es lohnt sich, auf diesen überirdischen Moment zu warten. Er kann dein Leben und das Leben anderer Menschen verändern und er kann Soundtrack zur Entstehung neuen Lebens sein. And the beat goes on …

NA, ALTER?

»Fühlst du dich eigentlich wie sechzig?«, fragte mich kürzlich meine etwas jüngere Liebste und erlebte mich ungewohnt wortfaul. Ja, ich habe ein Alter. Es ist in absoluten Zahlen zu beziffern und doch relativ. An manchen Tagen fühle ich mich wie dreissig, putzmunter und frisch. Dann kommt es aber nach wilden Konzerten auch vor, dass diverse Knochen und Muskeln sich zu Wort melden. Auch die Hangovers nach Festivitäten dauern mittlerweile deutlich länger. Die Wissenschaft lässt stark vermuten, dass ich mich zum jetzigen Zeitpunkt am Anfang meines letzten Lebensdrittels befinde. Ich wandle sozusagen in den goldenen Sonnenuntergang und damit folglich in den defizitreichsten Abschnitt, was meine menschlichen Fertig- und Fähigkeiten anbelangt. Ausgewachsen und noch vor dem Zerfall. Ich kann das gefühlsmässig weder bestätigen noch dementieren.

Besuche ich Trudi im Altersheim, fühle ich mich fast beschämend jung. Ich hörte unlängst, wie eine ältere Frau ihrer Tischgenossin zuflüsterte: »Da sind wir nichts mehr dagegen!«

Ich entgegnete: »Liebe Frau, ich habe nur gerade meinen guten Tag.« Sie lächelte und glaubte mir natürlich kein Wort.

Schlendere ich samstagabends durch die Stadt, stelle ich fest, dass nun bereits diejenigen in den Ausgang dürfen, die fünfundvierzig Jahre jünger sind als ich Greis.

Unterhalte ich mich mit solchen Frischerwachsenen, erschrecke ich jedoch oft über ihre Unwissenheit in vielen Dingen. Es erscheint mir dann beinahe unmöglich, dass sie dermassen wenig mitgekriegt haben über Gott und die Welt. Denke ich allerdings zurück, dann muss ich gestehen, dass ich als junger Bursche auch meistens einfach in den Tag hineingelebt habe, ohne eine Zeitung durchzublättern oder einen Bericht zu lesen. Sprach mich jemand auf ein aktuelles Thema an, beurteilte ich das einfach nach meinem Instinkt und meiner bisherigen Lebenserfahrung – häufig lag ich natürlich böse daneben, aber hie und da traf ich gerade wegen dieser Distanz den Nagel auf den Kopf. Heute vergeht kaum ein Tag, an dem ich nicht schnell nach dem Essen die Zeitung durchsehe, die hiesigen und auswärtigen Nachrichten überfliege, nein, die Todesanzeigen nie. Den Kulturteil, den Sport, die Politnews, das Wetter und vor allem die Leserbriefe, die einen grossen Fundus an Hintergrundwissen zeigen und oft weniger mainstream sind.

Ich sehe es als Privileg an, meinen Weg gehen zu dürfen, ohne dem Druck eines Gruppendiktates folgen zu müssen. Ich darf heute frei entscheiden, mit welchen Menschen ich mein Leben teile, was ich tue, wie und wo ich mein Zuhause einrichte, aus welchem Glas ich trinke, welche Filme ich anschauen möchte, und ich sitze an meinem eigenen Tisch und habe Ruhe, wenn mir danach ist. Das ist ein Geschenk und ich weiss es zu schätzen. Ferner gönne ich mir den Luxus einer eigenen Meinung, die sich aus den Komponenten Information, verbaler Austausch mit Gleich- und Andersgesinnten und eigener Intuition zusammensetzt. Wenn ich dabei gegen den Strom schwimme, dann macht mir das weniger aus, als wenn ich mich selber belügen müsste.

Meinen Körper, meine »Hardware«, der meine Seele, mein Ich, quasi durch mein Leben chauffiert, habe ich in den Jahren gut kennengelernt, und ich identifiziere mich angemessen mit ihm. Mal mehr, mal weniger. Obwohl ich zunehmend Zweifel hege, ob ich tatsächlich mein eigenes Schicksal, mein Glück, meinen Weg selbst bestimme, bedeutet mir meine scheinbare Entscheidungs-Freiheit viel. Auch wenn ich bloss ein kleines Körnchen im Treibsand darstelle, so bin ich doch Teil eines grossen Ganzen, das die Verantwortung darüber trägt, was aus mir, uns und der ganzen Welt wird.

Ich glaube sogar, dass es ein Zeichen von Reife ist, zu erkennen, welche kindlichen Eigenschaften man sich erhalten sollte, um als Mensch vollständig zu sein. Oder wie es Henry Miller so treffend sagte: Das Wichtigste ist, sich die Überlegenheit anzueignen und im Alter den Mut zu entwickeln, das zu tun, was Kinder taten, als sie noch nichts sein mussten! Wie wahr!

Auch wenn das Alter, seien wir ehrlich, vor allem ein Massaker ist, freue ich mich, in einem Alter angekommen zu sein, in dem einen die Menschen etwas mehr schonen. Ich denke, dem Sechzigjährigen wird, ähnlich wie dem Zehnjährigen, eine gewisse Laissez-faire-Symphatie entgegengebracht: He's been around the block! Er hat viel gesehen und erlebt, lassen wir ihn in Ruhe! Und ich muss mir und anderen nicht mehr so viel beweisen. Der legendäre Bluesmusiker John Lee Hooker sagte: »You can do no wrong once you've turned sixty!« Das ist tröstlich. Die Mitmenschen wissen, was sie an mir haben und was nicht.

Das ist ein guter Zustand und es ist mir mittlerweile absolut wurst, was andere von mir oder der Liebe halten und wie sie sie leben oder eben nicht. Ich lebe hier und jetzt und die Zukunft ist nicht mehr so wichtig wie früher. Ich will so kindlich, naiv, offenherzig, begeistert und ehrlich leben und lieben, wie es nur geht. Denn ich bin mir nicht sicher, ob es ein zweites Leben und damit eine weitere Chance gibt dafür. Meine Liebste ist da gänzlich im Einklang mit mir.

Glück hat die unangenehme Eigenschaft, dass man es nicht sichern kann. Es will auf keinen Sockel und in keine Vitrine. Bestrebungen, es einzufangen sind so sinnlos wie der Versuch der Schildbürger, das Licht mit Körben ins fensterlose Rathaus zu tragen. So werde ich mich irgendwann auch von den liebsten und edelsten Freunden verabschieden müssen – das Alter! Spätestens dann werde ich es wohl verfluchen und es in seiner negativsten Form schmerzlich spüren. Aber hie und da werde ich ihm sicher frech ins Gesicht schauen und sagen: Hey Alter, auch dich werde ich noch überwinden!

DANKSAGUNG

It's a man's world, das mag stimmen, aber seien wir ehrlich, was wären wir ohne die Frauen?

Auch bei dieser langjährigen Operation am offenen Herzen standen mir ein paar grossartige Frauen zur Seite.

Mein herzlicher grosser Dank gebührt Danah. Sie war meine Wand, wogegen ich meine Gedankenbälle werfen konnte. Meistens kam etwas zurück und zwar etwas Gescheites, wenn ich bei einem Thema anstand. Danah: you are one great lady! Without you hätte ich wohl nicht so lange durchgehalten.

Mein Herzdank gehört auch meiner Tochter Jewel, die mit ihrem neugierigen, liebevollen wachen Wesen eine nie endende Inspiration ist. Auch ihre Mutter Löwenzahn Leela stand mir hie und da als Reflektor in der Steilwand zur Seite.

Meine Partnerin Denise war gerade in den letzten Jahren eine grosse Stütze und Quelle der Freude. – Ich danke dir für all den Sternenstaub, den du auf mich rieseln lässt, my love!

Und zu guter Letzt meine Verlegerin Sabine Giger, die mir mit nimmermüdem Einsatz half, das Sternenstaub-Buch umzusetzen, big thanx dear Sab!

Und die Männer? Ja, es gab auch ein paar! Zu allererst Marc Walder, der mich für diese Notabene Kolumnen vor vielen Jahren entdeckte und von Anfang an an mich geglaubt hat – immerhin musste ich mich an gestandenen

Namen wie Bichsel, Hubacher und Scholl-Latour messen lassen. Dazu kommen natürlich die unzähligen Leserzuschriften, die den Autor anregten und zu Höchstleistungen anspornten. Habt herzlichen Dank, Ihr wart der Wind in meinem Segel. Lieb Dank an Hannibal Lektor for Trippelchecking und Mark Fox, der mein iPhone-Bild des Berges aller Berge versternstaubte. Ihr seid alle wertvoll für mich und dürft jederzeit für eine Wassersuppe oder einen Jack an meine Türe klopfen. I'll be there … In dem Sinne: Liebe, Glaube, Hoffnung, what else? Gehabt euch wohl, stay hungry – stay crazy!

Chris von Rohr